Jacques Berndorf

# Der Reporter

KBV

Die Originalausgabe erschien 1971 im C. Bertelsmann Verlag.

MIX
Papier aus verantwortungsvollen Quellen
FSC® C083411


www.kbv-verlag.de
E-Mail: info@kbv-verlag.de
Telefon: 0 65 93 - 998 96-0
Fax: 0 65 93 - 998 96-20
Umschlaggestaltung: Ralf Kramp
unter Verwendung von © beeboys_stock.adobe.com
Druck: CPI books, Ebner & Spiegel GmbH, Ulm
Printed in Germany
ISBN 978-3-95441-536-6

# 1. Kapitel

Die Tage vergingen seinerzeit so schnell, dass ich Mühe habe, sie voneinander zu trennen. Die Zeit damals lässt sich nicht teilen in Tag und Nacht, nicht in Perioden der Ruhe und Betriebsamkeit. Die Zeit war fiebrig.

Ich weiß nicht, wann die Sache in Chamonix begann, obwohl man es leicht in irgendeinem Zeitungsarchiv feststellen kann. Es war eine trostlose Geschichte, wie die meisten Geschichten, die ich damals machte oder jemals gemacht habe. Aber was willst du tun? Du bist stolz, Reporter zu sein. Du jagst hinter einem Mann her, der sein Geschlechtsteil irgendwelchen Schulkindern zeigt, bis du begreifst, dass er nichts als krank ist, auf eine trostwürdige, gemeine Art krank. Und trotzdem schreibst du »Strolch«, »Sittenstrolch«, »Unhold«, und natürlich willst du insgeheim den Leser schreien hören: »Hängt das Schwein auf!« Aber mit deinen ersten Zweifeln beginnt deine Krankheit.

Ich weiß: Ich muss jetzt sagen, dass beileibe nicht alle in diesem Beruf so sind, nicht alle von Exhibitionisten schreiben oder über Frauen, die ihr Mann erschlug, erwürgte, erschoss. Gut, ich sage es. Aber ich habe in dieser Welt von Autobahntoten, Suffmördern, bestochenen Regierungsräten und spermabesudelten Kinderleichen gelebt, und es ist schwierig, im Schmutz zu leben, ohne darin umzukommen. Ich bin wohl verbittert.

Chamonix war eine blödsinnige, hastige Geschichte, bei der wir nur Spesen machten und versuchten, irgendwelche Toten zu fotografieren, die es nicht gab. Ich glaube, ich habe in Chamonix begonnen, alles zu zerstören – möglicherweise aber auch viel eher. Auch diese Zeit kann zerstört haben, weil ich sie nicht begriff und nicht in Frieden mit ihr leben konnte. So war ich nur ein Werkzeug und habe eine Entschuldigung.

Ich weiß es nicht.

Es muss Frühjahr gewesen sein, denn auf den Straßen lag frühmorgens noch Eis, obwohl die Sonne schon stark war und gleißend. Wir wurden gegen Mittag zu Braumann gerufen. Braumann war damals schon Chef der Produktion, er wählte die Geschichten aus, er steuerte die Reporter. Er sagte: »In Chamonix ist in der vergangenen Nacht eine Düsenmaschine gegen den Berg gerast. Angeblich einhundertsiebzehn Tote. Seht zu, was ihr machen könnt, und ruft mich an, wenn irgendetwas Besonderes ist.«

Nahezu alle meine Geschichten machte ich mit Kohler. Er war ein guter Fotograf, er hatte Einfälle und Mut. Es gab einige Leute, die behaupteten, er sei homosexuell, aber ich weiß, dass er es nicht war. Diese Leute ließen sich wohl davon leiten, dass er gern grellfarbene Krawatten trug, ganz enge Hosen, taillierte Jacken und weiches, langes Haar. Ich muss zugestehen, dass sein Gesicht sehr weibisch wirkte. Aber er war damals so verdammt allein, dass er irgendetwas aus sich machen musste, damit er nicht grau und eintönig daherlebte. Das ist wohl alles. Und ich weiß nur, dass er Furcht hatte vor irgendetwas und dass er diese Furcht niemals wirksam bekämpfen konnte, denn sie saß sehr tief in ihm.

Wir erreichten die Maschine, die gegen fünfzehn Uhr nach Genf flog. Das Wetter war sonnig, und es war eine dieser zweimotorigen Convair-Maschinen, mit denen ich sehr gern fliege, weil sie auf mich so solide wirken wie jene großen, zeitlosen englischen Autos, die man hierzulande kauft, um irgendwer zu sein. Wir tranken unterwegs zwei oder drei Kognaks, und Kohler nahm eine dieser kleinen, gelben Pillen, sodass er ruhig und lustig war und in sehr gekonnt gebrochenem Englisch einen Witz aus der Fliegerei erzählte. »To the right you see the snowcapt mountains, to the left a burning engine. Here is Captain Gonzales, speaking from the toilet.«

In Genf nahmen wir von Avis ein Auto, einen Peugeot, und machten uns auf den Weg nach Chamonix. Die Straße über Bonneville und Cluses war anfangs sauber und trocken. Später, als die Steigungen begannen, war es gefährlich, denn das Eis und der Schnee reflektierten das Licht der Scheinwerfer, und zuweilen konnte ich nicht ausmachen, wie weit ich von den scharf gezähnten Felswänden oder von den steilen Abhängen entfernt steuerte.

Kohler war in bester Verfassung und erzählte mir eine Geschichte von drei Studentinnen, mit denen er in einem Abteil des Jugoslawien-Express vor einigen Monaten Geschlechtsverkehr gehabt hatte. Er erzählte mir diese Geschichte zum soundsovielten Mal, und auch jetzt erfand er wieder neue Variationen, über die ich lachen musste, obwohl er sehr obszön erzählte, manchmal geradezu blutig.

Aber in all seinen Sätzen lag eine sachliche Behutsamkeit. Er sagte nie: »Sie stöhnten und bissen mich, und die Dicke schrie: ›Jetzt will ich!‹, er sagte: ›Sie waren verrückt, weil sie endlich aus ihrer Einheitssuppe herauskamen. Und sie fingen mit dem Verrücktwerden sofort im Zug an, als die Eltern noch auf dem Bahnsteig standen und winkten. Und sie schrien wie verrückt, als hätten sie es nie gehabt. Und die Dicke hatte Tränen in den Augen. Sie schämte sich so, aber sie schrie …«

Ich erinnere mich, dass ich in Sallanches auf dem Marktplatz hielt, weil ich unbedingt etwas trinken wollte, und Kohler plötzlich aufgehört hatte zu erzählen. Er saß mit weißen, verkrampften Händen vornübergebeugt und sagte fortwährend: »Scheiße! Ist mir komisch!«

Wir gingen in ein kleines Bistro, das voller Männer war und voller Lärm. Sie alle sprachen über das Flugzeugunglück, aber schon bald spürten wir, dass niemand von ihnen wirklich etwas wusste. Ich trank einen halben Liter Weißwein sehr hastig und aß dazu einige Hörnchen, während Kohler eine Unmenge Kognak trank, der erst zu wirken begann, als hinter Le Fayet die hinterhältigen Kurven begannen.

»Einhundertsiebzehn Tote«, sagte er. »Stell dir das vor. Das gibt einhundertsiebzehn Bilderchen.« Er kicherte hoch, obwohl der Wagen plötzlich nach links in den Nebel hineinrutschte und ich versuchte, ihn durch beständiges Gasgeben durchzubringen. Ich sagte: »Schnauze. Du siehst doch, dass ich mich konzentrieren muss.«

»Warum bist du so grob?«, jammerte er. Und bald darauf war er eingeschlafen.

In Chamonix hatte die Saison noch nicht begonnen, obwohl sich der Schnee an der Ortseinfahrt meterhoch türmte. Der große Parkplatz sah aus wie ein Stadion, denn man hatte den Schnee mit einem Schaufelbagger an den Rand geschoben, dass es aussah wie eine Zuschauertribüne. Auf dem Platz standen vielleicht zwanzig oder dreißig Autos und zwei mit Zeltplanen verdeckte Hubschrauber, die von großen Heizsonnen bestrahlt wurden, um die Maschinen gegen die Kälte zu schützen. Ich ließ den Wagen absichtlich schleudern und sagte: »Wir sind da, du Saufbold.« Aber natürlich wachte er nicht auf. Er hatte seit dem Abflug mehr als eine ganze Flasche Kognak getrunken.

Vor dem Restaurant neben dem großen Parkplatz hielt ich an und stieg aus. Es war sehr kalt, und ich kam auf die Idee, Kohler zu wecken, indem ich die Tür auf seiner Seite ebenfalls öffnete. Kein Mensch war zu sehen, aber aus dem Lokal kam tröstlicher Lärm.

»Was ist?«, fragte Kohler.

»Wir sind da«, sagte ich, »warte einen Moment.« Ich ging in das Restaurant hinein und drängelte mich zwischen den dichtbesetzten Tischen hindurch. Irgendjemand schrie laut: »Poggemann!«, und ich sah Bernhold von einer der Agenturen neben einem hellblonden Mädchen sitzen und winken.

»Ich komme gleich«, brüllte ich zurück. Er beugte sich zu dem Mädchen und sagte ihm wohl, wer ich sei, dann winkte er noch einmal und begann, mit ihr zu flüstern. Wahrscheinlich war es eine Anfängerin, die man ihm mitgegeben hatte, um etwas zu lernen, und wahrscheinlich würde er in dieser Nacht mit ihr schlafen. Bernhold war ein netter Kerl, der sehr viel redete und ausgezeichnet schreiben konnte, wenn es sein musste.

Der Wirt sagte mir, er habe keine Zimmer mehr frei, aber wir könnten in seiner Pension am Ende der Straße wohnen. Er lächelte: »Bei mir hier ist alles voller Presse, Monsieur. Sie werden verstehen.«

Ich fragte, wie viel er von dem Flugzeugabsturz wisse, und er tat geheimnisvoll, zuckte mit den Achseln und versuchte den Eindruck zu erwecken, er besitze exklusives Material. Das tun sie alle. Aber ich sah Filmkameras und Fotoapparate auf jedem Tisch und wusste, dass er log.

»Ich weiß nicht recht, Monsieur. Ich habe einige Gäste da, die nicht zur Presse gehören.« Er beugte sich vertraulich vor und flüsterte: »Die Untersuchungskommission, verstehen Sie?« Er verzog ernsthaft sein Gesicht. »Gegen ein kleines Honorar würde ich Sie nach oben bringen. Die Herren sitzen im Konferenzzimmer.«

Ich sagte ihm, er sei ein Schlitzohr, und er lachte.

Es war jetzt nur wichtig festzustellen, wie viel Bildmaterial es gab. Meine Textrecherchen konnten warten, ich würde sie aus den Zeitungen holen können. Also ging ich zu Bernhold und dem Mädchen. Ich wusste, dass Bernhold immer bereit war, Informationen zu geben, wenn er sie nicht gerade exklusiv hatte.

Er hatte viel getrunken und war sehr fröhlich.

Ich fragte: »Hast du eine Geschichte?«

Er stand auf und schlug mir auf die Schulter. »Poggemann, du alter Sauhund. Komm her, das ist Ellen. Ellen ...« Er nannte irgendeinen Namen, den ich nicht verstand. »Sie macht ihre erste Auslandsgeschichte.«

»Ich bin gerade angekommen«, sagte ich, »ich habe noch kein Zimmer. Der Wirt hier hat mir seine eigene Pension empfohlen, die irgendwo weiter hinten ...«

Bernhold setzte sich hin, und etwas Speichel lief ihm aus den Mundwinkeln. »Jaja. Ich weiß schon. ›Moulin des fleurs‹. Wir wohnen auch da. Wen hast du bei dir?«

»Kohler«, sagte ich.

»Besoffen?«

»Nein, müde. Er sitzt draußen im Wagen. Wie sieht die Sache aus?«

»Beschissen«, sagte er und wandte sich zu der Anfängerin, die sich stark und leichenfarben geschminkt hatte. Er legte ihr den Arm um die Schulter, und sie war verwirrt und konnte sich nicht wehren. Er sagte heiter: »Berichten Sie, Ellen. Berichten Sie dem Herrn, was los ist. Hat der Wirt schon versucht, dir die Untersuchungskommission zu verkaufen? An die kommt man absolut nicht heran, aber der Wirt hat jedem grünen Jungen zwanzig Franc abgenommen nur für den Tipp, dass das Konferenzzimmer im ersten Stock liegt.«

»Ich weiß«, sagte ich. »Lass mich einen Schluck trinken.« Ich trank von seinem Grog, der sehr heiß und sehr stark war. »Also, was ist?«

»Nichts«, sagte das Mädchen, »bis jetzt gar nichts. Nur Nebel und ein paar tote Affen.«

»Das ist es«, sagte Bernhold matt. »Mehr ist nicht.« Er sah sich um und verzog sein Gesicht. »Weißt du, wir gehen mit euch. In diesem Laden hier wird man verrückt vor Krach.« Er bezahlte, und wir drängten uns hinaus.

Kohler stand vor dem Wagen und scharrte mit der Schuhspitze über den festgefahrenen Schnee. Er sah uns nicht an. Ich kannte diesen Zustand bei ihm, wenn er getrunken hatte. Ich sagte schnell: »Junge, Bernhold ist hier, und das ist Ellen. Sie wohnen im gleichen Haus.« Kohler gab erst dem Mädchen, dann Bernhold die Hand. Er murmelte verlegen: »Gibt es Fotos?« Er fand sich in dieser Welt nie zurecht, wenn er Angst hatte. Und ganz einfache Dinge wurden unbezwingbare Probleme.

»Nichts von Bedeutung«, sagte Bernhold. »Ihr habt gar nichts versäumt, Jungens. Können wir mit euch fahren?«

Wir fuhren in diese Pension, und Bernhold berichtete unterwegs dem Mädchen lautstark von irgendeiner Geschichte, die er zusammen mit mir erlebt hatte. Ich glaube, es war ein Sexualverbrechen in Hannover.

Das »Moulin des fleurs« war ein altes, graues Haus. Aber die Wirtsleute hatten es freundlich eingerichtet mit Lampenschirmen aus karierten Bauernstoffen und glatten, weißen Holztischen, wie man sie in allen netten billigen Kneipen findet.

Kohler sagte hastig: »Kognak, Madame!« Er musste immer etwas trinken, wenn er wach war, ehe die Furcht erneut von ihm Besitz ergriff und in ihm bohrte. Er nannte diese Furcht »mein Schraubenzieher«.

Die Frau sah ihn an und unterbrach die lästige Prozedur des Einschreibens in das Gästebuch. Sie zog den Mund breit, als wisse sie alles, und kam nach einem Augenblick mit einer Flasche Hennessy und einem Glas wieder, die sie auf einen von der Rezeption weit entfernten kleinen Tisch stellte, als wisse sie auch, dass Kohler allein damit fertigwerden müsse.

»Trag mich ein«, sagte Kohler und ging zu dem Tischchen.

»Nimm von den Pillen«, sagte ich.

»Scheißpillen«, sagte Bernhold. »Lieber soll er saufen.« Er lachte das Mädchen an, das sehr verwirrt war und wohl nichts von alldem verstand.

Als ich uns eingetragen hatte und meinen Koffer nahm, war Kohler schon wieder in Ordnung. Aus der Flasche fehlte mehr als ein Viertel. »Wir machen uns schnell fertig«, sagte ich zu Bernhold und dem Mädchen. »Geht ihr mit uns essen?«

»Natürlich«, sagte Bernhold. »Ihr Jungs von der Illustrierten könnt uns arme Schlucker ja mal einladen.«

Ich telefonierte vom Zimmer aus mit Eichhörnchen und sagte ihr, dass alles in Ordnung sei. »Aber es ist lausig kalt.«

»Ich habe im Fernsehen etwas von einhundertsiebzehn Toten gehört«, sagte sie. »Ist das richtig?«

»Ja«, sagte ich, »aber ich weiß bis jetzt noch nichts.«

»Aber du hast nicht einmal Skistiefel bei dir. Wird es lange dauern?«

»Ich weiß es nicht«, sagte ich. »Sehr lange kann es nicht dauern. Übermorgen Abend wird das Heft geschlossen. Wenn wir bis dahin nichts haben, werden wir zurückgepfiffen. Wie geht es Ann?«

»Gut«, sagte sie. »Im Kindergarten hat sie ein Bild für dich gemalt. Eine Sonne und darunter ein Haus, und du schaust aus dem Fenster.«

»Das ist fein«, sagte ich. »Mach's gut.«

»Vergisst du es nicht?«

»Nein, sicher nicht. Ich hab' dich lieb.«

»Ich dich auch«, sagte sie.

Kohler klopfte und kam herein. Er setzte sich in einen der Sessel und nahm sein Gesicht in beide Hände. Er war ganz ruhig. Es war schwer zu glauben, dass er mit seinen lächerlichen vierundzwanzig Jahren so viel Furcht vor etwas hatte, das er nicht kannte. Er murmelte: »Wer ist dieses Mädchen?«

»Irgendeine Anfängerin«, sagte ich. »Sie heißt Ellen Sowieso.«

»Schläft Bernhold mit ihr?«

»Was weiß ich?«

»Ich werde es versuchen. Das macht mich ruhiger als alle diese verdammten Pillen und der Kognak. Sie hat graue Augen. Meine Zunge fühlt sich an wie ein Brett.«

»Aber du brauchst doch nicht zu saufen«, sagte ich.

»Nein«, sagte er. »Die Ärzte sagen, es ist vegetative Dystonie, und sie machen dabei ein ernstes Gesicht. So ein richtig verständnisvolles Doktorgesicht. Aber frag sie bloß nie, was vegetative Dystonie ist. Sie wissen es nämlich nicht. Sie scheißen sich in die eigene Tasche, diese Herren Mediziner. Sie sind so intensiv beschissen, dass sie nicht einmal auf die Idee kommen, einer ihrer Patienten könnte ebenso intelligent sein wie sie. Na ja, auf jeden Fall kommt es so plötzlich, dass ich es mit Saufen schneller abfangen kann als mit Pillen. Die Pillen wirken erst nach zwanzig Minuten, der Kognak sofort. Das ist es.«

»Du lieber Himmel«, sagte ich, »du wirst doch zwanzig Minuten Angst durchstehen.«

»Nein«, sagte er.

Obwohl ich damals schon seit einem Jahr mit ihm zusammenarbeitete, hatten wir niemals großartig über seinen Zustand gesprochen. Ich wusste nur, dass er fast immer Mut hatte, wenn es um eine gefährliche Sache ging, und das war das Wichtigste. Aber die Angst war so sehr tief und so stark, dass sie ihn sogar dann lähmen konnte, wenn er Mut brauchte und irgendetwas plötzlich zu tun war. Er war dann wie eine Motte, die sich an einer heißen Glühbirne verstümmelt hat.

Wir gingen zusammen die Straße hinunter über den glatten Schnee in ein Kellerrestaurant. Es hieß ›Lion d'or‹ und war schmal und lang wie ein Eisenbahnwagen, und es war leer. Wir bestellten etwas zu essen und zwei Flaschen Weißwein. Ich wollte nicht riskieren, Schnaps zu trinken, obwohl ich ganz genau wusste, dass es früher oder später dazu kommen würde.

»Jungens«, sagte Bernhold, »ich brauche Schnaps dazu.« Er rief dem Kellner irgendetwas in seinem scheußlichen Französisch zu und sagte: »Also, ihr habt nichts versäumt. Eine Maschine der Air India ist heute Morgen um acht Uhr aus Athen kommend in etwa dreitausendachthundert Meter Höhe gegen den Mont Blanc gerast. Gemerkt hat man das nur, weil einige Leute einen plötzlichen Feuerschein gesehen haben, wie einen Blitz, und weil der Tower in Genf die Maschine schon auf dem Radar hatte und plötzlich wieder verlor. Gegen elf sind dann Leute von den Gebirgsjägern zweimal mit dem Hubschrauber hochgeflogen. Mitgebracht haben sie nichts. Aber der Lokalredakteur vom *Le Dauphine* hatte einem der Soldaten eine Kamera mitgegeben. Es existieren rund dreißig Bilder, aber nur zwei Motive: Auf dem einen sieht man eine Schneefläche mit Metallstücken, auf dem anderen einige tote Rhesusaffen im Schnee. Das ist alles. Mehr haben die da oben nämlich nicht gefunden. Und die beiden Bilder hat der *Dauphin* an die Agenturen verhökert, sodass eure Redaktion sie jetzt schon per Funk hat. Das ist der Stand.«

»Kann man morgen in den Berg fliegen?«, fragte Kohler.

»Ich weiß nicht. Die Einheimischen meinen, der Nebel geht nicht weg.«

»Also aussichtslos«, sagte ich.

»Ich weiß nicht«, murmelte Kohler. »Wir werden sehen.« Er stand auf und ging hinaus.

»Wie geht es dir, mein Junge?«, fragte Bernhold. »Die Ehe in Ordnung?«

»Sicher«, sagte ich.

Er sah das Mädchen an und erklärte: »Sie müssen wissen, mein Kind, dass Poggemann ein hoffnungsloser Fall ist. Seit sieben Jahren mit der gleichen Frau verheiratet. Und jedes Mal, wenn ich ihn treffe, kauft er ihr irgendein Geschenk.«

»Das ist doch sehr schön«, sagte das Mädchen. Sie hatte ein schmales Jungmädchengesicht mit ganz zarter Haut, aber ihre Augen zeigten Erfahrung und Misstrauen.

»Das finde ich auch«, sagte Bernhold. »Aber ich zum Beispiel zahle nur Unterhalt. Das ist billiger.«

Kohler kam nach einer recht langen Zeit zurück und schob mir einen Zettel zu. Ich stand auf und las den Zettel in der Toilette. Kohler hatte geschrieben: *Stimmt!* Le Dauphin *hat dreißig Fotos. Alle brauchbar. Aber statt zwei Motive gibt es vier. Ich habe die beiden fehlenden für uns sperren lassen.*

Kohler war ein verdammt guter Junge, und er bemühte sich beinahe den ganzen Abend um das Mädchen Ellen, aber er hatte keinen Erfolg, obwohl er sehr lustig war und klug und beinahe zärtlich um sie warb. Zuletzt gab er es auf, denn er wollte sie zu einfach. Und sie wollte es über irgendwelche Diskussionen um irgendwelche Probleme. Ihre Wege waren zu verschieden. Aber dass sie es wollte, sah man.

Es war nach Mitternacht, als wir das »Lion d'or« verließen, und der Nebel war sehr dicht, dichter noch als bei unserer Ankunft. Bernhold sprach von einer Bar in einem der großen Hotels, aber ich musste mich von ihnen trennen und sagte: »Geht, wenn ihr wollt. Ich brauche Schlaf.« Zu Kohler sagte ich: »Ich wecke dich um sieben. Sauft nicht zu viel.«

Das war eine unserer Absprachen: Wenn ich sagte: »Sauft nicht zu viel«, musste er versuchen, den jeweiligen Begleiter fortzulocken. Also sagte er fröhlich: »Poggemann, du Heilsarmist! Du kannst uns mal.« Er schob Bernhold vor sich her. »Lass uns einen trinken gehen!« Aber Bernhold drehte sich herum und sagte: »Ellen, kommen Sie.«

Das Mädchen sagte: »Nein danke.« Sie sagte es sanft und endgültig, sodass Bernhold den Kopf schüttelte und mit Kohler davonging.

»Sie sind nicht müde«, sagte das Mädchen eifrig, »nicht wahr, Sie sind nicht müde?« Ihre Stimme war dunkel. Sie war das Kontra zu ihrem langen, hellen Haar, zu ihrer Jungmädchenhaut.

»Doch«, sagte ich, »sogar sehr. Kommen Sie.« Sie reichte mir bis zur Schulter, und jedes Mal, wenn sie ausrutschte, hielt sie sich an mir fest, sodass wir den ganzen Weg über wie alberne Kinder lachten.

»Wie alt sind Sie?«

»Zweiunddreißig. Und Sie?«

»Dreiundzwanzig. Haben Sie Kinder?«

»Und wie. Eins, ein Mädchen.«

»Bringen Sie Ihrer Frau wirklich von jeder Reportage ein Geschenk mit?«

»Wenn ich es hübsch genug finde«, sagte ich. »Sind Sie fest gebunden?«

»Was heißt schon fest?« Sie machte ein paar trippelnde Schritte. »Man hat hin und wieder etwas.«

So flach ging es weiter, bis wir in die Pension kamen und im Speisezimmer die Wirtin sitzen sahen. Sie las in einem Buch. Wir sagten ihr beide gute Nacht und verabschiedeten uns voneinander. Das Mädchen Ellen ging die Treppe hinauf. Sie war hübsch und ganz jung, ein heiterer Klecks.

Ich ließ mir einen Weißwein geben und bat um einen Hausschlüssel.

»Wollen Sie noch fort?«, fragte die Wirtin.

»Ich weiß es noch nicht«, sagte ich.

»Ihr Leute von der Presse!«, sagte sie. Aber es lag kein Vorwurf darin, eher ein wenig Neid.

»Na ja«, sagte ich und ging die Treppe hinauf. »Schließlich muss man etwas tun.«

»Ich lese in der Bibel«, sagte sie und stand dort unten breit und viereckig und war traurig, weil sie irgendetwas in ihrem Leben nicht bekommen hatte. Und nun war es zu spät, es sich zu nehmen.

Es ist merkwürdig, aber ich arbeitete in Chamonix weniger für das Blatt als für Braumann. Er war der beste Produktionschef, den ich je erlebt habe, und immer empfand ich ihm gegenüber eine Art kindlich-hastiger Dankbarkeit. Er besaß die Gabe, wenig zu sprechen und sofort zu verstehen, wenn Schwierigkeiten auftauchten. Niemals erlebte ich bei ihm das sinnlose Geschwätz so vieler Chefredakteure oder Ressortleiter, die sich in dümmlichen Sentenzen verlieren, um ihre Wichtigkeit zu beweisen. Das erwähne ich nur, um die Intensität zu erklären, mit der ich in jener Zeit arbeitete. Es wäre dumm anzunehmen, dass mich irgendetwas Verpflichtendes an meinen Verleger band. Ich kannte ihn nicht einmal. Der Verleger war für uns Reporter eine Gruppe von sehr feinen Leuten, die allesamt versuchten, sich gegenseitig die Schreibtische und ihre Bedeutung zu stehlen. Einige von ihnen hatten den Mut, sich als Journalisten zu bezeichnen, obwohl sie nie etwas anderes waren als zu hoch bezahlte Bürovorsteher. Und Braumann war nicht so.

Nach einer Viertelstunde verließ ich mein Zimmer wieder, und das Mädchen wartete unten im Speiseraum auf mich. Sie sagte fröhlich: »Ich habe es gewusst. Was wollen Sie jetzt in der Nacht noch unternehmen?« Sie war stolz.

Ich bin heute nicht mehr sicher, was ich in jenen Sekunden dachte. Vielleicht ekelte ich mich vor der keuschen Behutsamkeit von Eichhörnchen. Vielleicht ist es auch natürlich, dass man nach sieben Jahren Ehe ausbricht. Möglicherweise sah ich die Brüste dieses Mädchens und hatte einfach Lust.

Aber ich weiß, dass ich sagte: »Wir sind Konkurrenz!« Aber ich sagte es nicht ernsthaft.

Sie war sehr eifrig. »Aber ich werde Herrn Bernhold nichts sagen. Ich will etwas lernen.«

»Schön«, sagte ich, »trinken wir erst einen Kognak.«

»Die Wirtin ist schon schlafen gegangen.«

»Das macht nichts. Da drüben steht die Flasche. Ich werde einen Zwanzig-Franc-Schein hinlegen, und sie wird glücklich sein.«

Das Mädchen kicherte, und ich ging die Flasche holen. Ich war mir durchaus der Notwendigkeit bewusst, von diesem Augenblick an so schnell wie möglich nach Hause zu kommen. Jörg hatte gesagt: »Wenn du anfängst, Schnaps zu saufen, kann es sein, dass du schnell besinnungslos wirst. Du musst dich mit deinem ganzen Willen darauf konzentrieren, sofort nach Hause zu gehen. Du musst in den wenigen Minuten, die dir bleiben, sofort ein Taxi rufen. Dann musst du einsteigen.« Das war damals zwei Jahre her, und irgendwie hatte ich es immer geschafft. Immer hatte Eichhörnchen mir geholfen, plötzlich zu sagen: »Ich will nicht mehr«, und dann war es immer nach zwei oder drei Tagen gut gewesen, und ich hatte monatelang arbeiten können, ein Glas Wein getrunken und manchmal sogar einen Liter, ohne nach Schnaps zu verlangen. Ich war kein Säufer, ich war nur jemand, der in angemessenen Perioden all den Schmutz, den er gesehen hatte und in sich trug, fortwaschen wollte.

Ich goss uns den Kognak in Weingläser. »Passen Sie auf. Vielleicht ist das, was ich sage, Unsinn, aber ich glaube daran. Zweimal ist ein Hubschrauber in den Berg geflogen, immer waren nur Gebirgsjäger an Bord. Aber was geschieht denn eigentlich nach einem Verbrechen oder einem solch schweren Unglücksfall?«

Sie sah mich an. Sie hatte ihren Kopf auf eine Hand gestützt. Sie war voller Interesse, sie war ganz für mich da, und ihr Mund war ein wenig geöffnet, als warte sie auf einen Salto mortale in der Zirkuskuppel.

»Na, Mädchen. Das ist doch ganz einfach: Man sichert Spuren. Und wie, glaubst du, konnte man die in diesem Fall sichern?« Ich lachte und spürte den Kognak wie einen warmen Ball im Bauch.

»Ich weiß es nicht«, sagte das Mädchen.

»Man bringt die Spuren mit herunter«, murmelte ich. »Oder?« Es war theatralisch, es war widerlich, aber ich konnte nicht widerstehen.

»Aber was sollen die denn runtergebracht haben?« Sie strich die Haare aus dem Gesicht, ihre Hände waren sehr lang und schmal, und sie trug an jeder Hand drei Ringe.

»Leichen oder Leichenteile oder Wrackteile oder irgendetwas. Und das Zeug muss irgendwo hier sein.«

Sie begann zu lächeln. »Wie soll man das in der Nacht finden?«

»Hier findet heute keine Nacht statt«, sagte ich. »Das ist immer so, wenn etwas wie dies passiert ist.«

»Wo könnte das Zeug sein?«, fragte sie schnell.

»Überall. Ich suche. Wenn du willst, kannst du mitkommen. Aber du musst den Mund halten.«

»Sicherlich«, sagte sie.

Wir zogen die Mäntel an, und ich trank noch einmal von dem Kognak, ehe wir das Haus verließen. Wir nahmen uns einfach an der Hand und liefen die Straße entlang, als hätten wir ein ganz bestimmtes Ziel. Ich kam mir dümmlich vor, aber der Kognak begann das bald zu überdecken.

»Bernhold ist so aufdringlich«, sagte das Mädchen.

»Er ist ein guter Kerl«, sagte ich. »In diesem Beruf sind viele ein bisschen angeknackst.«

»Aber er ist so schnell und so eindeutig.«

Wir erreichten nach einer Weile die Kneipe am Parkplatz, und sie war immer noch voller Lärm. »Bernhold und Kohler werden hier sein und saufen«, sagte ich. »Lass uns die Hubschrauber ansehen gehen.« Und für die lächerlichen zwanzig oder dreißig Meter nahm sie wieder meine Hand, als müsse sie laufen lernen.

Es waren die kleinen Alouettes, die am Himmel wie Hornissen aussehen. Ich machte eine der Planen locker und hob sie hoch. »Hast du ein Streichholz?« Sie drückte mir eine Schachtel in die Hand, und ich leuchtete mit der kleinen Flamme hinein. Aber das Fiberglas spiegelte zu stark.

»Gibt es hier ein Krankenhaus?«

»Ich weiß nicht«, sagte sie, »aber sicherlich. Schon allein für die Knochen der Skifahrer müsste es eines geben.« Ich machte die Plane wieder fest, und wir gingen über den Parkplatz davon in das Zentrum hinein. An der Kirche stand eine Gruppe junger schwatzender Leute, und wir fragten sie nach dem Krankenhaus. Sie gaben uns sehr höflich Auskunft, wie überhaupt die Leute in Hochsavoyen höflich und herzlich sind.

Das Krankenhaus war ein alter Bau, über dem sich am Hang des Berges ein Neubau erhob. In die Mauer aus ungefügen Steinen war ein breites, schmiedeeisernes Tor eingesetzt und daneben ein schmales für Fußgänger.

»Es ist nach zwei Uhr«, sagte das Mädchen. »Sie werden uns nicht hereinlassen.«

»Wir müssen es versuchen«, sagte ich. Die kleine Pforte war offen, eine schmale Rinne im Schnee führte auf das alte Haus zu, in dessen Eingang mattes Licht war. »Bonsoir!«, sagte ich. In dem Glaskasten saß eine alte Nonne mit rundem, gutmütigem Gesicht und las in einer Zeitung. Sie sah mich an und lächelte. »Mitten in der Nacht, Monsieur?«

»Ich suche nach einem Opfer«, sagte ich.

Sie stand auf und sagte hölzern und ohne mich anzusehen: »Aber es ist doch nur eins da. Sind Sie Angehöriger?«

»Ja«, sagte ich. »Und ich muss …« Ich stockte.

Die Nonne nahm einen Schlüssel von einem schwarzen Brett und kam aus dem Glaskasten heraus. »Es ist furchtbar«, sagte sie. »Sie werden nichts erkennen.« Dann sah sie das Mädchen. »Nur ein Ring ist da, ein goldener, eine Münze. Sie werden gar nichts erkennen.«

»Das mit dem Ring könnte sein«, sagte ich. »Keine Papiere?«

Sie schüttelte den Kopf und ging vor uns her hinaus in den Schnee. »Wissen Sie, Monsieur, wir haben nur eine kleine, alte Kapelle für Sektionen. Auf so ein schreckliches Unglück sind wir hier nicht eingerichtet.« Man merkte, dass sie dankbar war für die Abwechslung. »Natürlich«, sagte ich. Die Rinne im Schnee wand sich wie ein Schlauch um den Altbau herum, führte vor dem

Neubau auf einen großen, dunklen Kasten unter einem Baum zu.

»Vielleicht reicht es, wenn Monsieur …«, sagte die alte Nonne. Sie war jetzt sehr unsicher, und sicherlich wusste sie schon, dass sie einen Fehler machte.

»Ich will sehen!«, sagte das Mädchen hastig.

Die Nonne schloss die schmale Tür auf, stieß sie in den Raum hinein und knipste dann einen Schalter an.

Das Ding war weiß und rot und rosa und gelb, violett und blau, und es schillerte fettig und blutig. Unten war es wie ein großer Klumpen, wie eine überdimensionale Faust, aus der drei wie zersplittert und aufgespleißt aussehende dünne Pfähle herausragten. Von einem dieser Pfähle tropfte stetig und dünn irgendetwas herunter. »Das ist es, Monsieur«, sagte die Nonne. Sie sah nicht dorthin. »Wahrscheinlich ist es eine Frau.«

Ich drehte mich zurück und sagte: »Ich suche einen Mann.« Dann ging ich hinter Ellen her, die davonlief und unablässig stolperte wie ein sehr geschickter Clown. Die Nonne rief ängstlich: »Monsieur, wer sind Sie?«

Als ich am Eingang des Altbaus vorbeikam, rief ich: »Ellen!« Aber sie stand schon draußen auf der Straße an der Mauer und erbrach sich. Wir waren erst um drei Uhr wieder in der Pension, und natürlich waren Kohler und Bernhold noch immer nicht da. Aber ich machte mir keine Sorgen, denn Kohler war sehr verlässlich.

Das Mädchen zitterte immer noch, aber es weinte nicht mehr. »Ich möchte noch etwas von dem Kognak.«

»Natürlich«, sagte ich. Wir knipsten uns eine Tischlampe im Speisezimmer an und tranken ein wenig Kognak.

Wir sprachen nicht miteinander, nur einmal versuchte ich mich zu entschuldigen, dass ich sie zu widerlichen Dingen mitgenommen hatte, aber es blieb ein halber Satz, und es war so sinnlos.

Ich brachte sie nach zehn Minuten in ihr Zimmer und ging dann in meines hinüber, um einige Notizen zu machen. Ich kann mich sehr gut daran erinnern, wie stolz ich war, aufgrund ganz einfacher Überlegungen herauszufinden, dass es irgendetwas Konkretes geben musste, und ich erinnere mich ebenso daran, dass ich dachte: Das wissen nicht einmal die Leute von *Paris Match.* Heute kann ich das sagen, ohne überheblich zu wirken. Jetzt, wo ich kaputt bin und nur noch ein wenig hoffe.

Wenn ich sage, dass ich das Mädchen nach zehn Minuten auf sein Zimmer brachte, so ist das nicht wörtlich zu nehmen. Ich meine damit nur, dass wir sehr kurz im Speisezimmer zusammensaßen. Ich erinnere mich daran, dass ich sie unbedingt in ihr Zimmer bringen wollte, um aufschreiben zu können, was ich gesehen hatte. Und also muss es nach kurzer Zeit gewesen sein, denn ich bin ein ungeduldiger Mensch, und meine Neugier nach diesem Mädchen war fort.

## 2. Kapitel

Die milchige 40-Watt-Birne über der Schreibmaschine flackert. Also lässt dieser Bastler im vierten Stock seine Mehrzweckmaschine laufen. Vielleicht baut er eine Puppenwiege für seine fette, verfressene Tochter und pfeift unendlich satt und zufrieden vor sich hin und denkt daran, dass in drei Jahren sein Bausparvertrag fällig wird. Lieber Gott, warum kann ich nicht so sein wie er?

Habe ich »lieber Gott« gesagt? Es steht hier, aber es ist eine Floskel, glaube ich! Bestimmt ist es kein Gebet. Warum kann ich eigentlich nicht beten? Es gibt Leute, die behaupten, wer beten kann, ist ruhig. Ich habe viele solcher Leute getroffen.

Hier unten im Keller ist es empfindlich kalt, aber ich muss Angela dankbar sein, dass sie mich hier wohnen lässt und nicht einmal Geld dafür verlangt, obwohl es zuweilen schwer ist, das Mitleid und den Spott der Gruppe zu ertragen.

Angela hat mir gestern, gerade als ich zu schreiben begann, einen alten Teppich gebracht. Ich habe ihn über das Feldbett an die Wand genagelt und bildete mir sofort ein, der Keller sei nicht mehr ganz so kalt und feucht. Aber das ist natürlich unsinnig. Ich brauche eine ganze Anzahl solcher Teppiche, um den Raum wärmen zu können. Sicherlich mehr als vierzig Quadratmeter. Und ich habe auch schon eine bestimmte Idee, wie ich es machen kann: Wenn in zwei Tagen der Fasching vorüber ist, werde ich auf die Schutthalden gehen. Die Leute werfen nach diesen Tagen immer sehr viel Plunder fort, alte Sachen aus fröhlichen Stunden, in denen schwere und leichte Sünden baumeln. Vielleicht finde ich dann Filzstücke oder alte Hemden oder irgendetwas, mit dem ich die Betonwände verkleiden kann.

Angela ist die Einzige, die zu begreifen scheint, was ich bin und denke. Für die übrigen bin ich nur ein Penner, der einmal ein Reporter war. Ich nehme es ihnen nicht übel, es ist mir gleichgültig. Manchmal allerdings denke ich rachsüchtig, es müssten selige Sekunden sein, diesen Keller zu verlassen, wieder zu arbeiten, zu etwas zu kommen, um dann eines Tages in irgendeinem auffallenden Sportwagen vorzufahren und sie kühl zu fragen: »Kann jemand von euch einen Tausendmarkschein wechseln?« Aber damit würde ich Angela wehtun, und das wäre nicht recht.

Sie ist eine merkwürdige Frau, und es ist mir ein Rätsel, wie sie mit den anderen zusammenleben kann, ohne zu zerbrechen, in dieser für mich so peinigenden Gemeinschaft, die sie »Blumenkommune« nennen.

In diesen sechs Monaten, die ich jetzt hier unten sitze, ist sie vier- oder fünfmal zu mir in den Keller gekommen, hat sich auf mein Feldbett gesetzt und geweint. Gesprochen haben wir kaum miteinander, und sie hat mir auch nie gesagt, warum sie weinte. Aber es war immer nach den Nächten, in denen die Bande Geld genug hatte, sehr viel Wermut und Haschisch zu kaufen. Dann saß sie morgens mit ihren dunklen Augen auf dem Feldbett, biss sich in die Hand und weinte lautlos. Und gewöhnlich hielt sie ein Glas Whisky in der Hand und sagte ganz abrupt: »Entschuldigung«, und ging wieder. Und auf der Treppe begann sie ganz laut zu weinen wie jemand, der etwas nicht begreifen kann.

Es ist wirklich so: Ich sitze jetzt sechs Monate in diesem Keller, und seit einem Tag erst schreibe ich an diesem Bericht. Was habe ich eigentlich in diesen sechs Monaten getan? Kann ich so etwas wie einen Rechenschaftsbericht geben? Ein Mensch kann doch nicht sagen: Ich lag oder stand oder saß sechs Monate herum, ohne irgendetwas zu tun, ohne irgendetwas Bedeutsames zu erleben.

Nichts war da, es war ein dumpfes Nichts. Sicherlich, hier und da ein paar tastende Worte mit Angela, hier und da ein zögernder Gang nach draußen. Zuerst in den Hof, dann zweihundert Meter, dann dreihundert. Dann die Angst, den Keller nicht mehr zu erreichen. Schließlich der erste Besuch im Kinderheim. Und nun schreibe ich und kann sagen: Ich tue etwas.

Nein: Ich habe seit sechs Monaten nicht mehr gearbeitet und nicht mehr getrunken, und trotzdem bin ich nur unendlich langsam erwacht und habe unendlich langsam die Risse und Rillen in diesem Betonloch wirklich zu sehen begonnen. Dass es hier unten kalt ist, weiß ich erst seit Kurzem! Seit ich bewusst diese Nächte über mir erlebe. Als ich sie das erste Mal schreien und stampfen hörte, habe ich sie nicht verachtet. Ich habe sie beneidet, weil sie im Warmen kreischten.

Diese Nächte beginnen immer mit einer Explosion, die ich nicht genau lokalisieren kann. Ein Stuhl fällt um oder eine leere Flasche klatscht gegen eine Wand, und auf den Beton über mir regnen Glassplitter. Es kann auch sein, dass der bebrillte Hagere, der angeblich Philosophie studiert, »Vietnam!«, »Vietnam!«, schreit, es kann auch so beginnen. Dann gibt es noch die Explosion, die ich die »verzögerte« oder »unterschwellige« nenne. Ein Mädchen seufzt ganz laut oder es sagt: »Komm, spritz meine Brüste nass«, und es sagt das so gedehnt, als würden ihm gleich die Stimmbänder reißen.

Es sind immer die gleichen Leute, und immer sind ihre Gesichter erst flach wie Pfannkuchen, um dann nach Alkohol oder Haschisch aufzuflammen wie kleine, fröhliche Sonnen. Ich habe sie gesehen, wenn ich gelegentlich baden durfte, aber sie kommen nie zu mir in den Keller. Wir wüssten uns wohl auch nichts zu sagen.

Ich will nicht arrogant erscheinen. Aber sie kommen mir ein wenig so vor wie Kinder, die einen Do-it-yourself-Kursus in Geschlechtsverkehr belegt haben. Ich habe ihre Gesichter gesehen und weiß, dass sie das Klassenziel nie erreichen. Und sie sind ohne Schuld, denn die Welt hilft ihnen nicht. Ebenso wie Menschen heute nicht mehr zuhören können, können sie nicht mehr lieben. Sie brauchen Tamtam, man hat es ihnen gesagt. Tamtam reicht, hat man gesagt.

Aber du kannst dieses Theater nicht verlassen, denn du hast keinen Eintritt bezahlt. Du bist in der Versenkung verschwunden, um dich zu verstecken. Jetzt musst du zuhören, wie diese leicht schmuddeligen Männchen und Weibchen, deren Anblick dich unwillkürlich an zu lange getragene Unterwäsche erinnert, das zu erreichen versuchen, was sie high nennen.

Der bebrillte Hagere schreit: »Vietnam!«, während eines der Mädchen wahrscheinlich versucht, ihm die Hosen herunterzuziehen. Ein anderes Mädchen, die Dicke mit dem verfilzten roten Haar, schreit: »Joe! Komm in die Badewanne und steck ihn mir tief rein. Du hast den Besten, Joe, hörst du? Ich will ihn. O Gott, ich komme!« Und irgendjemand sagt: »Sie macht es mit einem Stück Bimsstein.« Der Hagere schreit: »Bericht über die Lage der Nation. Wir glauben an den Unterleib, das Christentum ist Zeitvertreib!« Dann sind Schritte auf der Treppe, und die Dünne, die sie die Katze nennen, sagt maulend und glucksend: »Mit dir macht es nicht richtig Spaß. Du machst es so schnell wie die Feuerwehr. Denk doch an mich! Ohhhh! Gib's mir, gib's mir.«

Und du hockst da ganz verkrampft.

Ich muss unterbrechen, im Kinderheim ist jetzt Besuchszeit. Ich habe kein Geld für die Straßenbahn, also werde ich laufen müssen. Ich habe für Ann ein altes Micky-Maus-Heft in einer Mülltonne gefunden. Ann ist eigentlich keine schöne Koseform für Annette, aber es war doch Liebe, verdammt, es war doch alles in Liebe.

## 3. Kapitel

Ich hatte in Chamonix die Flasche mit Kognak mit hinauf in mein Zimmer genommen. Damals war es sehr schwierig für mich, ohne Eichhörnchens Hilfe mit dem Trinken aufzuhören, wenn ich einmal mit Schnaps begonnen hatte. Aber ich trank langsam, denn ich wollte die Szene im Krankenhaus, die Worte der Nonne und meine Empfindungen genau ausdrücken, obwohl alle diese Dinge niemals gedruckt werden würden.

Gegen vier Uhr morgens kam das Mädchen herein, ohne anzuklopfen. Ihre Augen waren sehr groß, und sie zitterte.

»Das kann man doch nicht fotografieren«, sagte sie unvermittelt.

»Nein«, sagte ich, obwohl ich überlegt hatte, dass Kohler ein Bild machen könnte, wenn irgendein Mann der Untersuchungskommission sich vor das Ding stellte und es halb verdeckte.

»Ihr Freund und Bernhold sind eben gekommen«, sagte sie. »Ihr Freund hat Herrn Bernhold tragen müssen.«

»Das ist häufig so«, sagte ich.

»Was schreiben Sie da?«

»Was ich in dieser Nacht gesehen habe!«

»Störe ich Sie sehr?« Sie trug nur einen Mantel über einem dünnen, weißen Nachthemd, und man konnte die Spitzen ihrer Brüste sehen, weil sie den Mantel nicht einmal geschlossen hatte.

»Nein, Sie stören nicht. Wollen Sie einen Schluck Kognak?«

»Nein. Ich habe schon zu viel getrunken.« Sie stand noch immer in der Tür.

»Machen Sie die Tür zu«, sagte ich. »Man muss Sie nicht sehen.«

»Ja.« Sie machte die Tür zu, und sie hatte nicht einmal Schuhe oder Socken angezogen.

»Setzen Sie sich da auf den Sessel, Sie werden sich erkälten.«

Sie ging dicht an mir vorbei und hockte sich auf den Sessel. »Die Türen schließen nicht dicht«, sagte sie. »Ich habe Licht in Ihrem Zimmer gesehen. Erlebt man diese Dinge oft?«

»Man kann sich darauf spezialisieren«, sagte ich. »Man kann allerdings auch Feuilletons über Brecht schreiben oder Kritiken über Mozart-Konzerte. Sind Sie sehr neu?«

»Zwei Monate«, sagte sie. »Ich habe studiert. Germanistik.«

»Wollen Sie nicht doch einen Kognak?«

»Vielleicht wäre es gut.«

Ich goss ihr etwas in mein Zahnputzglas, und sie trank es so gierig wie Kohler, wenn er Furcht hatte, oder wie ich, wenn ich überzeugt war, irgendeinen Haufen Schmutz nicht mehr ertragen zu können. »Ich glaube, ich werde nie wieder etwas essen können«, sagte sie.

»Das vergeht«, sagte ich. »Ich habe so etwas zum ersten Mal auf der Autobahn gesehen. Damals sind Kinder in einem Autobus zerquetscht worden.«

»Und wie oft haben Sie seitdem über so etwas geschrieben?«

»Ich weiß es nicht, vielleicht zwanzig- oder dreißigmal.«

»Werden Sie beschreiben, wie das aussah, was wir gesehen haben?«

»Nein. Außerdem schreibe ich nie oder nur selten. Das machen bei Illustrierten Redakteure, die besonders gut schreiben können. Wir liefern nur die Recherchen, wir sind die Frontschweine.«

Sie reichte mir das Zahnputzglas herüber und sagte kindlich: »Noch etwas, bitte. Das ist eine komische Nacht.«

»Ja«, sagte ich, und ich wollte sie nicht haben. Und es war sicher, dass ich mich nicht einmal sonderlich anstrengen musste, um es zu erreichen. Ich goss ihr noch einen Schluck ein und sagte: »Sie sollten besser gehen.«

»Ich will lieber hierbleiben.« Sie sah mich an und war ohne Make-up sehr blass und hilflos. »Wie heißen Sie eigentlich mit Vornamen?«

»Paul. Paul. Paul Poggemann.«

»Ich möchte Sie oft treffen, um mit Ihnen zu sprechen.«

»Das hofft man bei vielen Leuten, und es trifft nie ein.«

»Dann will ich es jetzt«, sagte sie einfach. »Ich bin einfach verrückt durcheinander. Kannst du das verstehen?«

»Du bist nur geschockt«, sagte ich und ging zum Fenster. »Das alles war ein bisschen zu viel auf einmal.«

»Vielleicht.« Ihre Stimme war wie die des Mädchens in der *Glasmenagerie,* dessen Liebling so plötzlich zerbrochen ist. »Warum drehst du mir den Rücken zu? Du hast mich schon geduzt, bevor wir in das Krankenhaus gingen.«

»Sicher«, sagte ich. »Das ist eine Form von Kameradschaft. Wir Journalisten sind alle ein bisschen formlos. Die meisten wenigstens.«

»Magst du mich?«

»Ja.«

»Warum?«

»Ich weiß es nicht. Ich bin müde. Ich muss eine schmutzige Geschichte machen. Ich fühle mich kaputt und wie immer gehetzt. Die Geschichte wird wahrscheinlich nichts. Und du bist neu und wie ein Kind und hübsch und ein bisschen gläubig, und wir haben uns an der Hand gehalten und waren etwas kindlich …«

»Paul, du musst das alles nicht sagen. Bitte, dreh dich doch wieder herum.«

Ich drehte mich herum und sah, wie sie meine Tabakdose vom Tisch nahm, sie öffnete und daran roch. »Gieß mir Kognak ein«, sagte ich. »Und zieh diesen verdammten Mantel aus.«

Sie machte das alles sehr langsam, als überlege sie irgendetwas, aber sie sagte nichts. Wir waren allein in diesem Schneeloch mit der widerlichen Kapelle und dem widerlichen Fleischklumpen, der eine Frau gewesen war.

Das Mädchen war unglücklich und hatte nichts als Germanistik studiert. Sie murmelte: »Du musst ganz tief in mich hineinkommen, hörst du, ganz tief.«

Um sechs Uhr duschten wir zusammen, und es war uns gleichgültig, ob irgendjemand im Haus es hörte. Zuletzt war sie gierig gewesen, aber ich hatte Kraft genug besessen, sie ganz glücklich zu machen, so dass sie mich bat, ihr den Mund zuzuhalten. »Ich schreie!«, hatte sie gesagt.

»Soll ich deinen Rücken abwaschen?«

»Ja, natürlich«, sagte ich. »Und mach es so wie die Mädchen in den Badehäusern von Tokio.«

»Warst du schon einmal da?«

»Nein. Aber ich habe mir sagen lassen, dass sie es ganz raffiniert machen. Sie spazieren dir sozusagen auf dem Rücken entlang.«

»Aber hier ist kein Platz, dass du dich auf den Bauch legen kannst. Werden wir uns nicht mehr sehen?«

»Ich weiß es nicht.«

»Es tut mir nicht leid«, sagte sie, »es wird mir nie leidtun. Tut es dir leid?«

»Nein. Wie viel Uhr ist es?«

»Ich weiß es nicht. Frühstücken wir zusammen?«

»Aber ja. Und du kannst mich ruhig duzen, sodass Bernhold und Kohler merken, dass etwas war. Wir brauchen uns nicht zu verstecken.« Ich sagte das, weil ihr Gesicht so war wie die Gesichter aller Frauen, die ängstlich erwarten, dass man aufsteht, sich anzieht, seine Autoschlüssel nimmt und geht.

»O ja, ich werde alle zehn Sekunden versuchen, dich mit Du anzureden und ihnen zeigen, wie glücklich ich bin.«

»Und du wirst nicht sagen, dass wir dieses Ding im Krankenhaus entdeckt haben.«

»Nein. Ich verspreche es dir.« Sie stellte sich sehr dicht vor mich hin und sagte: »Jetzt kann ich daran denken, ohne zu frieren. Und jetzt musst du mir den Rücken waschen.«

»Erst einen Kognak«, sagte ich.

»Nein, erst mein Rücken.«

Wir gingen noch einmal in das Bett, weil sie es wollte und weil ihr Gesicht schneeweiß war vor Begierde.

Um sieben Uhr ging ich Kohler wecken, aber er stand bereits fertig angezogen vor dem Waschbecken und kämmte sich die Haare mit jener weibischen Sorgfalt, die schwer zu ertragen war.

»Wie war die Nacht?«

»Gut«, sagte er. »Das Mädchen ist bei dir, nicht wahr?«

»Ja.«

»Ich habe mir das gedacht, als wir uns trennten. Ich habe es gewusst. Aber ernst ist es nicht? Du hast nie so etwas getan.«

»Nein«, sagte ich, »sie ist ganz nett.«

»Hast du irgendetwas herausgefunden oder seid ihr gleich hierhergegangen?«

Ich erzählte ihm die Geschichte von dem Krankenhaus, und ich sah, wie sehr es ihn traf, als ich sagte, er könne den Fleischklumpen nicht so ohne Weiteres fotografieren. Es traf ihn immer, wenn aus irgendwelchen Gründen ein Foto nicht gemacht werden konnte. Er lebte in unseren Geschichten wie ein Schauspieler in seiner Rolle. »Aber man kann vielleicht ein Tuch darüberdecken.« Er versuchte jetzt zu retten. »Man kann die Tür dieser Kapelle weit aufmachen und ein Tuch darüberdecken und dann durch die Tür von draußen fotografieren.«

»Das geht«, sagte ich, »aber du musst schnell sein. Sehr schnell.«

Er nahm seinen Kamerakoffer. »Jetzt ist es noch dunkel. Wenn ich irgendwoher Licht für die Scheinwerfer kriege, wenn da irgendwo ein Anschluss ist, wird es gut aussehen. Und was sage ich den Leuten vom Krankenhaus?«

»Es sind Nonnen«, sagte ich. »Du kannst ihnen alles Mögliche erzählen. Ich warte hier. Was macht Bernhold?«

»Er wird vor dem Mittagessen nicht aufwachen. Er hat Pernod getrunken. Mach die Geschichte mit dem Mädchen nicht zu hart. Denk an Eichhörnchen.«

»Schon gut«, sagte ich, »hau ab. Und wenn du die Aufnahme gemacht hast, stell irgendetwas Blödsinniges an, dass die wütend auf dich werden und die Konkurrenz nicht mehr reinlassen.«

»Ja, Papa«, sagte er grinsend.

Er war großartig, er sauste den Korridor entlang wie ein Junge, der Indianer spielen geht. Er brüllte: »Arrivi-derci!«

Ellen hatte das Nachthemd angezogen und hockte im Schneidersitz auf dem Tisch. »Wo ist dein Freund hin?«

»Er hatte eine gute Idee«, sagte ich. »Aber ich weiß nicht, ob es eine gute Idee ist.« Ich erklärte ihr, was Kohler wollte, und sie fand es großartig. Dann fragte sie nach Bernhold, und ich sagte ihr, er habe Pernod getrunken und werde wohl nicht zur rechten Zeit aufwachen. Das erschreckte sie sehr.

»Aber um zehn Uhr braucht die Zentrale den ersten Morgenbericht.«

»Das kannst du machen«, sagte ich. »Wir werden jetzt frühstücken, und zwar in aller Ruhe. Schau nach draußen. Es ist stockfinster und völlig neblig. Gegen acht Uhr gehen wir dann in diese Kneipe am Parkplatz und sammeln alle Nachrichten ein, die wir bekommen können. Dann machst du deinen Bericht und gibst ihn durch.«

»Aber ich habe noch nie ...«

»Ich werde dir helfen«, sagte ich. »Du wirst sehen, wir schaffen es ganz leicht in ganz kurzer Zeit. Und du kannst deinen Namen darübersetzen.«

»Aber das geht nicht. Bernhold wird verrückt, wenn er das erfährt.«

»Dann hätte er nicht saufen sollen«, sagte ich. »Bekomme ich einen Kognak?« Ich wusste aus Erfahrung, dass jetzt die Krisenzeit kam. Ich musste sehr viel essen und höchstens Wein oder Bier trinken.

»Wir haben nicht geschlafen«, sagte sie, »und ich fühle mich himmlisch.«

»Sag nicht himmlisch, das ist ein scheußliches Wort.«

Sie lachte und lief hinaus, um sich anzuziehen. Ich lief hinunter und bestellte vier Eier auf Speck mit heißer Milch. Kaffee und Tee waren jetzt zu gefährlich. Ich kannte das ganz genau. Ich musste jetzt ruhig bleiben und die erste Stunde durchhalten.

*Le Dauphine* brachte insgesamt acht Seiten mit halbseitigen Bildern, die wegen ihrer Größe sehr gut wirkten. Aber tatsächlich verkauften sie an diesem Tag nur zwei wichtige Motive: die mit Metallsplittern gesprenkelte Schneefläche und die toten Rhesusaffen. Außerdem Archivbilder des Flugkapitäns und irgendeines ausländischen Prominenten, der sich an Bord befunden hatte. Der Text war sehr gut aufgebaut. Dramatische Passagen wechselten mit kühlen, technischen Daten. Gegen Ende hieß es, die Tochter dieses Prominenten werde heute in Chamonix eintreffen.

Ich hörte, wie die Wirtin in der Küche hantierte, und ging einfach hinein, um mich abzulenken.

»Glauben Sie, dass der Nebel abziehen wird?«

»Sicher, Monsieur«, sagte sie. »Brauchen Sie etwas für den Magen?«

»Wieso?«

Sie lächelte und sagte: »Wenn man in der Nacht nicht schläft, braucht man morgens neben einem guten Frühstück einen klaren Schnaps.«

»Das ist gut«, sagte ich. »Und dann möchte ich meine Frau anrufen.«

»Aha«, sagte sie. Dann lachten wir beide und fassten uns an der Schulter wie Mutter und Sohn. »Gute Leute, die in Hochsavoyen.«

Es war ein klarer, scharfer Schnaps mit einem geringen Beigeschmack von Anis. Und sie trank mit und begriff die Hast, mit der ich trank, falsch. Sie glaubte, es sei mir wirklich schlecht, weil ich Ellen die halbe Nacht hindurch geliebt hatte. Also goss sie mir in die blau bemalte Tasse noch einen guten Schuss, und ich trank ihn ebenso hastig wie den ersten.

Als ich in der Telefonzelle stand, fühlte ich, wie ich betrunken wurde. Das Mädchen im Fernamt sagte, ich könne gleich warten.

Eichhörnchens Stimme klang wie immer etwas hell vor Aufregung. Sie hoffte während jeder Reportage, die

Geschichte sei tot und ich käme mit der nächsten Maschine nach Hause.

»Wann kommst du?«

»Ich weiß es nicht. Spätestens morgen früh.«

»Du hast getrunken. Schnaps?« Es war kein Vorwurf in ihrer Stimme. Jörg hatte ihr gesagt, ich sei zwar gefährdet und neige zum Trinken, aber ich könne mich zusammennehmen. Er hatte ihr auch gesagt, dass es eine Schwäche sei, gegen die man nur schwer etwas machen könne. Also machte sie mir nie einen Vorwurf, denn einmal hatte ich sie in die Hetze einer Reportage mitgenommen, und sie hatte begriffen, wie schwierig es ist, diesen Dingen zu widerstehen, wenn man erschöpft, voller Resignation und Ekel ist.

»Nein«, sagte ich, obwohl sie mir kein Wort glauben konnte, denn ich spürte, dass ich nicht mehr artikuliert sprach.

»Komm heim«, sagte sie, und wahrscheinlich begann sie zu weinen.

»Ich komme so schnell wie möglich. Eichhörnchen, ich hab' dich lieb.«

»Ich dich auch. Kannst du nicht zu einem Arzt gehen und dir eine Spritze geben lassen?« Sie weinte jetzt deutlich.

»Nein. Es war Schnaps, aber ich werde jetzt duschen, kalt duschen, verstehst du?«

»Ja, tu das. Und schnell. Und versuch' etwas zu essen. Dann musst du dich übergeben, und es wird besser.«

»Ja«, sagte ich.

Ich kann mich noch daran erinnern, dass ich den Hörer in den Haken an der Seite des Apparates hängte, aber ich weiß nicht mehr, wie ich in mein Zimmer gekommen bin.

Lange kann ich nicht bewusstlos gewesen sein, vielleicht fünf Minuten. Ich wurde wach und starrte auf Ellens Beine, ich lag auf dem Bauch auf dem Fußboden. »Du lieber Gott!«, sagte sie schrill. »Bist du gefallen?«

»Ja«, sagte ich. Es ging mir besser, obwohl ich nicht klar sehen konnte.

»Man soll eben nicht stundenlang den starken Mann markieren, wenn man nur ein Schlappschwanz ist«, sagte sie, und ihre Stimme war hoch vor Zufriedenheit.

Ich wälzte mich auf den Rücken und begann zu lachen. Ich lachte hemmungslos, rücksichtslos und grob.

»Du heulst ja«, sagte Ellen.

»Blödsinn«, sagte ich und drehte mich wieder auf den Bauch. »Clowns heulen schließlich auch, und alles lacht!« Ich versuchte aufzustehen, aber es ging noch nicht.

»Gieß mir den Rest aus der Flasche ein, bitte. Ich bin über diese Türschwelle da gestolpert. Ich war richtig weg.« Ich hörte, wie sie den Rest des Kognaks in das Glas goss. Dann stellte sie es direkt vor mein Gesicht auf den Boden, und ich trank es sofort aus. Danach war es wie immer: Ich glaube, es dauerte nicht einmal dreißig Sekunden, bis ich mich wieder völlig normal fühlte. »Sei vorsichtig beim Aufstehen«, hatte Jörg gesagt. »Der Kreislauf schwappt dann ein bisschen.« Ich stand langsam auf und setzte mich erst eine Weile in den Sessel, bis die Wirtin klagend rief, mein Frühstück würde kalt.

»Da hast du's«, sagte ich. »Die Dame weiß übrigens von uns.«

»Sollen wir ihr erzählen, wie wir es gemacht haben? Einmal so rum, einmal so rum! Ist sie so eine?« Ihre Stimme war jetzt bösartig und voll Ironie.

»Ihr blödsinnigen Jugendlichen«, sagte ich. »Ihr kommt wohl niemals auf die Idee, dass es alte Leute gibt, die sich darüber freuen, wenn die Jungen eifrig ins Bett gehen.«

Wir frühstückten hastig, und dann rief ich Braumann in seiner Wohnung an. Er musste wissen, wie es stand. »Junge«, sagte er. »Wie sieht es aus?«

»Nicht sehr gut«, sagte ich. »Wann macht ihr das Heft zu?«

»Ihr müsst mit dem Material bis morgen Mittag hier sein. Also, was habt ihr?«

»Hör zu. Textlich ist die Sache blödsinnig einfach. Eine Siebenhundertsieben rast mit neunhundert Stundenkilometern gegen den Berg, und nichts bleibt übrig. Wahrscheinlich kommen heute ein paar Angehörige von irgendwo angereist, mit denen man sprechen kann. Aber die Bilder.«

»Zwei haben wir über Funk«, sagte er schnell. »Eins mit Affen, eins zeigt eine Schneefläche mit Trümmern.«

»Genau«, sagte ich. »Kohler hat beim *Le Dauphine* in Grenoble die anderen Motive sperren lassen. Außerdem habe ich das einzige Opfer aufgetrieben, das sie runtergebracht haben. Aber das kann man kaum fotografieren. Kohler versucht's gerade mit einem Leichentuch drüber. Aber auch da kann ich nicht garantieren, dass wir es allein haben werden. Vielleicht kommen außer uns noch andere rein.«

»Aber bis jetzt ist das exklusiv?«

»Ja, aber wer weiß, wie lange noch.«

»Was für Motive hat Kohler in Grenoble sperren lassen?«

»Das wissen wir nicht. Ich vermute, es sind Nahaufnahmen von Wrackteilen. Vielleicht auch eine Hand oder so was. Auf keinen Fall eine intakte Leiche. Das Ding im Krankenhaus ist ein Fleischklumpen, von dem man nicht weiß, ob es Männchen oder Weibchen ist.«

»Scheiße«, sagte er. »Also haben wir nur das Leichentuchbild und …«

»Moment«, sagte ich hastig. »Das ist auch noch nicht sicher. Kohler versucht, es zu machen. Ich habe es aufgetrieben, aber Kohler war zu der Zeit unterwegs. Er macht jetzt gerade den Versuch … Augenblick mal.« Kohler kam in die Halle, ich öffnete die Tür der Zelle und sagte: »Das ist Braumann. Alles klar?«

Er nickte und keuchte, er war gelaufen. Er nahm mir den Hörer aus der Hand und sagte: »Also, pass auf. Was Paul da aufgetrieben hat, kannst du in natura nicht bringen. Ich komme gerade daher und möchte am liebsten in den Hörer kotzen. Sie haben für mich ein Tuch darübergelegt, dann das Licht eingeschaltet, und ich hab' von außen mit zwei Tausend-Watt-Lampen Saft gegeben. Ich habe zwei Versionen gemacht. Einmal das Ding allein, und einmal habe ich zwei Nonnen danebengestellt. Wie ich mich kenne … wie bitte? Als Aufmachung? Also, wenn du mich fragst, ja. Ich hab' mit Normal, mit Weit und mit Superweit. Ja, hier.« Er reichte mir den Hörer.

»Pass auf, Paulchen«, sagte Braumann. »Ich halte drei Seiten frei. Wir schmettern das Leichenfoto über eindreiviertel Seiten, wenn es gut genug ist. Nach dem Motto: Das ist der Rest. Könnt ihr in den Berg fliegen?«

»Jetzt nicht. Nicht vormittags. Es ist neblig, weißt du. Und außerdem glaube ich nicht, dass die Gebirgsjäger uns mitnehmen.«

»Gebirgsjäger!«, sagte er. »Pass auf, in Genf gibt es ein privates Hubschrauberunternehmen. Schreib mit.« Ich schrieb die Adresse und die Telefonnummer auf. »Aber wenn sie mehr verlangen als zweitausend Franc, dann lass es sausen, klar?«

»Ist gut«, sagte ich. »Ich ruf dich an, wenn wir von hier nach Grenoble starten.«

»Fahrt vorsichtig«, sagte er.

Ich rief das Hubschrauberunternehmen in Genf an und sprach mit einem Mann, der eine sehr hohe Stimme hatte. Sie verlangten fünfhundert Franc die Stunde, aber ich handelte ihn herunter auf eine Maximalpauschale von zweitausend Franc und vierhundert Franc die Stunde. »Wenn das Wetter danach ist, Monsieur«, sagte der Mann. »Wenn das Wetter danach ist. Genf-Tower sagt, dass der Nebel erst gegen elf weggeht. Nach meinen Erfahrungen bedeutet das, dass sie in Chamonix mindestens bis zwölf Nebel haben. Nun gut, machen wir es so. Ich schicke Ihnen die Biene, wenn Sie mich anrufen und sagen, dass der Berg frei ist.«

»Aber fliegen Sie nicht hierhin«, sagte ich. »Wegen der Konkurrenz, verstehen Sie? Fliegen Sie nach Les Bossons. Gibt es da eine Möglichkeit zu landen?«

Er sagte Ja und bat um die Nummer der Redaktion, um sich zu vergewissern, dass er sein Geld bekommen würde. »Willst du Bernhold wirklich schlafen lassen?«, fragte mich Kohler.

»Natürlich«, sagte ich. »Ellen kann die Geschichte machen. Warum säuft er!«

»Ellen sagt, du bist gefallen«, sagte Kohler.

»Ja«, sagte ich, »gestolpert. Aber es war nicht schlimm.«

»Schnaps?«

»Ja.«

»Arschloch. Der macht dich doch ohnmächtig.«

»Schon gut«, sagte ich. »Du hast deine Pillen. Wie war die Sache in dem Krankenhaus?«

»Ganz einfach«, sagte er. »Ich hab gesagt, ich käme von der Air India, wir bräuchten das Foto für die Untersuchungsakte.«

»Und wie hast du sie vermiest, dass kein anderer hereinkommt?«

»Auch ganz einfach«, sagte er. »Ich habe mich anschließend zu dem Chefarzt führen lassen und ihm erklärt, wer ich wirklich bin. Der Mann war völlig perplex und hätte mich am liebsten verprügelt. Er hat mich gebeten, doch auf die Veröffentlichung zu verzichten. Dann hat er mich persönlich zum Ausgang gebracht, und ich hab' gehört, wie er der Schwester am Eingang gesagt hat, sie solle keinen Mann von der Presse mehr hereinlassen.«

»Gut«, sagte ich. »Dann lass uns gehen.«

»Das mit Bernhold gefällt mir nicht«, sagte Kohler. »Er wird sauer sein, und Ellen wird es hinterher schwer haben.«

»Du kannst doch raufgehen und es versuchen«, sagte ich. »Du weißt, wie er ist.«

»Komm wenigstens mit«, sagte Kohler.

Bernhold schlief sehr tief mit weit offenem Mund, und es roch widerlich nach Schweiß und Pernod.

»Er hat mindestens einen Liter von dem Zeug getrunken«, sagte Kohler. Er rüttelte Bernhold so lange, bis der wach wurde, und sagte: »Das Mädchen hat uns gesagt, dass die Zentrale um zehn die erste Folge erwartet.«

»Du lieber Gott«, sagte er, und etwas Speichel lief ihm aus dem Mundwinkel. »Kann das Mädchen das nicht allein machen?«

»Sie ist erst zwei Monate bei euch«, sagte ich. »Wie soll sie das schaffen?«

»Bringt mir ein eiskaltes Bier«, sagte er. »Das Mädchen soll schon mal in die Kneipe am Parkplatz gehen und News sammeln.«

»Na schön«, sagte Kohler, und wir gingen wieder hinaus. Wir sagten der Wirtin, sie solle Bernhold eiskaltes Bier raufbringen, und ehe wir uns auf den Weg machten, buchte ich in Genf die erste Morgenmaschine für den kommenden Vormittag.

»Wir werden nicht schlafen können, bis wir zu Hause sind«, sagte Kohler unterwegs. »Es ist zum Kotzen.« Ellen hatte meine Hand genommen, und wir trödelten dahin, weil nichts Neues zu erwarten war, denn der Nebel machte die Sache zunichte.

»Ich habe einen Hubschrauber«, sagte ich. »Er kommt aus Genf, wenn der Berg frei ist und wenn wir ihn rufen.«

»Das ist gut«, sagte Kohler. Dann fragte er bösartig: »Hast du mit Eichhörnchen gesprochen?«

»Ja«, sagte ich. Ich hatte immer gewusst, dass er neidisch war auf meine kleine Familie, aber ich hatte nicht gewusst, wie sehr er es war.

»Wer ist Eichhörnchen?«, fragte Ellen.

»Meine Frau«, sagte ich.

Bis neun Uhr hockten wir in dem Restaurant am Parkplatz und tranken Campari, dann kamen Soldaten und zogen die Plane von den Hubschraubern. Es gab ein wildes Durcheinander, denn sicherlich waren nahezu fünfzig Leute aus der Branche da, und sie alle wollten versuchen, mit in den Berg zu fliegen. Aber noch war der Nebel viel zu dicht, und ich hörte, wie einer der Piloten energisch sagte: »Wir nehmen sowieso keinen mit, wir haben Befehl.« Später sah ich ihn mit einem Mann von *Paris Match* sprechen, der ihm eine Kamera in die Hand drückte und ein Bündel Geldscheine. Der Pilot steckte das Geld und die Kamera in die große Tasche auf dem Oberschenkel seiner Kombination, und der Mann von *Paris Match* ging zurück in das Restaurant. Bis zehn Uhr sammelten Ellen und ich alle Neuigkeiten, die wir auftreiben konnten, und auch Kohler half ihr, denn er mochte sie, obwohl es ihn verwirrte, dass sie so sehr an mir hing.

Um zehn Uhr rief ich in der Pension an und erkundigte mich nach Bernhold. Die Wirtin sagte mir, er habe das Bier getrunken und sich oft übergeben. Er sei einfach krank. Nun war auch Kohler der Meinung, Ellen könne die Geschichte unter ihrem Namen durchgeben. Er sagte: »Bernhold hatte seine Chance, dieser Saufbold.« Also gingen wir zurück in die Pension und liehen uns die Schreibmaschine der Wirtin. Ich schrieb, so schnell ich konnte, alle Einzelheiten nieder. Die Meinungen von

Flugexperten, von Gebirgsjägern, die Wetterlage, die Aussichtslosigkeit, Leichen zu finden. Und dann stand Ellen in der Kabine und diktierte mit erregtem Gesicht. Noch immer war Nebel.

»Sie meint es ziemlich ernst mit dir«, sagte Kohler.

»Hör auf damit«, sagte ich.

»Wieso?«, fragte er aggressiv. »Sie ist doch so neu, dass sie auf alles reinfällt. Und dann der vernünftige kluge Reporter Poggemann. Der Psychologe, der Verständnisvolle.«

»Das ist meine Sache«, sagte ich.

»Sicher«, sagte er. »Und nun wirst du mir auch noch sagen, dass du sechs Jahre älter bist als ich. Aber ich wette, du hast heute Nacht im Bett eins vergessen.« Er lächelte. »Ich wette, du hast es vergessen.«

»Was denn?«

»Sie ist nicht in Genf stationiert«, sagte er. »Sie kommt aus der gleichen Stadt wie wir. Und das Erste, was sie tun wird, wenn sie zu Hause ist, wird sein, dich anzurufen. Das ist es, du hast das vergessen.«

»Ja«, sagte ich.

Er begann zu lachen. »Trinkst du ein Bier mit mir?«

»Natürlich«, sagte ich.

»Ich werde dich bei ihr miesmachen«, sagte er. »Ich werde es versuchen. Eichhörnchen würde verrückt, wenn sie das wüsste. Ich werde ja schon verrückt, wenn ich zusehen muss, wie ihr Händchen haltet.«

»Sie hat heute Nacht den Fleischklumpen gesehen«, sagte ich. »Und sie stand auf der Straße und hat geheult und sich übergeben. Dann sind wir hierher …« Ich erzählte ihm die Sache.

»O ja, ihr einsamen, gequälten Menschenkinder. Und weil ihr so verzweifelt wart, habt ihr euch dann zusammen ins Bett gelegt.« Er stand auf und holte uns das Bier. Es war sehr kalt und wirkte belebend. Gerade als Ellen aus der Kabine kam, sagte Kohler: »Lass man gut sein, Junge. Jeder von uns ist was ganz Besonderes. Ich hab' Angst und saufe, und du bist glücklich verheiratet und bescheißt. Ich bin ein Fotograf und du ein Rechercheur. Beide sind wir erste Klasse. Wir sind ein ›Erster-Klasse-Team‹.«

»So ist es«, sagte ich.

»Kann ich mit euch fliegen?«, fragte das Mädchen.

»Es ist eine Alouette«, sagte ich. »Die hat Platz. Aber Bernhold wird toben.«

»Das wird er sowieso«, sagte Kohler. »Mädchen, flieg mit, hier versäumst du nichts.«

In diesem Augenblick kam Bernhold die Treppe herunter und sagte: »Wir müssen uns jetzt aber am Riemen reißen, sonst gibt es Krach.« Der Alkohol hatte einen Schwamm aus seinem Gesicht gemacht.

»Die Sache ist erledigt«, sagte Kohler. »Wir haben uns erlaubt, deine Agentur zu bedienen.«

Ellen reichte ihm das Manuskript, aber er setzte sich nicht hin, sondern las es im Stehen. Er war fünfundfünfzig und träumte von einem Platz an einem guten, soliden Schreibtisch in der Zentrale. Aber er war als Reporter immer noch besser als die Jungen. Seine Situation war schwierig.

Er sagte mit schmalen Lippen: »Sie hätte meinen Namen drübersetzen sollen, das wäre fairer gewesen.« Das war alles. Dann ließ er sich Kognak bringen und sprach nicht mehr mit uns.

Kohler sagte: »Gib der Kleinen doch eine Chance, du hast genug Sachen aufgerissen in deinem Leben.«

Da stand er auf und ging die Treppe hinauf. Über die Schulter zurück sagte er: »Ellen, ich möchte mit Ihnen sprechen.«

Sie stand auf und folgte ihm, und kurz darauf hörten wir ihn brüllen: »Sind Sie wahnsinnig geworden? Wer ist eigentlich hier der Boss? Wollen Sie mich mit aller Gewalt absägen …« Dann wurde er leiser, und wir verstanden nichts mehr.

Als Ellen aus seinem Zimmer herauskam und langsam die Stufen hinunterging, riss der Nebel so plötzlich auf, als habe jemand eine gewaltige Windmaschine in Gang gesetzt. »Ich rufe die Zentrale an«, sagte sie. »Ich lasse den Namen auswechseln.«

»Das ist richtig«, sagte Kohler. »Aber erst kommt unser Hubschrauber.« Ich gab ihm die Nummer der Leute in Genf, und er telefonierte sehr kurz. »Sie schaffen es in zwanzig Minuten«, sagte er.

Ellen ging in dic Kabine, und als wir aus dem Haus gingen, sah ich, dass sie heftig gestikulierend und weinend mit ihrer Zentrale sprach. Aber wir fuhren nicht ohne sie, denn als Kohler den Wagen warmlaufen ließ, stand sie in der Tür und winkte. »Bernhold hat gesagt, ich soll mich heraushalten. Ich soll was lernen, statt stümperhafte Berichte durchzugeben. Dieses betrunkene Miststück!«

Ich kann mich nicht mehr erinnern, wann wir abflogen.

Die Sonne wirkte sehr grell, und ich hatte nicht einmal eine Sonnenbrille, sodass der Pilot mir seine Ersatzbrille geben musste. Er flog zunächst sehr niedrig am unteren Nordhang entlang, und ich hatte das Gefühl, dass er sehr sicher war. Wir sprachen wenig, um ihn in seiner Konzentration nicht zu stören. Als er die Maschine in einem steilen Winkel in eine der schroffen Querrinnen hochzog, sagte er nur: »Du Luft da oben wird dünn sein, atmen Sie mit offenem Mund und schlucken Sie so häufig es geht.« Neugierig betrachtete er einen Augenblick lang Ellen, die immer wieder zu schluchzen begann. Er schrie: »Madame! Es ist eine Ehre, in den Mont Blanc zu fliegen. Da weint man nicht.« Das war nahezu alles, was er sagte, bis wir wieder in Les Bossons landeten.

Der Flug erwies sich als sinnlos, denn über der Nebeldecke hatte es geschneit, und als wir die Fläche überflogen, auf der die Trümmerstücke zu sehen sein mussten, war dort nichts als grelles Weiß.

»Können Sie landen?«

»Nein«, brüllte der Pilot. »Wir sacken zu tief ein. Passen Sie auf, ich geh runter. Haben Sie irgendetwas Schweres?«

Ich zeigte ihm meine Tabakdose, und er nickte. Wie ein Pendel schwang die Maschine nach unten, und schließlich waren wir vielleicht zwei oder drei Meter über dem Schnee. Ich öffnete die schmale Tür und ließ die Tabakdose fallen. Gleichzeitig kam der sehr intensive Geruch des Kerosins herein, und wir begannen alle zu husten. »Er hatte mindestens noch zwanzigtausend Liter Sprit an Bord«, brüllte der Pilot.

Anschließend flog er nach Kohlers Anweisungen einige Runden. Kohler fotografierte wie ein Besessener, als könne er durch intensive Arbeit das Motiv verbessern.

Schließlich verlangte er, der Pilot solle über den Grat hinweg auf die italienische Seite fliegen, aber der Mann sah ihn nur vorwurfsvoll an. »Aufwinde«, brüllte er. Ich klopfte ihm auf die Schulter und zeigte nach unten, und weil er im Grunde ein Lausejunge war, ließ er die Maschine sehr schnell in einem weiten Bogen herunterfallen. Es war uns elend, als wir landeten, und er lachte. Wir fuhren nach Chamonix zurück und bezahlten in der Pension unsere Rechnung. Bernhold war nicht da, und Ellen machte sich große Sorgen.

»Er arbeitet«, sagte ich. »Und sicher wird er sich entschuldigen. Männer in seinem Alter haben Angst, ihren Job zu verlieren.«

»Ich möchte mit euch fahren«, sagte sie.

»Das ist unmöglich«, sagte Kohler. »Dann sind Sie Ihren Job los.«

»Was macht ihr jetzt?«

Kohler lächelte dünn und gemein. »Wir fahren erst noch mal in die Kneipe am Parkplatz. Gegen sechs fahren wir dann nach Grenoble. Von da aus nach Genf. Wir müssen morgen früh die erste Maschine erwischen. Kann ich Sie einen Augenblick sprechen?«

Sie sah ihn verwirrt an und folgte ihm dann auf sein Zimmer.

Er hat mir nie gesagt, was er ihr über mich und Eichhörnchen und Ann sagte. Er hat auch nie gesagt, wie sie reagierte. Als sie in mein Zimmer kam, sagte sie nur: »Du hast also deinen Spaß gehabt.« Ihr Gesicht war ganz leer und weiß.

Ich sagte »Ja«, obwohl es mich Mühe kostete. Dann trug ich den Koffer nach unten und trank mit der Wirtin noch einen Schnaps, bis Kohler fertig war. Wir nahmen Ellen mit zu der Kneipe am Parkplatz, und sie sprach kein Wort, Kohler machte ein sehr ernstes Gesicht, aber ich glaube, dass er insgeheim sehr belustigt war.

Es gab nichts Neues. Bernhold nahm kaum Notiz von uns. Er saß mit einigen Leuten von *France Soir* in einer Nische und trank Grog. Ellen setzte sich neben ihn und wirkte sehr verschüchtert. In diesem Augenblick hätte ich ihn gern verprügelt.

Eine halbe Stunde lang herrschte Aufruhr, als vor dem Gendarmerieposten eine Gruppe Gebirgsjäger auf Skiern auftauchte, sich aufstellte und in langer Reihe abmarschierte. Ich sah, wie einer der Leute vom BBC sich vor seiner Kamera aufbaute und mit sehr ernstem Gesicht drauflloserzählte, dies seien Elitesoldaten, die versuchen würden, die Unglücksstelle zu erreichen, um zu retten, was zu retten sei. Die Fotografen warfen mich mehrere Male beiseite und beschimpften mich, weil ich ihnen im Wege stand.

Die Soldaten zogen mit sehr jungen und sehr ernsten Gesichtern in langer Reihe an uns vorbei. Ich sah Kohler, wie er den Anführer und die Leute hinter ihm mit einem Superweit fotografierte, sodass er auch noch den Berg im Hintergrund hatte. Ich sah, wie Ellen versuchte, an Bernholds Seite einen der Soldaten anzusprechen. Aber der Mann antwortete nicht einmal. Dann ging ich abseits und lief neben dem letzten Soldaten so lange her, bis ich mit ihnen allein war. Es war ein halber Kilometer, den ich laufen musste.

»Wo geht ihr hin? Doch wohl nicht in den Berg.«

»Quatsch«, sagte er. »Wir sind Rekruten. Wir lernen Skifahren.«

Als Ellen mich erreichte, stand ich auf der Straße und lachte.

»Was ist denn?«

»Gar nichts«, sagte ich. »Sie wollen versuchen hinaufzukommen.«

»Aber warum lachst du?«

»Sie wollen versuchen, auf den Idiotenhügel zu kommen«, sagte ich. »Schließlich müssen sie Skilaufen lernen.«

Als wir in den Wagen stiegen und Kohler schon den Sitz zurückgeklappt hatte, um zu schlafen, küsste Ellen mich vor der ganzen Meute. Das war mir peinlich. Sie sagte: »Ich werde dich nicht belästigen.«

»Ist gut«, sagte ich. »Mach's gut. Wenn ich dir helfen kann, ruf mich ruhig in der Redaktion an.«

»Los«, sagte Kohler. »Zeig, dass du ein guter Autofahrer bist.«

»Also denn«, sagte ich, und ich sah sie nicht mehr an.

Die Fahrt nach Grenoble und ohne Pause über Chambéry und Annecy nach Genf war eine jener wilden und disziplinlosen Touren, an die ich mich immer erinnern werde. Zunächst waren die Straßen vereist, später fiel Schnee, dann Regen. Als wir südlich von Challes-les-Eaux auf die Nord-Süd-Achse nach Nizza, Marseille und Toulon kamen, war der Lastwagenverkehr so dicht, dass ich Kohler wecken musste, um mir zu helfen. Er achtete auf die Fahrzeuge hinter uns, während ich mich nach vorn konzentrierte. Es geschah zwei- oder dreimal, dass wir beim Überholen nichts als Glück hatten, und einmal war ich sogar gezwungen, die Gegenfahrbahn zu kreuzen und in ein Feld zu fahren, um einen Zusammenstoß zu vermeiden. Aber der Mann von *Le Dauphine* hatte Kohler gesagt, wir müssten bis elf Uhr dort sein, länger sei er nicht in der Redaktion. Ich weiß noch, dass ich in Crolles, dicht vor Grenoble, aufgab und den Wagen blindlings auf den Parkplatz eines Motels schleudern ließ. Meine Augen waren so überanstrengt, dass ich ihn tatsächlich schleudern ließ, denn ich erkannte die Einfahrt kaum und brachte ihn nur knapp vor einer niedrigen Mauer zum Halten.

»Es ist gut, mein Junge«, sagte Kohler. »Du warst ganz prächtig.«

»Ich will einen Schnaps«, sagte ich. Mein Mund war sehr trocken, und ich hatte Angst, irgendetwas in mir könne aufhören zu funktionieren.

»Genehmigt«, sagte er. »Willst du eine von meinen Angstpillen, vielleicht kannst du schlafen?«

»Nein«, sagte ich. Wir schnallten uns los und gingen in das Motel hinein. Es war ein trostloser Kasten mit dreckigen Tischen. Wir blieben nur, um einige Schnäpse zu trinken. Die Leute um uns herum lasen die Zeitungen mit den Berichten über das Unglück. Und sie diskutierten sehr ernsthaft miteinander, wie lange es dauern würde, bis die Nordgletscher die Leichen ausspucken würden. Um zehn Uhr waren wir in Grenoble und parkten den Wagen in der schmalen Gasse neben dem Druckereigebäude, in dem die Rotationen liefen. Die Redaktion war in den oberen Stockwerken, und wir hatten keinerlei Schwierigkeiten mit dem Bildchef. Er war ein freundlicher älterer Mann, der uns einen Weißwein anbot und uns alle seine Bilder gab. Er hatte eigens Abzüge für uns machen lassen. Ich quittierte den Empfang, nahm das Kuvert, und wir gingen wieder hinaus. Im Wagen sahen wir, dass nur ein Motiv wirklich neu war. Es war ein Passagiersitz mit einem riesigen Blutfleck auf der Rückenlehne.

»Das dürfte reichen«, sagte Kohler.

»Halt an der nächsten Kneipe«, sagte ich. »Wir müssen Braumann Bescheid geben.«

Es war ein Espresso voll lärmender Studenten. Wir aßen einige belegte Brötchen und tranken Weißwein. Dann rief ich Braumann an und sagte, die Sache sei gerettet.

Er murmelte verschlafen: »Gut, Junge. Fahrt vorsichtig.«

Wir kauften eine Flasche von dem Weißwein und fuhren los. Wir brauchten die ganze Nacht, denn es war wieder Schnee gefallen, und die Straße war glatt. Aber Kohler fuhr sehr gut und sehr schnell, und ich wünschte mir, ich könnte schlafen. Aber ich hatte noch nie in einem Auto schlafen können. So begannen wir, Lieder zu singen, oder erzählten uns erfundene und wahre Geschichten aus unserem Leben. Dazu tranken wir den Weißwein in kleinen Schlucken, bis Kohler in der Gegend von Alby (hier kann ich mich irren: Es kann auch Albens gewesen sein) einen Anfall bekam.

Ich hatte das noch nie so intensiv erlebt, ich war genauso erschreckt und erschöpft wie er, als es vorüber war.

Er riss den Wagen plötzlich von der Straße in eine Parkbucht und sagte zitternd: »Gib mir den Wein. Warum haben wir keinen Kognak? Gib mir den Wein. Ich schwimme ab.«

»Was soll denn das: Ich schwimme ab?«

Seine Zunge kam zögernd über die Unterlippe gekrochen, die sehr blutleer wirkte. »Ich weiß nicht, Ohnmacht oder so. Gib mir den Wein.«

Ich gab ihm den Wein, und er trank die Flasche hastig und keuchend aus. Dann hielt er die Hände gespreizt vor sein Gesicht und beobachtete, wie sie zitterten. Er schluckte fortwährend und leckte sich mit der Zunge über die Lippen.

»Wovor hast du Angst?«

»Ich weiß es nicht. Es ist einfach Angst«, sagte er.

Es dauerte zehn Minuten, bis der Wein zu wirken begann, und zusätzlich nahm er noch zwei von diesen gelben Tabletten. Nach zwanzig Minuten war er betrunken, denn die Tabletten verstärkten die Wirkung des Weines um mehr als das Doppelte. Und in dieser ganzen Zeit war er totenblass und machte ruckartige Bewegungen, als habe er Angst, plötzlich starr und tot zu sein.

Ich setzte mich wieder an das Steuer und fuhr die Strecke durch bis Genf. »Kann man mit so etwas zum Psychiater gehen?«, fragte ich.

»Ja«, sagte er. »Man kann, aber vielleicht kann man auch erwachsen werden oder anders leben.« Er lachte leise. »Du glaubst gar nicht, wie glücklich ich bin, wenn so etwas vorbei ist. Plötzlich lebt man wieder.« Und dann weinte er voller Zorn. »Du glaubst, du kippst um, und du weißt nicht, ob dieses Umkippen der Tod ist oder nur so eine Art Ohnmacht oder nur Nerven, die dich belügen. Die Ärzte nennen das eine existenzielle Angst. Du hast einen trockenen Mund, du möchtest aus dem Wagen springen und deinen Kopf unter eiskaltes Wasser halten. Du musst irgendetwas tun, um dir selbst zu beweisen, dass du noch lebst. Mein Gott, was sind wir doch Arschlöcher, wir Männer heutzutage!«

»Schon gut, Kleiner«, sagte ich. »Leg deinen Kopf an meine Schulter und schlaf. Wir sind doch so ein feines altes Ehepaar.«

»Na klar«, sagte er ganz matt mit viel Schweiß auf der Stirn. Es hatte ihn bis zur totalen Erschöpfung gequält, und er war dankbar wie ein Hund, als ich in irgendeinem Nest eine Bar entdeckte und ihm ein Wasserglas Anisschnaps kaufte.

Es hatte keinen Zweck mehr, schlafen zu gehen, denn bis zum Abflug der Maschine hatten wir nur noch zwei Stunden Zeit. Wir mieteten in einem Hotel ein Doppelzimmer, um uns zu waschen und zu rasieren. Der Hausknecht, der uns einließ, hielt uns für Homosexuelle, denn er sagte: »Seid aber gefälligst leise.«

»Bringen Sie Kognak«, sagte Kohler und gab ihm einen Geldschein. »Und für den Herrn da Weißwein. Der Rest ist für Sie.«

Der Hausknecht sagte noch einmal: »Seid aber leise.«

Kohler fuhr ihm heftig über den Mund: »Falls du uns für schwul halten solltest, mein Junge, kannst du ein paar in die Fresse bekommen, klar?«

»Mein Herr!«, sagte der Mann. Er war nicht empört, er hatte nur Angst.

»Schon gut«, sagte ich. »Wir haben lange nicht geschlafen, wir sind übermüdet.«

»Jawohl, die Herren«, sagte der Mann. Er schleppte unsere Koffer in das Zimmer und ging die Getränke holen.

»Du musst irgendetwas dagegen machen«, sagte ich zu Kohler. »Wenn dir das allein passiert, kann es böse werden.«

»Es passiert oft genug, wenn ich allein bin«, sagte er und zog sich aus.

Als der Hausknecht mit den Getränken kam, standen wir unter der Dusche und spülten den Schweiß und den Dreck ab. »Die Herren sind wohl in Chamonix gewesen bei dem Unglück«, sagte er und starrte auf die Metallkoffer mit Kohlers Fotogerät. Wahrscheinlich war es seine Art, um Verzeihung zu bitten.

»Ja«, sagte ich. »Bringen Sie mir doch mal das Handtuch da. Und gießen Sie uns ein. Unsere Maschine geht um sieben Uhr. Wenn Sie wollen, können Sie sich auch einen eingießen.«

Ich war jetzt achtundvierzig Stunden wach, und es war typisch für mich, in Zeiten der Erschöpfung zusammenhanglos zu sprechen. Bis ich bei Eichhörnchen war, würden sicherlich zwölf weitere Stunden vergehen, und davor hatte ich Angst. In jenen Monaten haben wir oft bis zur völligen körperlichen Erschöpfung gearbeitet, sodass ich mit meinen lächerlichen zweiunddreißig Jahren nicht selten an Herzinfarkt und ähnliche Schrecknisse dachte.

Die Zeit bis zum Abflug der Maschine verbrachten wir in dem öden Hotelzimmer und in der Bar des Flughafens, aber wir tranken nicht mehr. Kohlers Angst war verflogen, ich verspürte keinerlei Zwang zu trinken. Wir waren einfach müde, und unsere Augen waren rot wie die von Chinchillakaninchen.

Es ist merkwürdig, von der wilden Hetze einer Reportage in die Krawattenwohlerzogenheit der Redaktion zurückzukehren. Sie sitzen an ihren Schreibtischen, plaudern miteinander, besprechen irgendetwas, rauchen geruhsam und trinken ihr Bier so langsam, dass es schal wird. Aber deine Hektik gibt ihnen einen kleinen Anstoß. Sie raffen sich auf zu einem mitleidigen: »Na, Jungens, kaputt, was?« Und du nickst und bist ein bisschen stolz.

Als ich Braumanns Gesicht sah, dachte ich sofort, dass irgendetwas nicht in Ordnung war. Er sah mich von der Seite an und sagte: »Komm rein, Junge. Setz dich erst mal.«

Dann beugte er sich wieder über irgendwelche Kontaktabzüge, die Lupe am Auge und sehr konzentriert.

»Wer schreibt die Geschichte?«, fragte ich.

»Keiner«, sagte er. Er sah immer noch nicht auf.

»Hast du ein Bier oder so etwas?«

»Im Eisschrank«, sagte er.

Bevor ich es holte, rief ich Kohler im Labor an und sagte: »Du kannst die Filme zurückpfeifen, die Geschichte ist tot.«

»Weshalb?«, fragte er.

»Ich weiß es nicht«, sagte ich.

Braumann sah noch immer auf seine Fotos, dann hob er den Kopf und grinste mich an. »Du kannst zwei Tage Pause machen, du siehst aus wie ein Penner.«

»Wir haben nicht geschlafen«, sagte ich. »Und die Geschichte ist gut.«

»Ich weiß«, sagte er bekümmert. »Aber die drei Seiten sind belegt.«

»Mit was?«

»Mit Brüsten«, sagte er. »Mit Kürbissen.«

Kohler kam herein und war blass vor Zorn. »Karl, du bist verrückt. Wir haben zwei Fotos, die nicht mal *Paris Match* hat.«

»Es passt nicht in die Mischung«, sagte er ruhig. »Der Boss hat eben entschieden. Wir nehmen das Mädchen mit Brüsten so groß wie die Kürbisse in Mutters Garten.«

»Wenn du den Leihwagen rechnest, den Hubschrauber, unsere Flüge und die Spesen, hat unsere Geschichte rund sechstausend Mark gekostet«, sagte Kohler. »Seid ihr verrückt geworden?«

»Pass auf, Junge«, sagte Braumann. »Holt euch erst mal ein Bier aus dem Kasten da und gebt Vater auch eins.« Kohler nahm aus dem Eisschrank drei Flaschen Bier und öffnete sie. Er sagte: »Einhundertsiebzehn Tote, ich werd' verrückt.«

»Pass auf, Junge«, sagte Braumann. »Wir machen mit diesem Busenweib auf. Noch vor einer halben Stunde sollte euer Thema rein. Aber dann kam der Boss auf die Idee, das Heft würde zu trübe. Denn gleich im Anschluss liegt eine Doppelseite über einen Kindermörder und danach ein Dreiseiter über einen Nebelunfall auf der Autobahn mit sieben Toten. Hätten wir eure einhundertsiebzehn Toten auch noch reingenommen, hätten wir einen Totensonntagsschinken verkauft. Das geht nicht, oder?«

»Nehmt den Nebelunfall raus«, sagte ich.

»Geht auch nicht«, sagte er. »Gerwin hat einen Polizeibeamten bestochen und für dreitausend Mark die einzigen Fotos gekauft, die es von der Sache gibt.«

»Und was hat der Busenstar gekostet?«

»Nichts«, sagte er. »Aber wir haben sie exklusiv. Ich finde sie nicht schön, diese Dame mit den Kürbissen.«

»Ich gehe jetzt schlafen«, sagte ich. »Ich kann das mit der Mischung verstehen.«

»Gut, Junge«, sagte Braumann. »Grüß Eichhörnchen von mir und sag ihr, sie soll dich fein streicheln.«

»Moment«, sagte Kohler. »Lass uns erst was essen gehen und fahr mich nach Hause. Ich hab' meinen Wagen nicht hier.«

Wir aßen in der Kneipe, die damals unsere Stammkneipe war, und Kohler wollte sich nicht beruhigen. Bevor ich ihn vor seiner Wohnung absetzte, kaufte er sich eine Flasche billigen Weinbrand. Er sagte: »Falls ich mich beschissen fühle, rufe ich dich an.«

»Tu das«, sagte ich.

Auf dem Weg nach Hause überlegte ich, ob er wohl die Flasche austrinken und sich schlafen legen würde. Wir hatten in den letzten zwei Monaten zehn Geschichten gemacht, von denen vier auf diese oder ähnliche Weise gestorben waren. Kohler hatte sich noch immer nicht daran gewöhnt. Er war erst vier Jahre dabei, und wahrscheinlich braucht man zehn Jahre, um sich daran zu gewöhnen.

Unterwegs kaufte ich an einem Blumenstand eine Euphorbia fulgens für Eichhörnchen, deren kleine rote Blüten sie so liebte, und für Ann ein Biedermeiersträußchen. Ich nahm mir fest vor, zuerst einen Whisky zu trinken und dann die Schlaftabletten zu nehmen, die Jörg mir gegeben hatte, weil sie sich mit Alkohol vertrugen. Aber alles änderte sich, als ich den Gartenweg zwischen den Reihenhäusern entlangging und die Nachbarskinder mich wie üblich fragten, aus welchem Land ich gerade käme. Jörg war da. Er hockte im Wohnzimmer auf der Kante des Sessels, wippte wie immer unruhig hin und her und fragte: »Kannst du jetzt ausschlafen?«

»Zwei Tage«, sagte ich. »Wenigstens ist das gesagt worden.«

»Das wird immer gesagt«, rief Eichhörnchen aus der Küche. »Trinkst du eine Limonade?«

»Nein, einen Whisky«, sagte ich. »Und dann nehme ich eine von den Tabletten und gehe schlafen.«

»Keinen Whisky«, sagte Jörg.

Eichhörnchen stand in der Tür, und Ann fragte: »Mami, in welche Vase kommen meine Blumen?«

»In die Kugel aus Ton«, sagte Eichhörnchen. »Du trinkst doch nicht wirklich einen Whisky?« Da stand sie schmal und hellhaarig, und ich spürte keine Scham.

»Doch«, sagte ich.

»Du hast keine Disziplin«, sagte Jörg, aber er wusste genau, dass er mich nicht davon abhalten konnte, einen Whisky zu trinken.

»Ich habe Disziplin«, sagte ich. »Heute Morgen habe ich Weißwein getrunken, gestern Nacht Kognak und dazwischen nur einige Schnäpse. Stundenlang bin ich Auto gefahren, und geschlafen habe ich überhaupt nicht.«

»Du musst den Beruf wechseln«, sagte er ernst. »Du hast zwar immer noch genügend Willen, aufzuhören und Pausen einzulegen, aber mehr Arbeit bedeutet geringeren Widerstand.«

»Ich weiß«, sagte ich. »Müssen wir jetzt darüber sprechen?«

»Nein«, sagte er. »Trink deinen Whisky. Eichhörnchen hat Bœuf Stroganoff gemacht, und ich habe mich eingeladen.«

»Woher hast du gewusst, dass ich zurückkomme?«, fragte ich.

»Von Braumann«, sagte Eichhörnchen. »Ich habe ihn ganz früh heute Morgen angerufen. Und da habe ich Fleisch für das Stroganoff geholt. Wie war die Geschichte?«

»Sie war gut«, sagte ich. »Wir haben ziemlich viel Konkurrenz abgehängt. Aber sie erscheint nicht, weil sie nicht in die Mischung passt.«

»Sind sie wirklich alle tot?«, fragte Eichhörnchen. »Wie war das eigentlich?«

»Ein ganz normaler Unfall«, sagte ich. »Ist der Whisky kalt?«

»Ja«, sagte sie, »aber es ist auch Bier und Wein da.«

»Whisky, Eichhörnchen«, sagte ich. »Wenn eine Geschichte so kaputtgeht, muss man einen trinken.«

»Lass ihn nur«, sagte Jörg. »Erzähl von der Geschichte.«

»Ich will erst einen Whisky und dann essen und dann schlafen und dann erzählen. Außerdem war es nichts als ein Flugzeugunglück. Wieso bist du nicht in der Praxis?«

»Heute ist Mittwoch«, sagte Jörg. »Mein freier Tag. Ganz den Privatpatienten gewidmet.«

»Was macht dein Weib?«

»Sie will nachkommen, Thomas hat Masern. Sie muss erst jemand auftreiben, der bei ihm bleibt.«

Thomas hat Masern. Heute ist mein freier Tag. Ganz den Privatpatienten gewidmet. Sind Sie Angehörige? Da habe ich Fleisch für das Stroganoff gekauft. Ich habe zwei Versionen gemacht. Einmal das Ding allein, und einmal habe ich zwei Nonnen danebengestellt. Sind wirklich alle tot? Ich komme gerade daher, ich möchte am liebsten in den Hörer kotzen. Mami, in welche Vasen kommen meine Blumen?

»Komm her, mein Spatz«, sagte ich. »Dein Vater ist hundemüde.«

»Oh«, sie kam heran und setzte sich auf meine Knie. »Bärbel hat mich mit dem Roller fast totgefahren.«

»Nein!«

»Doch, Papi, doch. Ich lüge niemals. Nie, in hunderttausend Jahren.«

»Das weiß ich. Aber Bärbel ist doch nett, oder?«

»Klar, aber sie hat es trotzdem gemacht. Wirklich fast bis zum Tödlich.«

»Na so was«, sagte Jörg, und sie ließ sich von meinen Knien gleiten. »Mami, gehen wir in den Zirkus?«

»Morgen, wenn Papi ausgeschlafen hat«, sagte Eichhörnchen in der Küche. Ich hörte sie mit dem Glas und der Flasche hantieren.

Der Whisky war so verdünnt, dass sie mich schuldbewusst ansah, als sie ihn vor mich hinstellte. »Danke, Liebste«, sagte ich. »Ich werde das Wasser trinken.«

Sie lachte ein wenig, bis Jörg sagte: »Stell ihm doch die Flasche daneben.«

Ich weiß noch recht gut, dass ich sehr erstaunt war, dass Eichhörnchen sich herumdrehte und die Flasche aus dem Eisschrank holte. Und ich weiß noch, wie sie sagte: »So, du alter Säufer. Und nun erzähl mal.«

»Es gibt nichts zu erzählen«, sagte ich. »Wirklich nicht. Es war anstrengend und nutzlos. Aber Hochsavoyen ist schön. Wir sollten da mal Urlaub machen.«

»Ich kann kein Französisch«, sagte Eichhörnchen. »Ich würde sterben, wenn ich nur einmal allein essen gehen müsste.«

»Brauchst du ja nicht«, sagte Jörg. »Du hast ja einen Mann von Welt bei dir.«

Ich goss mir aus der Flasche Whisky in das Glas, bis es an den Rand gefüllt war. Und dann trank ich vorsichtig den ersten Schluck und wunderte mich, dass meine Hände nicht einmal zitterten. Aber wahrscheinlich war ich viel zu müde, um zittrig zu sein.

»Gab es schöne Mädchen da?«, fragte Eichhörnchen. Das fragte sie immer.

»Ich weiß nicht«, sagte ich. »Ich habe nicht nachgeschaut.« Das war meine ständige Antwort.

Das Telefon neben mir schellte. Es war Resi.

»Paulchen, grüß dich. Warum bist du nicht mal zu uns reingekommen?«

»Ich verkehre nur mit Vollredakteuren, niemals mit Sekretärinnen«, sagte ich. »Und nun erzähl mir nicht, dass Braumann mich auf eine neue Geschichte hetzt.«

»Nein«, sagte sie. »Da hat jemand angerufen, eine Dame. Sie hat eine Telefonnummer hinterlassen, und du sollst bitte heute noch anrufen.«

»Wie ist der Name?«

»Sie hat keinen genannt.«

»Dann gib mir die Nummer. Klang das nach Information?«

»Nein, eher ziemlich privat.«

»Dann ruf an und sag, ich flöge morgen nach Rom.«

»Mach ich«, sagte Resi. »Küsschen.«

»Dasselbe«, sagte ich. »Wohin du willst.«

»War das Resi?«, fragte Eichhörnchen. »Musst du wieder weg?«

»Kommt nicht infrage«, sagte Jörg schnell. »Dann ruf ich deinen Chef an und sage ihm, er sei total verrückt.«

»Regt euch nicht auf«, sagte ich. »Irgendjemand hat angerufen, um mir eine Information zu geben.« Es war so banal, dass ich zornig war. Es war geschmacklos. Ich trank das Wasserglas Whisky aus, als Eichhörnchen rief: »Ihr könnt jetzt essen kommen«, und wenn ich allein gewesen wäre, hätte ich vermutlich versucht, Ellen zu treffen, um ihr eine Szene zu machen. Aber so blieb es friedlich, und wir aßen langsam und sprachen über vielerlei Dinge, die es nicht wert sind, erwähnt zu werden.

Nach dem Essen setzten wir uns wieder in das Wohnzimmer hinüber, und Jörg goss mir von dem Whisky ein. Ich trank schnell und begann ihm von diesem Fleischklumpen zu erzählen, während Eichhörnchen in der Küche spülte. Ich glaube, nach dem vierten Glas begann ich zu lallen, und ehe ich bewusstlos wurde, sah ich Eichhörnchen mit weißem Gesicht in der Tür stehen und hörte Jörg sagen: »Er hat einen Schutzengel, glaube ich.«

Ich weiß nicht, wie lange ich bewusstlos war. Als ich aufwachte, lag ich im Bett, und draußen war es noch immer hell. Zunächst dachte ich, Jörg hätte mir etwas gespritzt und ich hätte die ganze Nacht durchgeschlafen, aber dann sah ich meinen Anzug über dem Stuhl hängen und wusste, dass es der gleiche Tag war. Ich wartete einen Augenblick, bis ich aufstand und mir meinen Bademantel holte. Dann ging ich hinunter in die Küche. Ich hörte, wie Jörg und Eichhörnchen leise miteinander sprachen, und öffnete den Kühlschrank. Ich trank einen großen Schluck von dem Whisky direkt aus der Flasche, wartete einen Moment und ging dann zu ihnen.

»Du hast mich getestet, wie?«

»Ja. Wie fühlst du dich?«

»Sehr, sehr gut. Als hätte ich acht Stunden geschlafen.«

»Hast du jetzt Lust, einen Whisky zu trinken?« Er wirkte kühl und sachlich.

»Das habe ich bereits. Einen kräftigen Schluck.«

»Was nennst du einen kräftigen Schluck?«

»Etwa einen dreifachen. Wieso schwimme ich eigentlich immer so plötzlich ab, und was hast du mit dem Schutzengel gemeint?«

Er gab mir eine lange Erklärung, von der ich nicht sehr viel verstand, nur so viel, dass mein Körper sich automatisch gegen den Alkohol wehrte. Mein Körper machte mich bewusstlos, das war mein Schutzengel.

»Wirst du weitertrinken?«

»Nein. Vielleicht Bier. Aber jetzt habe ich Hunger.«

»Du musst langsam aber sicher erreichen, dass du jeden Alkohol vermeidest. Am besten wäre Urlaub.«

»Wir haben kein Geld«, sagte ich. »Ich gehe jetzt baden und mich anziehen.«

Es wurde ein schöner Abend. Eichhörnchen saß auf meinem Schoß, und wir tranken zusammen eine Flasche Bier. Jörg erzählte einige seiner schmutzigen Witze, obwohl Eichhörnchen das nicht leiden konnte. Aber seiner Frau Helga machten diese Witze Spaß, und sie sagte immer: »Er ist das beste Schwein in der Familie.«

Um zehn Uhr gab Jörg mir eine Spritze, von der er behauptete, sie würde mich umwerfen. Dann gingen sie.

Aber die Spritze wirkte nicht sehr gut. Eichhörnchen und ich hatten uns lieb, weil es so sein musste und weil ich so eine lange Zeit fortgewesen war. Erst dann schlief ich ein. Ich wachte auf, als Kohler anrief. Das war Donnerstagmittag gegen ein Uhr, ich hatte dreizehn Stunden geschlafen.

»Paul«, sagte er, »kannst du mal herkommen?«

»Wieso?«, sagte ich. »Ich habe Familie.«

»Es wäre wirklich gut«, sagte er.

»Na gut«, sagte ich. Eichhörnchen stand in der Küchentür und fragte: »Musst du wieder fort?«

»Nein, Bernd hat irgendwas, vielleicht hat er wieder Angst.«

»Dann soll er doch herkommen.«

»Das kann er nicht. Leute mit Angst können nicht durch eine Stadt gehen.«

»Kommst du schnell zurück?«

»Sicherlich.« Ich zog mich so schnell an, wie es ging, und rasierte mich nicht einmal. Kohler musste gewaltig Angst haben. Ich erinnere mich noch sehr gut daran, dass ich plötzlich dachte: Er wohnt im vierten Stock, und wenn es ganz gefährlich wird, springt er vielleicht herunter, um die Angst zu erschlagen.

Unterwegs kaufte ich eine Flasche billigen Weinbrand, denn er würde jetzt nicht mehr den Mut haben, irgendetwas kaufen zu gehen. Als ich mit dem Aufzug hochfuhr, hörte ich schon die Musik, und auf dem quadratischen Flur war es mörderisch laut. Die Tür zu seinem Appartement stand offen, und er kam gerade aus dem Bad und ging in den Wohnraum hinein.

»Hallo«, sagte ich.

Er drehte sich herum, und da war keine Furcht, nur Betrübnis. Er brüllte: »Komm!«

Ich ging hinter ihm hinein und schloss die Tür. Zuerst stellte ich den Plattenspieler leiser, dann fragte ich: »Geht es dir schlecht?«

»Und wie«, sagte er. »Und wie, du dummer Hund.« Er lächelte wie jemand, der Schmerzen hat. Dann deutete er auf die Tür zum Schlafzimmer: »Bitte!«

Also ging ich in das Schlafzimmer. Ellen saß auf dem Bett und starrte mich an und murmelte: »Ich muss mit dir reden.« Ihre Augen waren sehr groß, und sie hatte nicht einmal ihren Mantel ausgezogen.

»Wieso hockst du hier in Kohlers Schlafzimmer?«

»Ich habe geheult.«

Ich ging wieder hinaus und fragte: »Darf ich mal telefonieren?«

»Klar«, sagte Kohler. Er stand am Plattenspieler und legte gerade eine neue Platte auf. »Aber hör dir doch erst mal an, was los ist.«

Ich rief Eichhörnchen an und sagte, ich würde in einer Stunde wieder daheim sein. Ich sagte: »Bernd ist schon wieder o. k.«

»Mach schnell«, sagte Eichhörnchen nur.

»Also, was ist?«, fragte ich.

Kohler setzte sich in einen seiner Schaukelstühle und murmelte: »Man hat sie rausgeschmissen.«

»Warum?«

»Bernhold hat es ziemlich raffiniert gemacht. Er hat gesagt, er habe nichts gegessen und zu viel Grog getrunken, weil es so kalt gewesen sei. Das habe sie ausgenutzt, um ihn auszuspielen.«

»Wer macht den Betrieb?«

»Frankenberg«, sagte er. »Weißt du, das ist der Mann, der mal bei uns war und dann ging, weil er sich nicht durchsetzen konnte.«

»Wir rufen ihn an«, sagte ich.

»O ja«, sagte Kohler. »Deshalb wollte ich dich hier haben.«

»Irgendetwas ist mit ihren Augen«, sagte ich.

»Sie hat LSD genommen«, sagte Kohler. »Ich weiß nicht, wo. Sie kam heute Morgen um acht Uhr, und sie war prächtiger Laune, bis die Wirkung nachließ. Und dann wurde es sehr schlimm.«

»Du hättest mich herauslassen können«, sagte ich.

»Sicher«, sagte er. »Aber ich denke, du schaffst es besser als ich.«

Das war ein einfaches und richtiges Argument, denn er konnte nicht so abrupt sein wie ich und auch nicht so bedingungslos. Es war eine Frage der Routine.

Ich erreichte diesen Frankenberg sofort, von dem ich keine rechte Vorstellung mehr hatte, weil die Männer in der Redaktion kamen und gingen wie in einem Wirtshaus. Ich sagte: »Mein Name ist Poggemann.«

»Ach so«, sagte er freundlich. »Poggemann. Natürlich. Kann ich helfen?«

»Sie können«, sagte ich. »Es geht um das Mädchen Ellen«, sagte ich. Ich wusste ihren Hausnamen nicht.

»Ihre Freundin?«

»Nein. Ich bin verheiratet und ziemlich zufrieden. Aber ich war in Chamonix, und ich habe mit ihr zusammengearbeitet. Sie hat den Bericht nicht verfasst.«

»Wer denn?«, fragte er.

»Ich war es«, sagte ich. »Bernhold war so betrunken, dass er nicht aufstehen wollte und auch nicht dazu in der Lage war. Das Mädchen hatte keine andere Wahl.«

»Ich hörte eine andere Version«, sagte er.

»Sicher«, sagte ich. »Sonst hätten Sie sie wohl kaum hinausgeworfen.«

»Woher wissen Sie das?«

»Das Mädchen sitzt hier neben mir. Ich habe kein persönliches Interesse an der Affäre, aber sie hat es nicht verdient. Bernhold war einfach betrunken. Sinnlos betrunken. Falls Sie Zeugen wollen, so kann ich Sie mit dem Fotografen Bernd Kohler verbinden. Er hat Bernhold in der Nacht morgens gegen vier Uhr die Treppe hinauftragen müssen, nachdem Bernhold einen Liter Pernod getrunken hatte. Wollen Sie diesen Kohler sprechen?«

»Nicht nötig«, sagte er müde. »Schicken Sie das Mädchen her. Sagen Sie ihr, ich hätte verstanden oder irgend so etwas. Und vielen Dank für Ihre Hilfe.«

»Nichts zu danken. Das Mädchen wird später kommen. Sie ist ziemlich fertig.«

»Sie kann morgen kommen«, sagte er. »Was soll ich mit Bernhold machen, verdammt noch mal?« Er fragte wie ein ratloses Kind.

»Ich würde nichts machen«, sagte ich. »Sie können ihm nicht den Job nehmen. Trennen Sie die beiden, das reicht.«

»Natürlich«, sagte er. »Und nochmals vielen Dank.«

»Bitte«, sagte ich. »Sie hätten störrischer sein können.«

Er lachte müde und hing auf.

Kohler murmelte: »Also ist es klar?«

»Es ist klar«, sagte ich. »Lass sie reinkommen, und lass mich dann gehen.«

»Geh jetzt«, sagte er.

»Erst einen Kognak«, sagte ich.

Wir tranken einen Kognak zusammen und hörten irgendeine Platte der Mathieu. Es war ziemlich laut, und trotzdem hörte man sie nebenan schluchzen. »Hol sie«, sagte ich. »Ich will meine Lorbeeren.«

Er rief: »Ellen! Komm rein«, und er grinste wie ein Junge, der eine elektrische Eisenbahn bekommen hat. Als sie die Tür öffnete und hereinkam, sagte er: »Du kannst morgen früh wieder anfangen. Aber lass Bernhold aus dem Spiel. Sei kalt zu ihm und freundlich und sprich nicht mehr darüber.«

Eine Weile stand sie in der Tür und sagte dann: »Danke, Paul.«

»Nichts zu danken«, sagte ich. »Aber du musst lernen, dich selbst zu wehren.«

»Genau«, sagte Kohler und goss mir einen zweiten Kognak ein. Aber ich trank ihn nicht, ich wollte zu Eichhörnchen. Ich sagte: »Macht's gut, ihr zwei, und geht zusammen essen. Die Welt sieht dann anders aus.«

»Paul«, sagte sie, aber ich war schon in der Tür, denn sie störte mich. Ich hatte Ann den Zirkus versprochen. Dieser Donnerstag war ein sehr schöner Tag, denn die Kleine belachte die Clowns, hatte Angst vor den Tigern und ein ganz rotes, erregtes Gesicht. Sie schlief in dieser Nacht bei uns, denn sie sagte: »Immer, wenn ich einschlafen will, sitzen die Tiger auf dem Bett und brüllen.«

»Na schön«, sagte ich.

Und Eichhörnchen murmelte: »Ich werde betrogen.« Sie war sehr glücklich, glaube ich.

## 4. Kapitel

Ann fragt nach Eichhörnchen. Das sind peinigende Sekunden bei meinen Besuchen. Was soll ich ihr sagen? Ich werde ihr später, viel später, einmal alles erzählen, nur das mit Eichhörnchens Beinen nicht.

»Papa, wo ist Mami?«

»Verreist, mein Spatz.«

»Wann kommt sie wieder?«

»Sicher bald.«

»Aber warum muss ich in diesem Haus sein? Wir haben doch selbst ein Haus.«

Dann das Grandiose: »Das verstehst du noch nicht.«

Und du hast eine Hand auf dem Kopf des Kindes und gehst mit ihm einen grauen, tristen Flur hinunter, der auch der Flur einer Kaserne oder eines Erziehungsheims sein könnte. Und du versuchst verzweifelt, die sittsam zitierte heile Welt vorzuspielen. Du findest es zum Kotzen, und du fliehst vor einer Sechsjährigen.

Ich weiß, sie fühlt sich in dem Heim unglücklich, und sie weint heftig, wenn ich wieder gehe, und meine Scham wächst.

Die Heimleiterin ist eine widerliche Person, die mich ätzend darauf aufmerksam macht, dass ich im Grunde gar kein Sozialfall bin, sondern sehr wohl arbeiten und für den Heimaufenthalt des Kindes bezahlen kann. In den ersten Monaten habe ich gesagt, ich sei lungenkrank, aber dann habe ich gelernt, ihre Nörgelei zu ertragen, ohne mich auf billige Art zu entschuldigen. Ich weiß, dass es nicht mehr sehr lange gut gehen kann. Eines Tages werden sie mir Ann mitgeben, und ich werde mit der Kleinen in diesen verfluchten Keller gehen müssen. Im Übrigen wird sie im September in die Schule kommen. Wie soll ich das machen?

Kinder sind bei Beginn der Orgie an der Garderobe abzugeben!

Was wird Kohler sagen, wenn er mich entdeckt? Manchmal erwische ich in Mülltonnen alte Ausgaben der Illustrierten, und manchmal steht bei einer Reportage: *Fotos: Bernd Kohler.* Ob er noch immer Angst hat und billigen Weinbrand trinkt, wenn es ganz schlimm und ganz plötzlich kommt? Ob er noch immer nach mir sucht?

Sie haben alle nach mir gesucht: Kohler, Braumann, Jörg, meine Eltern, meine Schwiegereltern. Ann haben sie natürlich entdeckt, aber sie weiß nicht, wo ich wohne, und ich habe der Heimleiterin ausdrücklich untersagt, das Kind herauszugeben, obwohl sie alle es haben wollten und sich aufgeführt haben wie die Verrückten. Aber die Heimleiterin hat meine Adresse nicht herausgegeben, obwohl sie sie natürlich hat. Es könnte ja irgendetwas mit Ann sein. In dieser Beziehung ist die Frau konsequent.

Ich habe den Bericht über die Reise nach Chamonix und Grenoble noch einmal aufmerksam gelesen.

Ich finde, ich habe die Welt, in der wir lebten, leidlich gut getroffen. Und auch die Sprache ist tatsächlich so. Möglich, dass ich die eine oder andere Szene für einen Berufsfremden zu oberflächlich geschrieben habe, aber im Ganzen finde ich das Bild weder falsch noch verfälscht. Der heilige Augustinus hat einmal gesagt, dass man nicht versuchen soll, zu intensiv hinter die Dinge zu sehen, weil man darüber die Dinge selbst leicht vergessen kann. Ich verfahre nach diesem Rezept. Es ist einfach. Außerdem bezweifle ich, ob es mir gelingen würde, bedeutsame Aphorismen zu finden oder allegorische Bilder zu entwerfen oder symbolträchtig und behutsam daherzuschreiben wie ein junges Mädchen, das Lyrik macht.

Ich wundere und freue mich darüber, dass ich überhaupt schreibe. Und ausgerechnet dies schreibe, das mir auf jeder Seite eine neue Verwundung zufügt. Es ist nicht einfach, zu notieren: »Kohler hatte Angst«, denn es besteht die Gefahr, dass diese Angst auf mich überspringt. Daran glaube ich ganz fest. Wahrscheinlich würde Jörg sagen: »Du schreibst dich frei von dem, was war«, aber ganz so bin ich nicht davon überzeugt. Zuweilen denke ich nämlich, dass ich nicht faul sein darf, dass ich in der Übung bleiben muss. Und über welche Welt könnte ich schon schreiben, wenn nicht über die, die ich genau kenne?

Seit vierzehn Tagen habe ich keinen Pfennig Geld mehr, und merkwürdigerweise stört mich das nicht. Früher hat es mich immer gestört, kein Geld zu haben, und ich steckte sogar einen Zwanzigmarkschein ein, wenn wir nur zehn Minuten spazieren gingen. Jetzt stört es mich nicht. Alle zwei Tage bringt mir Angela ein halbes Brot, etwas Marmelade und ein Stück Margarine. Das reicht. So muss es in den Gefangenenlagern der Kriege aussehen. Gestern haben sie über mir Fasching gefeiert, und dem Krach nach zu urteilen, hatten sie sehr viele Gäste. Gegen Mitternacht kam Angela herunter und versuchte, mich einzuladen. Aber ich habe abgelehnt. Ich verstehe diese Leute nicht, und sie werden mich nicht verstehen. Wahrscheinlich hätten sie mich auch nur verspottet und ihren Spaß mit mir getrieben. Jede Gesellschaft sucht sich ihren Clown, und die da über mir waren auf der Suche. »Kommen Sie«, sagte Angela. »Sie können hier nicht ewig hocken. Alle Mädchen haben obenrum nichts an, vielleicht bringt Sie das etwas in Schwung.« Sie lachte ein wenig atemlos und beschwipst. Sie hatte ihre nackten Brüste mit Kreisen aus grellem Weiß und einem blutigen Rot bemalt. Es war ein hübsches Ornament auf ihren festen hübschen Brüsten.

»Nein«, sagte ich, »ich bin müde, ich will schlafen.«

»Das können Sie doch nicht bei dem Krach«, sagte sie. Dann ging sie hinaus, und ich hörte sie auf der Treppe irgendeinen romantischen Schlager summen.

Später in der Nacht kam der rotgesichtige Vollbärtige, den alle Joe nennen. Er brachte zwei junge Burschen mit, die ich noch nie gesehen habe. Er knipste das Licht an und zeigte auf mich. Er sagte: »Seht ihn euch an, diesen Rest von einem Wohlstandsbürger.« Er hatte eine Flasche Wermut in der Hand und trank daraus. Die beiden anderen waren sehr jung und sehr verwirrt.

»Haut ab«, sagte ich. »Lasst mich schlafen.«

»Joe ist das Oberhaupt«, sagte Joe. »Und du schmutziger kleiner Angsthase hast zu parieren.« Dann trank er wieder.

Da bin ich aufgestanden und habe ihm mit aller Gewalt in das Gesicht geschlagen, sodass seine Lippen aufsprangen und der rechte Mundwinkel aufriss wie ein Stück Karton. Er fiel mit dem Gesicht gegen den Tisch mit der Schreibmaschine und war sicherlich schon bewusstlos, ehe er auf dem Boden aufschlug.

Zum ersten Mal in meinem Leben habe ich einen Menschen vorsätzlich und voll kühler Brutalität geschlagen, zum ersten Mal, seit ich in diesem Keller sitze, habe ich mich gewehrt. Es ist ein wundervolles Gefühl.

Die beiden jungen Burschen nahmen ihn hoch, und er blutete sehr stark, aber er spürte nichts, sein Kopf pendelte wie der eines geschlachteten Bullen.

»Bringt ihn hinauf«, sagte ich. »Und sagt ihm, er soll nicht wiederkommen.«

Sie hatten Furcht vor mir, und das stimmte mich heiter. Sie schleppten sehr schwer an Joe, denn er war das Oberhaupt, und er bekam am meisten zu trinken und zu essen. Er war schwer, fettig schwer. Ich glaube, er studierte Jura oder wenigstens hatte er einmal damit begonnen.

Später kam eine ganze Gruppe von ihnen herunter, und sie hatten alle sehr viel getrunken. Es waren sechs. Einer von ihnen, ein schmächtiger Mann mit einer sehr starken Brille und langem wirren Haar, trat einen Schritt vor und sagte: »Das Kollektiv hat beschlossen, dich zu bestrafen.«

»Wie heißt du denn?«, fragte ich.

Er machte ein paar kurze, lächerlich trippelnde Schritte, bis er dicht vor mir stand, gab mir die Hand und murmelte: »Entschuldigung. Wolfgang Schnepp, Student der Medizin.« Er war sehr lustig und nicht im Geringsten verlegen.

»Wie will das Kollektiv mich denn bestrafen?«

»Das wissen wir noch nicht«, sagte er. »Aber es gibt ein paar unter uns, die meinen, du musst den Keller räumen.«

Nur einer von ihnen war wirklich gefährlich. Er trug eine Felljacke über dem nackten Oberkörper und dazu eine lange Kette aus vielen farbigen Glasteilchen. Er rückte an der Wand entlang, und ich wusste, dass er versuchen wollte, hinter mich zu kommen. Er war auch nicht so betrunken wie die übrigen.

Ich wartete nur, bis er neben mir war, dann machte ich nur einen Schritt und schlug ihn ebenso hart wie Joe mitten in das Gesicht. Er versuchte, seine Hand in den Beton zu schlagen, um sich daran festzuhalten, und auch er begann heftig zu bluten. Aber er wurde nicht ohnmächtig.

»Du kannst so viel Prügel bekommen wie du willst«, sagte ich. »Jeder von euch kann das.«

Der kleine Medizinstudent vor mir grinste. Er sagte: »Ich mochte den Kerl auch nicht. Trinkst du einen Schnaps mit mir? Er ist nichts weiter als ein dämlicher Zyniker!«

»Nein«, sagte ich. »Aber du kannst mich besuchen, wenn du willst.«

»Gut«, sagte er. Sie gingen alle zusammen hinaus, und der Mann, den ich geschlagen hatte, weinte wie ein

Säufer. Sie waren eine traurige Prozession, die da aus meinem Loch die Treppe hinaufschlich, und ich lachte, bis mir die Tränen kamen und meine rechte Hand zu schmerzen begann. Wenig später war sie so stark geschwollen, dass ich nicht mehr schreiben konnte.

Angela kam mit essigsaurer Tonerde. Jetzt kann ich schon wieder den Zeige- und Mittelfinger benutzen, und ich möchte, dass der leise Schmerz bleibt, um nicht zu vergessen, dass ich begonnen habe, mich wieder zu wehren. Mit Angela kam der kleine Medizinstudent, und er brachte einen ganzen Teller voll belegter Brote und außerdem zwei Flaschen Cola. Er war halbwegs nüchtern, und er entschuldigte sich bei mir. »Ich war noch nie in einer Kommune«, sagte er. »Mir kam das alles ziemlich prächtig vor.« Und dann sagte er ernsthaft: »Ich habe nämlich bis jetzt studiert, müssen Sie wissen.«

Wir lachten ein wenig, und dann aß ich alle Brote und trank beide Flaschen Cola. Angela saß neben mir auf dem Feldbett und kühlte meine Hand. Ich glaube, in dieser Stunde begann unsere Geschichte. Aber es kann auch daher gewesen sein, vielleicht als sie wortlos auf meinem Feldbett saß und über irgendetwas weinte und nie mit mir sprach.

## 5. Kapitel

Braumann hielt Wort; weder am Donnerstag noch am Freitag wurde ich auf eine neue Geschichte angesetzt, und auch Kohler bekam nichts zu tun. Aber am Samstag bereits wurden wir wieder losgeschickt. Das war etwa eine Stunde, nachdem Eichhörnchen glucksend gesagt hatte: »Jetzt haben wir noch zwei volle Tage ganz für uns allein.«

Braumann rief gegen zehn Uhr an und sagte: »Junge, du musst das Wochenende aufgeben. Da ist eine komische Sache im Münsterland passiert. Ich bin in der Redaktion und warte. Ihr fliegt bis Hannover und nehmt dann einen Wagen. Es tut mir wirklich leid, Junge.«

Gegen elf Uhr war ich mit meinem Gepäck in der Redaktion und traf Braumann, wie er mit dem Chef bösartig heftig über irgendetwas diskutierte. Als ich hereinkam, bemühten sie sich, ihren Ärger zu verstecken, und lächelten.

»Hier, Junge«, sagte Braumann, und der Chef sagte: »Es tut mir leid, Poggemann, dass Ihre Flugzeugstory nicht mitging.«

»Das macht nichts«, sagte ich.

Jetzt war es eine Meldung von UPI. Sie besagte, dass ein gewisser Wilhelm Böckler, der wegen Mittäterschaft bei den Morden an über fünftausend Juden zu lebenslänglichem Zuchthaus verurteilt worden war, nach einem Jahr Haft ohne Kommentar der Behörden nach Hause entlassen worden sei. Es hieß, der Mann leide unter Magengeschwüren und sei wegen außerordentlich guter Führung vorzeitig entlassen worden, um sein Leiden fachgerecht behandeln lassen zu können.

»Das verstehe ich nicht«, sagte ich.

»Ich auch nicht«, sagte Braumann. »Deshalb fährst du hin. Kohler kommt mit. Eure Maschine geht in einer Stunde.«

Wir tranken eine Flasche Bier zusammen, und der Chef sagte mir genau, wie er sich die Sache vorstelle. »Passen Sie auf. Sie versuchen erst einmal, ein Interview zu bekommen. Gelingt das nicht, dann schießt ihn auf der Straße ab und sammelt die Meinungen der Dorfbewohner. Und es muss knallhart sein, klar? Und schnell.«

»Poggemann ist immer schnell«, sagte Braumann, und ich war sehr stolz darüber, dass er es so ruhig und so selbstverständlich sagte.

Die Maschine nach Hannover erreichten wir gerade noch rechtzeitig. Kohler hatte Ärger gehabt, weil er noch Filme besorgen musste und der Schlüssel zum Labor nicht aufzutreiben war.

»Bist du mit Ellen essen gegangen?«

»Ja«, sagte er. »Ich wollte auch mit ihr schlafen, aber sie wollte nicht. Was trinken wir?«

»Bier«, sagte ich.

»Alkohol?«

»Also Tee.«

»Zwei Tee«, sagte er der Stewardess, dann las er das Fernschreiben von UPI und schlief bald darauf ein.

In Hannover schneite es. Die Stadt ist trostlos. Wir bekamen einen Mercedes, und Kohler fuhr die erste Hälfte der Strecke. Er war sehr vergnügt und erzählte von der Frau eines Freundes, mit der er in der vergangenen Nacht etwas gehabt hatte.

»Also, ich versteh die nicht. Sie hat wirklich Mut. Wir haben es im Wohnzimmer gemacht, und ihr Mann schlief genau darüber. Meiner Meinung nach muss er etwas gehört haben, aber er ist so ein Feigling, dass er nie etwas unternimmt. Sie war wild wie eine Hummel, und wir sind sogar einmal von der Couch gefallen. Es war ein Krach wie auf einer Kegelbahn. Aber ihr machte das gar nichts. Sie sagte nur immer, der da oben würde sie niemals richtig fertigmachen, und sie hätte die Nase voll von ihm.«

»Er soll ihr ein Kind machen«, sagte ich.

»Er hat schon bei mir in der Wohnung gesessen und hat geheult und hat auch schon versucht, ihr ein Kind zu machen. Aber sie will nicht. Sie treibt es mit jedem, der ihr gerade in die Quere kommt.«

»Er soll sie mal verprügeln.« Ich hörte nicht richtig zu, denn wenn man dauernd derartige Geschichten hört, geht es einem wie bei schmutzigen Witzen: Man hört nicht mehr zu.

»Verprügeln? Großer Gott. Sie würde ihn mit einem Schlag ins Krankenhaus bringen.« Er lachte. »Junge, sie war wie eine Hummel, es war Schwerstarbeit.«

»Ja«, sagte ich. »Du bist sehr gut.«

»Quatsch«, sagte er. »Hinterher kotzt es mich immer an, aber was willst du machen?«

»Heiraten«, sagte ich. »Oder wenigstens eine feste Frau nehmen.«

»Nein«, sagte er. »Dann werde ich bald so sein wie die anderen.«

»Wie ich?«

»Nein, nein. Wie die mit den Bausparverträgen und den Lebensversicherungen und den fünf Mark Zigarettengeld in der Woche.«

»Du bist verrückt«, sagte ich.

»Mag sein«, sagte er.

Als wir durch Osnabrück fuhren, sagte ich: »Hier bin ich groß geworden.« Aber es gab kaum eine Straße, an die ich mich wirklich erinnerte.

»Ich mag die Stadt nicht, in der ich groß geworden bin«, sagte er, »und das liegt wohl daran, dass mein Alter mich so viel geprügelt hat und meine Mutter einmal auf den Strich schickte, als es uns nach dem Krieg so dreckig ging.«

»Hör auf«, sagte ich. »Du musst dich damit nicht fertigmachen. Ich hatte hier meine erste große Liebe. Ich glaube, sie hieß Maria.«

»Weißt du ihre Hausnummer nicht mehr?«

»Nein, aber ich weiß, wo sie wohnt.«

»Dann fahren wir doch hin«, sagte er. »Wie alt wart ihr damals?«

»Sechzehn«, sagte ich. »Oder siebzehn.«

»Hast du sie entjungfert?«

»Nein. Aber heute weiß ich, dass sie es immer gewollt hat. Ich war noch zu klein, um das zu begreifen. Du musst jetzt rechts fahren und dann an der nächsten Kreuzung in Richtung Braunschweig.«

»Stell dir vor, sie steht dir gegenüber und hat vier Kinder um sich herum.« Kohler lachte.

»Wahrscheinlich wird es so sein«, sagte ich. »Sie hat mir noch einmal geschrieben, als das erste Kind unterwegs war. Sie hat irgendeinen Mann geheiratet, der ständig vor sich hinpfiff, weil er angeblich so einsam war, wie sie sagte. Das hat einen ungeheuren Eindruck auf sie gemacht. Jedenfalls bot sie mir die bekannte ewige Freundschaft an, und die Sache war zu Ende.«

»Na denn«, sagte er. »Hoffentlich macht sie uns wenigstens einen Kaffee.«

Irgendetwas in jener Gegend hatte sich verändert, aber der Berg war geblieben. Wir hatten ihn »unseren Berg« genannt, und wir waren beinahe jeden Tag hinaufgeklettert und hatten uns auf einer kahl geschlagenen, mit hohem Farn besetzten Fläche ein Nest gebaut. Wir nahmen immer eine Decke mit. Einmal hatte ich sie ausgezogen, und sie hatte gläsern gesagt: »Mir ist eiskalt. Tu es nicht.« Ich habe es nicht getan. Später dann durfte ich ihre Scham berühren oder sie presste ganz heftig mein Knie in sich hinein. Ich weiß, dass ich damals sehr wenig empfand, Verwirrung vielleicht, aber wenig von körperlicher Begierde. Ich musste ihre Scham immer häufiger berühren, und immer häufiger musste ich mich auf sie legen und mein Knie in ihren Leib pressen. Es war eine verrückte Zeit, eine verrückt schöne Zeit.

»Die Kreuzung hier ist neu«, sagte ich. »Wir müssen irgendwo links herüber.« Und schließlich fand ich das Haus, und es sah genauso aus wie damals. »Ich hab' ein bisschen Angst«, sagte ich.

Kohler lachte und stieg aus. »Ich will einen Kaffee«, sagte er. »Also komm schon und sag guten Tag.«

»Sie wird doch sicher nicht mehr bei ihren Eltern wohnen«, sagte ich. Aber ich schellte, und sofort machte jemand auf, und sofort rief eine Frau: »Paul! Ist das möglich!«

»Es ist«, sagte ich, und wir stiegen die zwei Stufen hinauf. Sie stand in der Tür und lächelte. Und sie war hübsch, auf eine ganz andere Art hübsch, als sie es damals gewesen war.

»Das ist Herr Kohler«, sagte ich. »Weil er einen Kaffee wollte, sind wir hierhergekommen. Stören wir sehr?«

Sie sah mich an und schüttelte den Kopf. Sie nahm mein Gesicht zwischen ihre Hände und drehte es langsam hin und her. »Paul«, sagte sie in kindlicher Freude.

»Wie geht es deiner Familie?«, sagte ich. Mir war dieses lange, beinahe sehnliche Anstarren peinlich.

»Kommt rein«, sagte sie. »Denen geht es gut. Ich hab' zwei Kinder. Meine Eltern leben in einem Altersheim.«

»Wir wollen den stolzen Vater sehen«, sagte Kohler.

»Der stolze Vater fährt gerade einen Lastwagen nach Kiel«, sagte sie. »Fernfahrer. Fährt am Wochenende den frischen Fisch von der Küste.«

»Aha«, sagte ich. »Und so etwas wie dich lässt er allein. Ein Schurke.«

Wir sprachen Unsinn, nichts als banale Sätze, denn wir waren beide verlegen, und Kohler amüsierte sich königlich.

Ich sagte ihr, wir hätten in der Gegend um Iburg zu tun, und sie erinnerte mich daran, dass wir einmal in

Iburg waren und in einer Kneipe nicht bezahlen konnten, weil ich mein Geld verloren hatte. Ich sagte ihr, ich sei verheiratet und hätte ein Kind und ich sei glücklich und hätte eine prima Frau erwischt. Und sie sagte, das hätte sie mir schon damals prophezeit, und ich tat so, als erinnerte ich mich daran.

Das alles änderte sich, als sie eine Flasche mit Kognak auf den Tisch stellte. Kohler trank gar nichts, aber Maria und ich tranken sehr hastig, und dann begann eine Flut von Erinnerungen, die uns romantisch und traurig stimmte, bis Kohler sagte: »Jetzt hört aber auf. Ihr benehmt euch wie ein Liebespaar.«

»Wir sind auch einmal eines gewesen«, sagte Maria. »Und was für eins.«

»Jawohl«, sagte ich. »Ein ganz tolles. Wo sind die Kinder?«

»Bei den Großeltern«, sagte sie. »Sie kommen erst morgen Abend wieder.«

Und in diesem Augenblick sagte Kohler: »Das ist wie im Film. Jetzt brauche ich nur noch in ein Kino zu gehen, und ihr begeht beide Ehebruch.«

»Ja, ich glaube«, sagte sie einfach.

»Wir fahren«, sagte ich. »Wir fahren jetzt sofort.«

Ich sehe noch ihr Gesicht vor mir. »Wie du willst«, sagte sie.

Wir verabschiedeten uns, wobei Kohler sehr leutselig tat und sagte: »Wissen Sie, ich kenne ihn, er ist unberechenbar. Sie müssen das nicht übel nehmen, aber er hat wirklich eine Frau.«

»Sicher«, sagte sie, und sie stand am Türrahmen und weinte ein wenig. »Aber wenn dein Freund hierbleibt, können wir doch wenigstens miteinander reden.«

»Na gut«, sagte ich. »Also bleiben wir. Wir können sowieso nicht vor morgen früh zu arbeiten anfangen.«

Es war noch das gleiche Sofa, auf dem wir uns damals geküsst hatten, wenn ihre Eltern in der Küche saßen, es waren auch noch die gleichen zerschlissenen Sessel, das gleiche Ölbild, auf dem ein Auerhahn vor dunklen Wacholdersträuchern balzt. Es konnte ihnen nicht gut gehen.

Wir hörten Maria in der Küche arbeiten. Kohler sagte: »Ich möchte wissen, was mit dir los ist. Du wärst schon wieder in ein fremdes Bett gegangen, wenn ich nicht gestört hätte.«

»Das ist die Macht der Erinnerung«, sagte ich, aber ich wusste, dass ich log. »Sie ist ziemlich hübsch, nicht wahr?«

»Ja«, sagte Kohler, »aber mehr auch nicht. Lass uns nicht zu lange bleiben.«

Maria kam herein und deckte den Tisch. Ihre Hände waren sehr rot, sehr rau und rissig.

»Wie alt ist deine Frau?«

»So alt wie ich«, sagte ich. »Das ist immer gut.«

»Ja«, sagte sie. »Trinken wir Kaffee? Ich habe keinen Tee im Haus.«

»Natürlich«, sagte Kohler. »Ich trinke vorher auch einen Kognak, wenn Sie gestatten.« Und er nahm mein Glas und goss sich etwas ein. »Was glaubst du, wie lange wir brauchen werden?«

»Ich weiß nicht«, sagte ich. »Vielleicht zwei oder drei Tage.«

»Dein Beruf muss toll sein«, sagte Maria. »Reporter. Weißt du noch, dass du mir damals Gedichte aufgeschrieben hast?«

»Ja«, sagte ich. »Und wahrscheinlich waren sie scheußlich.«

»Nein«, sagt sie. »Sie waren alle schön.«

Wir aßen sehr langsam und sehr ruhig, und ich goss mir in jede Tasse Kaffee etwas von dem Kognak. Aber als ich spürte, dass ich betrunken wurde, hörte ich sofort damit auf.

»Fühlst du dich wohl in deiner Ehe?«

»O ja«, sagte sie. »Anfangs habe ich noch mitgearbeitet. Aber dann kam das erste Kind, und ich musste aufhören. Jetzt bin ich nur noch Hausfrau. Ich habe einen guten Mann bekommen.«

»Sicher«, sagte ich. »Du hast den besten verdient, den es gibt.«

»Du bist sicher viel unterwegs, nicht wahr?«

»Ja, sehr viel.«

Kohler war plötzlich nicht mehr da, er war ein Schatten.

»Macht deine Frau das so ohne Weiteres mit?«

»Ich weiß nicht, ob es ihr sehr gefällt, aber es ist mein Beruf. Irgendwann werde ich als Redakteur einen Schreibtisch haben und nicht mehr reisen.«

»Wann ist irgendwann?«

»Ich weiß es nicht.«

»Dein Leben muss aufregend sein, und du musst viel erzählen können.«

»Es ist ein Beruf wie jeder andere auch. Die Leute glauben, er ist sehr abenteuerlich, aber meistens ist er nur ein bisschen widerwärtig, und Sternstunden sind selten. Ich glaube, das ist überall so.«

»Hast du deine Frau oft betrogen?«

»Warum fragst du das?«

»Ich möchte sie kennenlernen«, sagte sie. »Ich möchte wissen, wie sie ist. Ich kenne dich auch ein wenig.«

»Sie ist gut für mich«, sagte ich. »Warum sollst du sie nicht kennenlernen?«

»Nein«, sie schüttelte heftig den Kopf. »Ich will es nicht. Es ist jetzt eine andere Zeit, und wir sind andere Menschen.«

»Das kann sein«, sagte ich. »Warum hast du so großen Kummer? Hast du deinen Mann betrogen oder betrügt er dich?«

Sie goss sich von dem Kognak sehr viel ein, als müsse sie sich betäuben. Sie trank davon und hustete, und es war deutlich zu sehen, dass sie selten trank, wahrscheinlich nie. Und vermutlich war es eine Flasche, die ihnen irgendjemand zu Weihnachten geschenkt hatte.

»Kognak macht schwermütig«, sagte Kohler. »Ist hier in der Nähe eine Kneipe?«

»Gleich um die Ecke«, sagte ich. »Aber bleib nicht so lange, wir müssen bald fahren.«

»Sicher«, sagte er. »Ich hole einen Sekt, das frischt ein bisschen auf.« Er ging hinaus und ließ die Tür mit einem lauten Knall hinter sich zufallen.

»Er ist ein netter Kerl«, sagte Maria.

»Das ist er«, sagte ich. »Hast du großen Kummer?«

»Ich weiß es nicht«, sagte sie. »Du musst wissen, dass ich sehr stumpf geworden bin. Ich glaube, ich war drei Jahre nicht mehr im Berg. Ich war drei Jahre überhaupt nirgendwo. Ich bin seit einiger Zeit nichts mehr. Ich weiß nicht, ob du das verstehst.«

»Nicht so richtig«, sagte ich, und ich trank einen Schluck Kognak aus ihrem Glas.

Sie stand auf und schüttete Kohlen in den Ofen. Auch der Ofen war noch derselbe. »Ich bin nicht glücklich«, sagte sie.

»Jeder hat solche Perioden«, sagte ich.

»Ich war auch nicht glücklich«, sagte sie und setzte sich wieder. »Aber es ist dumm, davon zu erzählen. Dein Leben ist so anders.«

»Erzähl ruhig«, sagte ich. »Darf ich noch einmal von dem Kognak trinken?«

Sie nickte und sagte: »Die ersten Jahre waren die schlimmsten. Er trank sehr viel, und er hat mich oft geschlagen. Auch jetzt schlägt er mich manchmal, wenn er betrunken ist. Er nennt mich nur seine Olle, und er sagt es so, wie früher irgendwelche Hochstehenden von ihren Dienstboten gesprochen haben. Es war nie Geld da, und auch jetzt haben wir noch keins, aber er ist nicht mehr so brutal wie früher. Das muss ich sagen.«

Kohler schellte, und sie öffnete ihm die Tür. »Sie sollten die Sachen in den Eisschrank tun«, sagte er. Dann kam er herein und setzte sich.

»Ich störe euch, nicht?«, fragte er.

»Nein«, sagte ich. »Sie erzählt gerade über ihre Ehe. Es geht ihr nicht gut.«

»Wir sind die Beichtväter der Nation«, sagte Kohler. Er nahm einen grellfarbenen Kioskroman von der Vitrine und begann darin zu lesen.

Maria kam aus der Küche und sagte: »Sekt hatten wir schon sehr lange nicht mehr. Wahrscheinlich ein paar Jahre lang.« Sie setzte sich neben mich auf das Sofa, und es war so, als wolle sie wieder sagen: »Press dich ganz fest an mich!«

Mir war elend.

»In den ersten Jahren kam er manchmal nach Hause und schlug einfach auf mich los, wenn ich im Bett lag. Er beschimpfte mich. Er sagte, ich wäre eine Hure, ein Flittchen und solche Dinge. Aber jetzt ist es viel besser. Er trinkt weniger, und manchmal geht er sogar mit den Kindern und mir spazieren. Aber die ersten Jahre haben zu viel kaputtgemacht, und wir sind uns beide so fremd geworden. Erinnerst du dich noch, wie wir uns damals manchmal über den lieben Gott unterhalten haben?«

»Natürlich«, sagte ich.

»Wie du weißt, waren meine Eltern immer sehr fromm. Und ich habe in den ersten Jahren immer versucht, zu beten. Aber dieser liebe Gott ist ein komischer Mann. Er war nie da, wenn mein Mann vor dem Bett stand und mir in das Gesicht schlug, sodass ich am nächsten Morgen keine Milch kaufen gehen konnte. Der liebe Gott war überhaupt nie da. Weißt du, wie ich mich fühle?«

»Wie denn?«

»Wie ein Fisch«, sagte sie. »So kalt und so allein wie ein Fisch. Als das zweite Kind kam, hat er mich angebrüllt, ich hätte nicht aufgepasst, und er mag das Kind noch heute nicht. Und nie war Geld da. Einmal hat er ein Auto gekauft, und sehr bald kam ein Gerichtsvollzieher und holte unsere Möbel. Aber ich war dagestanden wie ein Fisch, und es hat mir gar nichts ausgemacht. Liebst du deine Frau?«

»Ja«, sagte ich.

»Liebst du sie sehr oft?«

»Du meinst jetzt im Bett? O ja, sooft es geht.«

»In den ersten Jahren ist er manchmal wochenlang nicht zu mir gekommen, und sicherlich hatte er irgendwo in irgendeiner Kneipe ein Flittchen, die alles machte, was er verlangte. Er verlangte scheußliche Dinge, die ich nicht tun konnte, weil ich ein Fisch war. Paul?«

»Ja?«

»Paul, ich war noch nie ganz glücklich, glaubst du das?«

»Das kann doch nicht sein«, sagte ich.

»Doch«, sagte sie, »es ist wirklich so. Nichts an ihm ist weich, und er lässt sich von mir herunterfallen wie ein Mehlsack, und es dauert immer nur Sekunden, und ich ekle mich vor ihm.« Sie weinte nicht, sie sprach ganz kühl mit sehr hellen Augen, und manchmal lächelte sie.

»Vielleicht ist er ein einfacher Mann und weiß nicht viel von diesen Dingen.«

»Er ist ein einfacher Mann«, sagte sie. »Aber das gibt ihm nicht das Recht, mich zu einem Fisch zu machen. Ich frage mich oft, wo ich eigentlich zu Hause bin. Ich glaube, wenn ich irgendeinen Mann treffe, der mir gefällt, werde ich mit ihm ins Bett gehen.«

»Vielleicht hat dein Mann Minderwertigkeitskomplexe«, sagte ich. »Du bist ziemlich klug, vielleicht ist er nicht so klug.«

»Aber er ist ein bisschen pervers«, sagte sie. »Einmal brachte er irgendein Mädchen mit, und ich musste zusehen, wie sie es taten.«

»Dann ist er krank«, sagte ich und trank sehr viel aus ihrem Kognakglas und hoffte, dass Kohler etwas einfallen würde, was uns aus dieser Wohnung brachte.

»Nein«, sagte sie, »er ist nicht krank. Er lebt nur genauso daher wie ich. Es sind nette Kinder. Ein Junge und ein Mädchen. Sie gehen beide in die Schule und sind gut. Paul?«

»Ja?«

»Warum machen wir uns unsere Jugend so kaputt?«

»Ich weiß es nicht«, sagte ich.

»Wir sind so dumm«, sagte sie.

Kohler sagte: »Paul, wir müssen fahren. Das Hotel in diesem Iburg wartet nicht ewig.«

»Ja«, sagte ich.

Maria brachte uns hinunter bis an den Wagen. Ich las am Montag in einer Lokalzeitung, dass sie am gleichen Abend Selbstmord verübte. In der Zeitung stand, sie habe eine große Menge Barbiturate zusammen mit einer großen Menge Alkohol zu sich genommen. Es habe sich wahrscheinlich um starke seelische Depressionen gehandelt. Osnabrück war richtig angegeben, die Straße und Hausnummer auch. Ihr Name war Maria S., also konnte es keine andere Frau sein.

»Und ich Idiot«, sagte Kohler, »ich Idiot hatte außer dem Sekt noch eine Flasche Kognak gekauft, damit ihr Mann sie nicht verprügelt, wenn er entdeckte, dass ihre Flasche leer war.«

Wir fuhren an jenem Samstag von Osnabrück aus die letzten zwanzig Kilometer sehr schnell und ohne miteinander zu sprechen. Das Hotel hieß Felsenkeller und war sehr sauber und beinahe so still wie eine Kirche. Wir tranken eine Flasche Weißwein, aßen etwas und gingen dann hinüber an den kleinen See, an dessen Ufer sie ein Restaurant gebaut hatten, das sehr hübsch war und voll weicher Musik.

»Wie willst du die Geschichte angehen?«, fragte Kohler.

»Der Chef meinte, wir sollten es zuerst mit einem offiziellen Interview versuchen. Aber das ist Unsinn. Wir werden heute Nacht noch feststellen, wo er wohnt, und dann musst du ihn morgen abschießen, sooft es geht. Dann gehen wir an ihn heran.«

»Das ist richtig«, sagte er. »Diese dämlichen Chefredakteure, diese Manager.«

## 6. Kapitel

Ich bin unterbrochen worden, und das ist gut so, denn ich spüre, dass meine Hand wieder anschwillt. Angela ist heruntergekommen, um mir etwas zu essen zu bringen. Nach dem Licht zu urteilen, das in den Schacht des Kellerfensters fiel, war es vielleicht fünf Uhr nachmittags. Es ist Aschermittwoch.

»Wie geht's Ihnen?«, fragte sie.

»Gut«, sagte ich. »Ich komme gut voran.«

»Bringt das Geld ein, dieses Schreiben?«

»Nein, wahrscheinlich nicht. Ich werde arbeiten gehen.«

»Sie müssen nicht«, sagte sie.

»Nein«, sagte ich. »Das ist Unsinn! Sie haben genügend Gäste.«

»Es sind keine Gäste«, sagte sie heftig. »Sie haben Joe übel zugerichtet. Er ist heute Morgen in die Ambulanz von einem Krankenhaus gegangen. Drei Zähne mussten gezogen werden.«

»Es tut mir nicht sehr leid«, sagte ich. »Ist Joe Ihr Mann?«

»Nein, aber er glaubt, ich sei seine Beute. Das ist da oben so.« Sie setzte sich auf das Feldbett und warf mir eine Schachtel Gauloises zu. Ich glaube, es war die erste

Zigarette nach vier Wochen, und ich hustete stark, als ich zum ersten Mal daran gezogen hatte.

»Haben Sie noch Verlangen nach Alkohol?«

»Nein, nicht im Geringsten«, sagte ich.

»Und wenn Sie einen Schluck trinken, wird es wieder beginnen.«

»Ich glaube nicht«, sagte ich.

»Doch«, sagte sie heftig.

»Vielleicht«, sagte ich. »War es eine schöne Faschingsfeier?«

»Sie war wild«, sagte sie. »Wie geht es Ihrer Tochter?«

»Ganz gut. Ich werde wohl bald ausziehen und sie zu mir nehmen. In irgendeine kleine Wohnung.«

»Also fangen Sie wieder an?«

»Ich habe Angst«, sagte ich. »Aber ich werde wohl anfangen.«

»Ich hole mir etwas zu trinken«, sagte sie. »Ich möchte mit Ihnen reden, wenn es Sie nicht zu sehr stört.«

»Nein«, sagte ich. »Kommen Sie nur.«

Als sie gegangen war, spürte ich die Kälte und stellte den kleinen elektrischen Heizofen an und richtete ihn so, dass er das Feldbett anstrahlte.

Sie stellte mir eine Flasche Coca neben die Schreibmaschine und setzte sich auf das Bett. Sie trank Martini aus einer Flasche, und sie wirkte deprimiert.

»Dieser Mann ist schon wieder seit einigen Tagen hinter Ihnen her. Er geht hier zu allen Hausbesitzern und fragt nach Ihnen. Er heißt Kohler.«

»War er auch hier?«

»Natürlich, aber ich habe ihm gesagt, ich kenne Sie nicht. Ich kann hervorragend lügen.«

»Danke«, sagte ich. »Sie werden mich bald los sein.«

»Was wollen Sie machen?«

»Ich weiß es noch nicht«, sagte ich. »Seit ich nicht mehr trinke, bin ich körperlich in einer guten Verfassung. Ich kann also jede Arbeit machen.«

»Wie wollen Sie an eine Wohnung kommen?«

»Vielleicht wende ich mich an alte Bekannte. Vielleicht reicht zunächst ein Zimmer, obwohl ich natürlich von einem kleinen Reihenhaus träume mit einer alten, fetten, hässlichen Haushälterin.«

Sie lachte ein wenig und warf mir noch eine Zigarette zu.

»Joe will Sie total zerprügeln.«

»Das kann er gar nicht«, sagte ich. »Selbst wenn er mich totschlägt.«

Sie nickte. »Hemingway hat so etwas einmal gesagt, nicht wahr?«

»So ähnlich«, sagte ich. »Aber ich habe das nie verstanden, bis ich Joe schlug.«

»Ihr Männer macht immer Krieg«, sagte sie ruhig. »Auch dann, wenn tiefer Frieden herrscht.«

»Wie alt sind Sie eigentlich?« Ich wusste im Grunde nichts von ihr, außer, dass sie mich in der Gosse aufgelesen und in diesen Keller geschafft hatte, außer, dass sie klug war und voll Resignation.

»Dreißig«, sagte sie, »aber ich sehe älter aus.«

»Das macht der scheußliche dunkle Pullover«, sagte ich. »Und die vergangene Nacht.«

»Sie sind sehr nett«, sagte sie. »Wollen Sie baden?«

»Gern«, sagte ich.

»Dann kommen Sie. Die anderen sind bei irgendeiner Protestdemonstration.«

Ich ging mit ihr hinauf, und sie ließ mir Wasser in die Wanne laufen.

»Joe liegt im Wohnzimmer«, sagte sie. »Gehen Sie zu ihm.«

Joe lag auf einer zerschlissenen Couch und hatte ein Pflaster im Gesicht, in das ein Loch für den Mund geschnitten war. Er murmelte: »Na, Sie Schläger!«

»Ist es schlimm?«, fragte ich.

Er schüttelte den Kopf, und seine Augen waren friedlich. »Irgendwann musste es mich ja erwischen. Und ich war betrunken. Eigentlich schlägt man Betrunkene nicht.«

»Das ist richtig«, sagte ich. »Aber Sie waren ein ziemliches Schwein.«

»Das werde ich auch bleiben«, sagte er. »Es ist eine Lebensform wie jede andere auch.«

Auf dem Tisch stand ein Karton voller Präservative. Ich nahm ihn hoch und stellte ihn in eine Ecke, dass ich mich an den Tisch setzen konnte, ohne den muffigen Geruch des Puders atmen zu müssen.

»Sie sind billiger als die Pillen«, sagte Joe. »Nur die Chefin kann sich die Pillen leisten.«

»Ist Angela die Chefin?«

»Sicher«, sagte er, »sicher. Wussten Sie nicht, dass ihr das Haus gehört?«

»Doch«, sagte ich, »aber eigentlich weiß ich überhaupt nichts von ihr.«

»Sie hat das Haus geerbt«, sagte er, »und sie kassiert Miete aus den anderen Stockwerken. Sie hat Geld genug, aber das meiste gibt sie uns, damit wir politisch richtig agitieren können.«

»Wie agitieren Sie?« Diese Welt war mir sehr fremd.

»Wir sind für eine Umstrukturierung der Gesellschaft«, sagte er. »Diese Gesellschaft ist scheiße.«

»Was nennen Sie Umstrukturierung?«

»Das ist zu schwierig zu erklären. Man muss dem ganzen Establishment Pfeffer in den Hintern blasen und diesen mit einem Korken versiegeln, damit sie tanzen, bis ihnen die Luft ausgeht.«

»So«, sagte ich. »Ich weiß zuwenig davon, ich habe mich zu lange verkrochen.«

»Das haben die meisten«, sagte er versöhnlich, »obwohl es denen nicht so dreckig ging wie Ihnen.«

»Das Bad ist fertig«, rief Angela.

Joe sagte: »Sie sind schon ganz in Ordnung. Ich werde davon absehen, Sie zu verprügeln. Vielleicht sollten wir mal gelegentlich diskutieren.«

»Das können wir«, sagte ich. Ich hoffte, es würde nie geschehen, denn ich sprach nicht seine Sprache.

Ich badete und wusch mir einige Unterhosen und Socken aus, die ich über die Heizung hängte. Angela gab mir einen alten Morgenrock, und ich setzte mich wieder hinein zu Joe, um zu warten, bis die Wäsche trocken war. Man hatte ihm in der Ambulanz Schlafmittel gegeben, und er schnarchte mit weit offenem Mund.

»Haben Sie eigentlich Möbel?«, fragte Angela.

»Nein. Ich habe alles verkauft, was ich hatte, bis auf die Schreibmaschine. Sogar meine Pfeifen habe ich verkauft.«

»So was«, sagte sie und ging hinaus.

Der Raum war sehr hoch, und an der Decke sah man Reste von Stuckleisten. Sie hatten alles Mögliche zusammengetragen, angefangen von einer alten Schneiderpuppe bis hin zu obszönen Fotografien, die Ekel erregten. Von draußen kam das Klingeln der Straßenbahn, und es war sehr friedlich. Ich fragte mich, ob Kohler Angela geglaubt hatte, als sie behauptete, sie kenne mich nicht. Kohler war ein sehr guter Psychologe, und er hatte immer gespürt, wenn man ihn belog. Wahrscheinlich würde er also sooft zurückkommen, bis Angela nachgab und ihn in den Keller brachte. Vielleicht rief er auch Jörg an, und sie kamen zu zweit. Ich wusste nicht genau, ob es mir angenehm sein würde oder nicht. Es machte mich ein wenig ratlos.

Angela kam nach einer halben Stunde zurück und legte ein Paket vor mich hin.

»Was soll das?«

»Machen Sie es auf«, sagte sie.

Sie hatte zwei Dosen Tabak gekauft und eine Pfeife. Es war eine französische St. Claude mit der Seriennummer 1631. »Sie sind verrückt«, sagte ich.

»Nein«, sagte sie. »Ich hab' es doch gern getan.«

»Für einen Penner hätte auch eine einfache Shagpfeife genügt«, sagte ich. »Und nicht so ein feiner Tabak, sondern einfacher Feinschnitt.«

»Ich verstehe nichts davon«, sagte sie. »Wollen Sie einen Kaffee?«

»Nein«, sagte ich. »Ich möchte eine Pfeife rauchen, nichts sonst.« Einer der Tabake war der Dunhill 965, und Angela spottete über mich, als sie sah, dass meine Hände beim Stopfen zitterten.

»Wenn Sie wollen, können Sie Ihre Freunde anrufen«, sagte sie.

»Nein«, sagte ich. »Noch nicht. Ich muss erst genau wissen, was ich will.«

## 7. Kapitel

Kohler und ich blieben in dem kleinen Restaurant am See, bis die Besitzerin uns bat zu bezahlen. »Im Keller ist eine Bar«, sagte sie. Also bezahlten wir und gingen in diese Bar, in der niemand war außer zwei Mädchen, mit denen wir uns betranken, sodass wir sehr ausgelassen waren, aber nicht gefährlich. Ich trank nur Bier und wurde immer stolzer darauf, sodass der Wunsch nach scharfem Schnaps wie eine Selbstverständlichkeit hinter diesem Stolz zurückblieb.

Gegen vier Uhr morgens brach Kohler mit einem der Mädchen auf. Mit der Blonden. »Ich komme sofort zurück«, sagte er. Aber ich wusste, dass er nicht zurückkommen würde, denn dieser Satz war einer aus dem Repertoire unserer Absprachen.

Das Mädchen, das zurückblieb, stellte mir einige sehr geschickt gemachte Rechnungen auf. Sie konnte mir auch sofort sagen, wo dieser Mann, den wir suchten, lebte. Dann fragte sie mich, ob ich sie nach Hause bringen wolle, und ich sagte: »Selbstverständlich.« Sie löschte die Lampen, und wir gingen hinaus. »Es ist nicht weit«, sagte sie. »Nur zehn Minuten zu Fuß.«

Wir sprachen nicht miteinander. In der kalten Luft begann der Alkohol plötzlich zu wirken, und ich legte einen Arm um ihre Taille, und wir gingen einen Waldweg entlang, der vom Schnee in sanftes Blau getaucht war.

»Ich gehe nachts nicht gern allein nach Haus«, sagte das Mädchen. Es war leidlich hübsch mit einem viel zu großen Mund und wirrem, kurzem dunklen Haar.

Ich spürte den Alkohol immer mehr und lehnte mich eng an sie an. Ich hatte plötzlich Angst, bewusstlos zu werden, obwohl ich nicht allzu viel getrunken hatte. Aber vielleicht war es der Kognak, den ich bei Maria getrunken hatte. Ich trank überhaupt viel zu viel.

Das Mädchen presste sich an mich und murmelte: »Wir können in den alten Stall gehen.«

»Ja«, sagte ich.

Von diesem Zeitpunkt an erinnere ich mich nur noch schwach. Wir lagen zusammen in einem Heuhaufen, und um uns her war es sehr dunkel. Sie war wild und unbeherrscht. Dauernd sagte sie, sie müsse das haben, und ich solle dableiben. Ich weiß, dass ich mich schmutzig fühlte und dass ich es trotzdem genoss. Gegen die streng gezügelte Wildheit des Eichhörnchens war sie eine Offenbarung, und es störte mich nicht, dass sie nymphoman war und sicherlich in jeder nur möglichen Nacht mit irgendeinem Mann hier in diesem Heuhaufen lag. Sie war unglaublich obszön und perfekt.

So traf ich um sieben Uhr morgens Kohler vor der Tür des Hotels.

»Die war verrückt«, sagte er. »Die war so, als gebe es hier weit und breit keinen Mann.«

»Ich möchte duschen«, sagte ich.

Er nahm mir einige trockene Grashalme aus dem Haar und murmelte: »Ich möcht' wissen, was mit dir ist. Du bist einfach übergeschnappt. Hast du wieder eine gute Entschuldigung?«

»Nein«, sagte ich. »Ich friere. Wir haben in einem verdammten Heuhaufen gelegen, und sie ist eine Nymphomanin. Und ich habe dauernd gefragt: ›Wo sind wir eigentlich zu Hause?‹ Verstehst du das?«

»Nein«, sagte er.

Wir frühstückten um acht Uhr. Es sollte eine dieser schnellen Geschichten werden, voller Hysterie und chaotischer Ereignisse.

Gegen neun Uhr waren wir in dem kleinen Dorf in der Nähe von Iburg. Wir mussten zunächst eine Vertrauensperson finden, die uns einige Fragen beantwortete, ohne zu wissen, wer wir waren und warum wir dort recherchierten. Nichts ist schwieriger, als in einem kleinen Nest zu recherchieren.

Wir setzten uns in eine Kneipe, und zum ersten Mal nahm ich eine von Kohlers Angstpillen. Sie wirkte hervorragend, ich kam in eine sanfte, kühle Stimmung und trank einen Grog ohne das geringste Verlangen, ihn hinunterzustürzen. Der Junge, der uns bediente, war offensichtlich der Wirtssohn, und er machte einen soliden Eindruck.

»Haben Sie auch Fremdenzimmer?«, fragte ich.

»Nein«, sagte er. »Da müssen Sie nach Iburg gehen. Das ist nicht weit von hier.«

»Schade«, sagte ich. »Wir wollen mal ausspannen, und das hier gefällt uns sehr.«

»Ich habe es gerade übernommen«, sagte er. »Mein Vater ist letztes Jahr gestorben.«

Ich hatte mich entschlossen. Er war in diesem Augenblick der Einzige, der genügend zu beeindrucken war, und wir wollten so schnell wie möglich an diesen Mann herankommen.

»Wie heißen Sie denn?«, fragte ich.

»Herrmann«, sagte er. »Sie können ruhig Herrmann sagen. Herrmann zur Heide ist ein bisschen zu lang.« Er lachte.

»Also Herrmann«, sagte ich. »Ich heiße Paul, und mein Kollege hier ist Bernd. Wir haben eben ein bisschen gelogen.«

Er war verwirrt, aber nach meinen Erfahrungen fielen die meisten auf diese Eröffnung herein. Er kam hinter dem Tresen hervor und setzte sich zu uns.

»Wann kommen die ersten Gäste?«, fragte Kohler.

»Nach der Neun-Uhr-Messe«, sagte Herrmann. »Wieso habt ihr gelogen?«

»Wir suchen Wilhelm Böckler«, sagte ich.

»Ach, Willem«, sagte er. »Soso. Presse?«

»Ja«, sagte ich. Ich nahm zwei Hundertmarkscheine aus der Brieftasche und gab sie ihm. Ich sagte: »Bring uns an den Mann heran.«

Er steckte die Scheine ein und murmelte: »Und wenn das jemand merkt?«

»Ich kann ein Freund sein«, sagte ich. »Irgendein alter Freund.«

Er überlegte. »Ich war mal Steward auf dem Helgoland-Schiff. Das geht doch, oder?«

»Natürlich«, sagte Kohler. »Und mich kennst du nicht.«

»Na gut, was wollt ihr?«

»Wir wollen ein Interview machen«, sagte ich.

»Das macht der Willem niemals«, sagte er. »Ich kenne den doch, den Schlaumeier. Und außerdem ist das hier ein altes Nazidorf. Habt ihr das nicht gewusst?«

»Wo wohnt er denn?«, fragte Kohler. »Ich will ihn zuerst fotografieren.«

»Irgendwo draußen am Steinbruch«, sagte er. »Er hat da ein Häuschen stehen. Aber jetzt ist er in der Messe.«

»Kannst du ihn uns zeigen?«

»Ich kann nicht weg hier«, sagte er. »Aber er steht immer hinten bei den Männern. Und zwar auf der rechten Seite neben dem Taufbecken. Er ist ein sehr Langer, Großer mit ganz blassem Gesicht und die Backen ganz eingefallen. Er hat Magengeschwüre, sagt man hier im Dorf.«

»Also los«, sagte ich.

Kohler machte die Leica mit dem Superweit fertig und schob sie in die Manteltasche. »Wie sind die Lichtverhältnisse?«, fragte er.

»So wie hier drin«, sagte Herrmann. Er war jetzt schon sehr begierig. »Kommt ihr hierher zurück?«

»Klar«, sagte ich. »Du musst uns doch an den Mann heranbringen. Wir lassen dir die übrigen Kameras hier. Pack sie irgendwohin.«

»Nein, nicht«, sagte Kohler und starrte zu dem Portal der Kirche rüber. »Ich brauch noch die Nikon mit dem Achtziger.« Er schraubte das Teleobjektiv auf das Gehäuse und legte sie auf die Bank. »Halt uns die Plätze frei«, sagte er zu Herrmann. Dann deckte er die Nikon mit seinem Schal zu, und wir gingen hinaus über den Platz in die Kirche.

Wir kamen nach der Kommunion, und die Männer, die hinten dicht zusammengeballt standen, sahen uns neugierig an. Über uns auf der Empore stand ein Vorbeter. Er sagte kräftig mit stark rollendem R: »Verkünden will ich, Herr, all Deine Wundertaten; ich will mich freuen und in Dir frohlocken.« Und die Gemeinde antwortete: »Ich will lobsingen Deinen Namen, Allerhöchster.«

Der Vorbeter: »Wer darf in Deinem Zelte wohnen ...?«

Kohler schob sich nach rechts hinüber und blieb dann plötzlich stehen. Ich postierte mich genau schräg vor ihn, sodass ich die Kamera abdeckte.

Böckler stand tatsächlich neben dem Taufbecken, und er sah präzise so aus, wie Herrmann ihn beschrieben hatte. Er war im Profil großartig.

Kohler kniete kurz nieder und machte das Kreuzzeichen. Ich wusste, dass er das nur machte, um die Kamera aus der Tasche nehmen zu können. Als die Gemeinde ein Lied zu singen begann, das wie immer von dem grellen Gejammer einiger altjüngferlicher Vorsängerinnen angeführt wurde, begann Kohler mit herabhängenden Armen aus der linken Hand heraus an mir vorbei Böckler zu fotografieren. Das dauerte drei Strophen lang. Dann wandte er sich um und sagte so laut, dass die Umstehenden es hören mussten: »Wir gehen in die nächste Messe, wir sind zu spät gekommen.«

Böckler und einige andere sahen uns an. Böckler flüsterte: »Um zehn Uhr ist schon die nächste.«

Ich sagte leise »danke«. Wir gingen wieder hinaus.

»In der Kirche ist das nichts«, sagte Kohler. »Und auch ein bisschen geschmacklos. Ich hol' ihn mir mit dem Tele, wenn er herauskommt.«

Noch immer war niemand in der Kneipe, und Kohler baute das Tele vor sich auf und stellte es genau auf das Kirchenportal ein. Als die Gemeinde aus dem Portal herauskam, schoss er Böckler zwanzigmal, bis der erste Mann die Kneipentür erreicht hatte und hereinkam. Dann steckte Kohler die Kamera wieder unter den Schal. Jetzt hatte er die Leica mit dem Superweit in der linken Jackentasche. Es kam nur darauf an, dass Böckler auf diese Seite der Kneipe kam und nicht in das Zimmer mit dem Schild *Nebenraum* ging. Herrmann schenkte Bier ein und rief: »Paul, willst du noch einen Schoppen?«

»Ja«, rief ich. »Wir sind zu spät gekommen. Die Wandlung war schon vorbei.«

»Hab' ich doch gleich gesagt«, sagte Herrmann und grinste. Zu einem der vor ihm stehenden Männer sagte er: »Du weißt doch, ich bin als Steward mal Helgoland gefahren. Heut' Morgen denk ich, mich laust der Affe. Kommt der Paul rein und sagt mir nichts dir nichts ›Guten Morgen‹. Er war mein Chef auf dem Pott.« Die Männer drehten sich herum und grüßten freundlich.

»Da werdet ihr heute Abend ja schön besoffen sein«, sagte jemand, und wir lachten.

Böckler ging vorbei und rief: »Herrmann, ein Helles, ein Korn.«

»Jawoll, Willem!«, sagte Herrmann stramm.

Es gab nicht die geringste Panne. Böckler setzte sich so, dass er genau in unsere Gesichter sah, und er nickte uns zu und murmelte: »Aber um zehn ist nur Kindergottesdienst.«

»Nichts für mich«, sagte ich, und er lachte, und ich fand ihn sympathisch.

Immer mehr Männer kamen herein, und Herrmann brüllte durch den Lärm: »Wollt ihr lange Ferien machen?«

»Ich weiß noch nicht«, brüllte ich zurück. »Mein Skipper will am 20. wieder los.«

»Bleibt doch ein paar Tage«, brüllte er.

»Mal sehen«, schrie Kohler zurück. »Ich suche ein paar schöne Motive. Ich hab' 'ne neue Kamera, weißt du.« Er nahm die Kamera aus der Rocktasche und hielt sie hoch, damit Herrmann sie auch gut genug sehen konnte.

Dann legte er sie vor sich auf den Tisch, und die Linse zeigte auf Böckler wie der Lauf eines Gewehres. Auf diese Art machte Kohler vielleicht dreißig oder vierzig weitere Aufnahmen von Böckler. Er sah zu Herrmann herüber, brüllte irgendetwas und drückte dabei auf den Auslöser. Er transportierte den Film weiter, indem er so tat, als spiele er mit der Kamera herum. Und er wechselte sogar den Film zweimal aus, um ganz sicherzugehen. Und er nahm sich sogar die Zeit, mich spielerisch ein paarmal zu porträtieren, wobei ich ihm jedes Mal die Zunge herausstreckte oder ähnliche dumme Scherze machte. Die Männer lachten über uns, und Böckler bereitete es auch sichtlich Vergnügen. Wie die meisten Männer ging Böckler gegen halb eins aus der Kneipe heraus, und gegen halb zwei waren wir mit Herrmann allein. »Ich hab' drüber nachgedacht, Jungens«, sagte er. »Das mit dem Interview kriegen wir niemals hin. Ich kenne ihn genau. Wenn der besoffen ist, fängt er sowieso mit seiner Vergangenheit an. Wir müssen zu Otto raus. Das ist eine Kneipe unten im Weideland. Da sitzt

Böckler den ganzen Tag mit Schrothmanns Heinrich. Das ist ein Bauer, der pleitegeht, weil er zu viel säuft.«

Er grinste.

»Ich hab' mir das genau überlegt, nicht dass ihr glaubt, ich hab' keine Ahnung von euch Brüdern. Also, Paul, du bist mein Freund, und ich bin froh, dass du hier bist. Und wir machen einen Zug durch die Gemeinde. Und dann laufen wir betrunken Ottos Kneipe an und setzen uns einfach zu denen an den Tisch. Und später dann kaufen wir ein paar Flaschen und gehen auf den Hof von Schrothmanns Heinrich. Klar? Meine Mutter kann den Laden hier machen.«

»Armer Paul«, sagte Kohler. »Für die Sauferei kommst nur du infrage. Ich muss fotografieren.«

»Gib mir einige von den Pillen«, sagte ich.

Er legte einen Film in die Leica und schraubte ein Normalobjektiv auf. Die Nikon machte er ebenfalls fertig. Die Kameras steckte er in die Manteltaschen. Dann gab er mir einige Pillen, und wir warteten, bis Herrmann sich umgezogen hatte. Wir verließen das Gasthaus gegen 14.30 Uhr.

»Warum können wir nicht sofort in die Kneipe von diesem Otto gehen?«

»Das würde auffallen«, sagte Herrmann. »Da gehen wir immer nur hin, wenn wir schon voll sind. Also müssen wir erst in die anderen Kneipen. Es sind nur drei.«

Ich nahm sofort eine von Kohlers Pillen und trank in den drei Kneipen nur sehr mäßig. Kohler trank nur Apfelsaft, während Herrmann sich dagegen zielsicher betrank. Gegen fünf Uhr, als es dunkel zu werden begann, marschierten wir grölend aus dem Dorf in einen Feldweg, überquerten eine Straße und mussten eine halbe Stunde durch Viehweiden laufen, ehe wir an die Rückseite von Ottos Kneipe kamen.

»Wir gehn durch den Lokus«, brüllte Herrmann, und er stieß die Hintertür auf.

Ich weiß nicht genau, wie viele Reportagen ich in meinem Leben gemacht habe, aber noch nie lief eine von ihnen so präzise ab wie die über Böckler, der so viele Juden umgebracht hatte.

In der dunklen, verräucherten Kneipe standen einige Jugendliche um einen Flipperapparat. Nur ein Tisch war besetzt. Ich erkannte Böckler. Neben ihm saß ein dicker, schwerer Mann mit rotem, fast violettem Gesicht.

Neben diesem Mann saß eine dicke Frau mit unordentlichem grauen Haar, deren Kopf dauernd nach vorn knickte.

»Willem«, schrie Herrmann, »darf ich dir einen alten Kumpel vorstellen? Paul! Junge, das ist ein Kumpel! Ein Kumpel, sagte ich.«

Böckler war nicht sehr betrunken. Er sagte lächelnd: »Den kenne ich doch schon.« Er gab mir die Hand und sagte: »Das ist Strothmann mit seiner Frau.«

Erst jetzt sah ich die Kinder. Es waren zwei. Sie waren noch sehr klein und saßen auf den Bodendielen und spielten mit einem Traktor aus Plastik. Zwei Jungen waren es, denen der Rotz aus der Nase lief und die rot gefrorene Gesichter hatten.

Ich sagte dem Ehepaar Strothmann Guten Tag, aber sie nahmen es kaum wahr, da sie sehr betrunken waren. Draußen hatte es zu schneien begonnen.

»Willem«, sagte Herrmann, »du kannst sagen, was du willst, aber der Paul ist der Beste, den ich kenne.«

»Halt doch den Mund«, sagte ich und sah, wie Kohler, der vor einem Groschenautomaten stand, durch die Armbeuge hindurch mit dem Weitwinkel der Nikon die Tischrunde fotografierte. Die Nikon hatte zwar den Nachteil, beim Auslösen sehr laut zu klicken, aber in dieser verräucherten Kneipe mit dem Gebrüll der Jugendlichen am Flipperautomaten fiel es überhaupt nicht auf. »Er gibt immer mit mir an«, sagte ich zu Böckler.

»Er ist ein guter Junge, der Herrmann«, sagte Böckler. »Machen Sie Urlaub?«

»Ja«, sagte ich. »Ein paar Tage. Wir fahren ein bisschen durch die Gegend.«

»Darf ich Sie zu einer Runde einladen?«

»Klar«, sagte der Bauer Strothmann. »Klar, oller Doofkopp, frag doch nicht so.«

Ich bestellte Bier und Schnaps. Wir sprachen kaum miteinander in den ersten Minuten, sondern tranken vier Runden hintereinander, wobei Kohler den schlecht gelaunten Nörgler spielte und unentwegt Groschen in den Automaten warf.

»Dein Kumpel ist blöde«, sagte Herrmann.

»Nicht doch«, sagte ich. »Er liebt andere Atmosphäre, weißt du?«

»Wieso?«, fragte Herrmann. »Meinst du Weiber?«

»Nein«, sagte ich. »Er mag einfach keine Kneipen.«

Herrmann war sehr betrunken und begriff nicht mehr so schnell wie am Vormittag. »Er mag sie nicht«, wiederholte ich. »Es ist so eine Angewohnheit von ihm.«

Die Frau des Bauern, deren Gesicht vom Alkohol ganz verheert war, trank jetzt schon die dritte Tasse Kaffee, aber sie trank trotzdem jedes Glas Alkohol mit uns, das der Wirt vor sie hinstellte.

»Ach so«, sagte Herrmann. »Tja, da kann man nichts machen.«

Bei Böckler war noch keine Wirkung des Alkohols zu sehen, zumindest keine auffällige. Er sagte: »Heinrich, wir können doch zu dir auf den Hof gehen. Dann kommen die Kinder hier raus, und wir können was zu trinken mitnehmen.«

»Ich geb' das Zeug aus«, sagte ich und zu Kohler brüllte ich hinüber: »Wir gehen auf Bauer Strothmanns Hof.«

»Ist gut«, sagte er mürrisch. »Endlich mal keine Kneipe.«

Draußen im Wind fiel die Frau des Bauern in den Schnee, und sie konnte nicht mehr aufstehen. Böckler bückte sich und rieb ihr mit einem gutmütigen Lachen Schnee in das Gesicht. Sie atmete hastig und murmelte: »Lass man, geht schon, geht schon.« Dann stützten wir sie, bis sie aufrecht stand, und sie ging sehr gerade einen schmalen Weg in die Wiesen hinein. Die Kinder rannten hinter ihr her und jammerten über die Kälte. Aber sie drehte sich nicht um, sie nahm auch nicht die Kinder an der Hand.

Ich hatte eine Flasche Doornkaat gekauft und einen Kasten Bier. Den Kasten Bier trugen Böckler und ich, den Schnaps trug Kohler. Der Bauer Strothmann war der Letzte in der Reihe. Er schwankte sehr stark und fiel immer wieder gegen die Zäune zu beiden Seiten des schmalen Pfades.

Schließlich begann die Frau vor uns ein Kirchenlied zu singen. Sie sang sehr kräftig, drehte sich dabei herum und lächelte uns an. »Das Grab ist leer, der Held erwacht, der Heiland ist erstanden …«

»Gleich wird sie nüchtern werden«, sagte Böckler. Das Tragen des Bierkastens strengte ihn sichtlich an. »Sie singt immer, kurz bevor sie nüchtern wird.«

»Das kann jedem passieren«, sagte ich.

»Sicher«, sagte er. »Ich merke den Alkohol auch. Sie nicht?«

»Doch, doch«, sagte ich.

»Wo ist dein Sieg, o bittrer Tod? Du selber musst erbeben …«

»Frische Luft ist doch was Feines«, sagte Kohler, der hinter uns ging.

»Er ist ein Frischluftfanatiker«, sagte ich zu Böckler.

Und jetzt war er betrunken. Er sagte: »Scheiß drauf, ein Schnaps wäre mir lieber.«

»Wir sind gleich da«, sagte ich.

Böckler lachte gutmütig. Dann nahm er Kohler die Doornkaatflasche aus der Hand und trank daraus.

Der Hof war sehr groß; mit Wohnhaus, Stallungen und Scheunen. Aber alles war verkommen. Im Wohnhaus waren einige Fenster einfach mit Brettern zugenagelt.

Es ging durch eine große Diele, in der ein Auto ohne Nummernschilder stand und lose Bodendielen herumlagen. Dann kamen wir in einen kleinen Flur, und Böckler öffnete die Tür zum Wohnzimmer. Das Erste, was ich sah, war ein Ewiges Licht vor einer Madonna mit Kind in einer Ecke des Raumes.

»Da wären wir«, sagte Böckler. »Und jetzt ein Schnaps.« Die Frau war mit den Kindern verschwunden, und der Bauer Strothmann brüllte irgendwoher: »Ich halt' meinen Kopf unters Wasser.«

## 8. Kapitel

Ich bin wieder unterbrochen worden, aber nicht im Geringsten verärgert, denn ich stehe vor einem Problem.

Diesmal ist Joe in den Keller gekommen. Er sagte: »Ich wollte mal mit Ihnen sprechen wegen der Zähne, die ich verloren habe.« Er hockte sich auf das Feldbett und sah mich erwartungsvoll an. »Wissen Sie, ich spreche manchmal auf unseren Kundgebungen, und da kann ich nicht aussehen wie die Hexe im Märchen. Außerdem kann ich nicht mehr richtig brüllen.« Es war sehr deutlich, dass er nur sprechen wollte und dass die drei Zähne ihm ziemlich gleichgültig waren.

»Das ist keine Schwierigkeit«, sagte ich. »Ich bin noch gegen derartige Vorkommnisse versichert. Es ist ganz einfach: Sie gehen zu einem Zahnarzt und geben mir anschließend die Rechnung. Ich schreibe an meine Versicherung. Ich werde schreiben, es sei ein Unfall durch mein Verschulden gewesen. Lassen Sie sich gute Zähne machen.«

»Das ist gut«, murmelte er. »Dann kann ich mir Zähne machen lassen, die nicht so weit auseinanderstehen wie die natürlichen. Das ist wirklich gut.« Er lachte und zog eine Schachtel Gauloises aus der Tasche. »Ich wollte auch einmal Journalist werden«, sagte er. »Aber dann habe ich mir gesagt, Studium ist wichtiger.« Sein Gesicht war leer, er war sehr weit fort.

»Studieren Sie jetzt noch?«

»Nein! Wie kann ich das, wenn alles so ist, wie es ist?«

»Sicher«, sagte ich, »Sie haben völlig recht.«

»Haben Sie heute Zeitung gelesen?«

»Ich lese seit Monaten keine Zeitung mehr«, sagte ich.

»Unser Einsiedler.« Er lachte und schlug sich auf die Oberschenkel. »Das mit den Griechen grenzt an Idiotie.« Er wollte auch eigentlich nicht über die Griechen sprechen, aber über irgendetwas musste er sprechen.

»Was ist mit den Griechen?«, fragte ich.

»Sie haben dort eine Diktatur«, sagte er.

»Das weiß ich«, sagte ich.

Er stand auf und sagte: »Ich hol' mir einen Schluck zu trinken. Ich reg' mich immer auf, wenn ich darüber spreche.« Er verschwand polternd die Kellertreppe hoch, er polterte, wenn er sprach, er lebte polternd. Aber in ihm war es wohl sehr leise, denn er sprach über alle Dinge völlig abwesend.

Als er zurückkam, hatte er eine Weinflasche bei sich. Er drückte den Korken einfach hinein und trank einen Schluck. Er sagte: »Die Griechen haben Diktatur und sperren sogar Komponisten ein, die Deutschen haben eine Demokratie und schicken Delegationen hin, die den Diktatoren Zucker in den Hintern blasen. Und mit Franco machen sie es genauso.« Er stand auf, breitete die Arme aus und starrte in die Lampe über meiner Schreibmaschine. »Weißt du, Kamerad«, flüsterte er, »wir Deutschen haben kein gutes Wort für diese Sorte Politik, aber die Amerikaner haben eins. Es ist ›soft‹.« Er sprach das »Soft« so aus wie ein Mann, der versucht, die zärtliche Tonart eines Homosexuellen nachzuahmen. Es gelang ihm großartig.

»Soft! So soft!« sagte er und machte ein paar alberne tänzelnde Schritte. »Na ja, scheiß drauf! Scheiß auf diese Regierung und die Soft-Politik und diesen Affen, der so aussieht und spricht wie ein Balletttänzer, der sehr viel von sich hält.« Dann nahm er die Weinflasche vom Boden und trank sie ohne abzusetzen aus. Dann sagte er: »Weißt du was? Hier ist es verdammt kalt. Komm rauf ins Wohnzimmer.«

»Ich wollte eigentlich schreiben«, sagte ich.

Er blickte mir über die Schulter auf das Blatt Papier in der Maschine. Er sagte: »Großer Meister, verzeih.« Dazu machte er eine lächerliche Verbeugung, aber er meinte es scherzhaft, er war ein friedlicher Mann.

»Es ist nicht so wichtig«, sagte ich. »Aber ich kann über Politik schlecht diskutieren. Ich weiß zu wenig davon. Ich habe seit Monaten keine Zeitung mehr gelesen.«

»Macht nichts«, sagte er. »Wir können über Weiber sprechen oder über einen Einfluss des Geschlechtsverkehrs auf die Reizbarkeit des Darmes.«

Er war ein Vieh, aber ich mochte ihn, so ging ich mit. Auf der Treppe sagte er: »Weißt du, Angela ist einkaufen gegangen, und ich liege da ohne Zähne auf dem Sofa und langweile mich. Das ist es.«

»Ich verstehe schon«, sagte ich.

Aber wir sprachen nicht viel miteinander, denn er nahm eine Gitarre aus der Ecke und sagte: »Ich habe einen Protestsong gemacht. Pass auf, der geht so.«

Es war ein altes, aber kein kostbares Instrument. Seltsamerweise war es mit Darmsaiten bespannt, nicht mit Stahl. Es klirrte nicht, es klang, und seine groben Hände liefen wie Wiesel, sein Körper wiegte sich leicht, sein Gesicht verlor die Grausamkeit, er sang:

Da sprechen sie von Ethik und Moral
und streicheln sich den feisten Bauch.
Und sehen doch den Schweinestall
vom lieben Nachbarn auch.
Da sprechen sie von Freiheit und Vergessen
und streicheln sich den feisten Bauch,
sie alle haben viel zu viel zu fressen.
Die lieben Nachbarn etwa auch?
Da machen sie Kotau, Kotau, Kotau
und streicheln sich den feisten Bauch.
Die Freiheit schreit ein klägliches Miau
und unsere lieben Nachbarn auch.

»Ich mach' jedes Mal eine andere Melodie dazu«, sagte er. »Weißt du, ich bin kein großer Sänger.«

»Es war gut«, sagte ich.

Er legte sich auf das Sofa und spielte, die Gitarre auf dem Bauch, eine langsame Folge von Harmonien, wobei er geschickt zwischen Dur und Moll Septimen setzte. Er hielt die Augen geschlossen, und manchmal summte er zu seinem Spiel.

Als Angela zurückkam, hörte er auf und sagte: »Sie hat irgendetwas. Irgendwie ist sie komisch. Hat sie dir etwas gesagt?«

»Nein«, sagte ich. »Ich muss jetzt weiterarbeiten.« Durch die offene Küchentür sah ich, dass sie am Herd stand, und sie summte die Melodie, die Joe eben gespielt hatte. »Bleib noch einen Moment«, sagte er. Seine rechte Hand lag breit und klobig über den Saiten. »Findest du nicht auch, dass sie eine komische Frau ist?«

»Ich weiß nicht«, sagte ich. »Ich kenne sie zu wenig.«

»Sie ist komisch«, sagte er und starrte an die Decke. »Sie macht mit uns eine Kommune, und ich weiß genau, dass sie es eigentlich nicht will. Großer Meister, Kommune ist Mist. Aber sie ist so verdammt komisch. Sie ist verdammt in Ordnung.«

»Ja«, sagte ich.

Er zupfte träge an den Saiten. Er sagte: »Wenn es nicht so gegen mein politisches Programm ginge, würde ich sagen, ich liebe sie.«

»Sag es ihr«, sagte ich, und in diesem Moment wünschte ich nichts so sehr, als dass er hinging zu ihr und sagte: »Ich liebe dich.«

»Das geht nicht«, sagte er. »Man kann auch auf meine Tour alles schon kaputtmachen, bevor es beginnen kann.«

## 9. Kapitel

| | |
|---|---|
| HERRMANN | (etwas lallend): »Mensch, seid ihr trübe Tassen.« |
| BÖCKLER: | »Man muss doch mal einen Augenblick nachdenken können.« |
| KOHLER: | »Habt ihr kein Radio oder einen Schallplattenspieler?« |
| STROTHMANN | (leichthin): »Versetzt. Wo ist meine Alte?« |
| KOHLER: | »Sie bringt die Kinder ins Bett.« |
| STROTHMANN: | »Sie soll Kaffee machen. Jede Menge Kaffee.« |
| BÖCKLER: | »Das ist eine gute Idee. Kaffee ist mein Lieblingsgetränk, wenn ich keinen Schnaps mehr will.« |
| HERRMANN: | »Ihr braucht bloß einen Schnaps zu saufen mit Salz, Pfeffer und etwas Maggi drin. Dann geht alles besser.« |
| BÖCKLER: | »Bloß kein Maggi, Junge. Das erinnert mich immer an die Zeit im Z., da kriegten wir von dem Zeug zu viel.« |
| KOHLER: | »Was ist denn Z.?« |
| BÖCKLER: | »Zuchthaus, mein Junge.« |

HERRMANN: »Jawoll, das kann ich bestätigen. Willem hat im Zuchthaus gesessen.«

ICH: »Ich werd' verrückt. Das darf doch gar nicht wahr sein. So was könnt ihr anderen Leuten erzählen. Willem ist doch ein klasse Kerl.«

STROTHMANN: »Er hat ja auch nicht gesessen wegen irgendwas Kriminellem oder so. Nix von wegen Bankraub oder Frau umgebracht. Nein, nur wegen so'n paar Scheißjuden. Und wo doch alles schon mehr als zwanzig Jahre her ist.«

BÖCKLER: »Hör doch auf, Heinrich. Ich will nicht drüber reden.«

KOHLER: »Die deutsche Justiz. Ich sag's immer schon, da stimmt irgendwas nicht.«

STROTHMANN: »Da hast du ganz recht.«

ICH: »Den Brüdern kann man nicht trauen. Aber lass uns nicht drüber reden, uns geht's ja auch gar nichts an.«

STROTHMANN: »Euch geht das schon was an. Wegen so'n paar Juden.«

BÖCKLER: »Lass doch, Heinrich. Ich bin ja wieder draußen.«

STROTHMANN: »Aber nur, weil du Magengeschwüre hast. Sonst hättest du dein ganzes Leben da sitzen müssen.«

BÖCKLER: »Jaja, du hast ja recht.«

STROTHMANN: »Ich sage dir, das wäre damals nicht passiert. So ein Blödsinn! Ich kann das nicht verstehen.«

HERRMANN: »Ich auch nicht. Aber ich war damals noch gar nicht da.«

BÖCKLER: »Da hast du Pech gehabt.«

KOHLER: »Also, damit hätte ich nicht gerechnet. Darauf sauf' ich einen Dreifachen.«

Und erst jetzt kam die erste Bewegung. Kohler legte die Leica auf den Tisch und nahm die Flasche. Er trank scheinbar gierig, obwohl ich merkte, dass er nur ganz wenig trank. Dann reichte er die Flasche an mich weiter. Und ich trank. Ich erinnere mich daran, dass ich glaubte, trinken zu müssen. Ich wollte versuchen, sie unter den Tisch zu trinken, sodass sie alles sagten, was sie dachten. Ich trank viel, dann stand ich auf und ging hinaus. »Wo ist die Toilette?«

»Geradeaus!«, schrie Strothmann »Aber du kannst auch auf den Misthaufen pinkeln.«

Ich ging in die Toilette und schrieb die Sätze auf, die Strothmann und Böckler gesagt hatten. Dann kehrte ich in das Wohnzimmer zurück. Ich musste sie jetzt in das Interview treiben.

Böckler stellte gerade die Flasche auf den Tisch zurück und sagte: »Schnaps ist doch besser als Kaffee.« Strothmann begann zu singen, wobei er beide Arme hochwarf. Er sang: »Deutschland, Deutschland über alles ...« Und schließlich sangen wir alle mit. Wir brüllten.

Kohler machte es genauso wie in der Kneipe. Ich wusste, dass er einen Siebenundzwanzig-DIN-Film in der Leica hatte und dass er Böcklers Gesicht etwas schräg versetzt neben der Kerzenflamme unfehlbar bekommen musste. Während des Liedes machte er fünf Aufnahmen.

»Viel zu wenig Juden sind vergast worden«, sagte Strothmann. »Wir hätten viel mehr Seife machen können, was, Willem?«

»Jawoll!«, sagte Böckler stramm. »Das meine ich auch. Diese Scheißjuden.«

Ich sah, wie Kohler blass wurde und sich nur mühsam beherrschen konnte, dann wurde mir plötzlich übel, und ich ging schnell hinaus auf die Toilette. Als ich mich übergeben hatte, schrieb ich die Sätze auf und ging hinaus in die Diele und hockte mich auf das Trittbrett des alten Autos.

»Paul«, schrie Kohler. »Was ist denn?«

»Mir ist schlecht«, sagte ich.

Nach einer Weile kam Böckler aus dem Wohnzimmer, und sein Schatten tanzte in dem zitternden Licht der Kerze. Er lallte: »Freundchen, wo steckst du denn?«

»Hier«, sagte ich.

Er setzte sich neben mich und murmelte: »Die Strothmanns sind bald fertig, weißt du. Die haben nie mit Geld umgehen können.«

»Aber er ist ein prima Kerl«, sagte ich.

»Das ist er«, sagte er überzeugt. »Das ist er wirklich. Er ist der Einzige, der mir Pakete ins Zuchthaus geschickt hat.« Er wurde nachdenklich, und er war auch nicht mehr so betrunken wie in der Enge des schmutzigen Wohnzimmers. »Warst du schon mal im Kittchen?«

»Nein«, sagte ich.

»Sieh zu, dass du nie reinkommst«, sagte er. »Es sind Sauställe.«

»Wieso haben sie dich freigelassen? Wirklich wegen Magengeschwüren?«

Er begann glucksend zu lachen. »Du bist helle, Junge«, sagte er. »Wegen Magengeschwüren wirst du nie entlassen. Da kommst du höchstens in das Gefängniskrankenhaus.«

»Beziehungen?«, fragte ich.

»Nein, nein«, sagte er. »Komm, lass uns noch einen Schnaps saufen gehen.«

Wir gingen also wieder hinein, und Kohler warf mir einen fragenden Blick zu. Ich schüttelte den Kopf.

»Wir wollen Schnaps«, sagte Böckler. »Ich will mit meinem jungen Freund hier trinken.«

Strothmann goss uns von dem Schnaps in Wassergläser und sagte: »Keine wahre deutsche Frau schläft jemals mit 'ner Judensau. Prost!«

Kohler lachte ein wenig, und er fotografierte Böckler aus dem Schoß heraus, als der sich weit nach hinten neigte und den Schnaps in sich hineinlaufen ließ.

»Mir ist schlecht«, sagte ich. »Ich will nach Hause.«

»Wo wohnt ihr eigentlich?«, sagte Strothmann.

»Ich weiß noch nicht«, sagte ich. »Kommst du mit, Herrmann?«

»Ja«, sagte er mit halb geöffneten Augen.

»Ich gehe mit euch, Jungens«, sagte Böckler. Er nahm die Flasche vom Tisch und trank sie aus. Dann öffnete er eine Bierflasche, trank einen Schluck, schloss sie wieder und steckte sie in die Tasche seines Jacketts.

Ich weiß nicht, wie lange wir für den Weg zurück ins Dorf brauchten. Vom Hof des Bauern Strothmann bis zu dem kleinen Haus, in dem Böckler wohnte, war es nicht sehr weit, aber ich glaube, wir brauchten eine sehr lange Zeit. Böckler reichte mir die Bierflasche, und anfangs tat ich nur so, als ob ich trinke, aber er beschwerte sich sofort, ich sei ein Feigling, und ich musste trinken. Denn Kohler arbeitete jetzt ganz ungeniert mit Blitz und Teleobjektiv. Dauernd brüllte er: »Das ist etwas Richtiges fürs Familienalbum.«

»Ich möchte verdammt gern wissen, was du eigentlich hast, dass sie dich rausgelassen haben.« Als ich das sagte, lehnte ich an einem Zaun, und neben mir lehnte Böckler. Herrmann setzte sich in den Schnee und sang ein obszönes Lied. Kohler tanzte vor uns herum und machte Porträts von Böckler.

»Kann ich nicht sagen«, sagte Böckler. »Das verdirbt dir den Appetit.«

»Du Idiot«, sagte ich. »Na ja, wie du willst.«

Ohne jeden Übergang begann er plötzlich zu weinen und murmelte: »Aber du musst den Mund halten, hörst du. Versprichst du mir das? Du musst es mir versprechen.«

»Natürlich«, sagte ich.

»Ich hab' Magenkrebs«, schluchzte er. Er war jetzt ein sehr alter Mann, und sein Gesicht war wie eine von Wind und Regen ausgebleichte Fichtenwurzel.

»Das kann doch nicht sein«, sagte ich.

Er hörte sofort auf zu weinen. Er sagte: »Warum haben sie mich dann gehen lassen? Guck doch mal.« Er knöpfte schwankend seinen Mantel auf, dann das Jackett und zog das Hemd aus der Hose. Dann öffnete er die Hose, und er legte meine Hand auf eine Narbe, die länger war als meine Hand und sehr tief und sehr rau. »Die haben das da aufgemacht und einfach wieder zugenäht. Und ein paar Tage später haben sie mich nach Hause geschickt. Was soll es sonst sein?«

»Sie haben es dir nicht gesagt?«

»Sie sagen es nie direkt«, sagte er. »Ich will jetzt in mein Bett.«

Von diesem Zeitpunkt an überschneiden sich die Bilder. Ich weiß nur noch, dass Kohler mich fragte, weshalb Böckler geweint habe, und dass ich keine Antwort darauf gab.

Ich erinnere mich an das sanfte Schaukeln des Autos, und in Hannover auf dem Flughafen wurde ich wach, als Kohler mich an der Schulter rüttelte.

»Die Maschine geht in einer Stunde. Bist du wieder in Ordnung?«

»Es geht«, sagte ich. »Wie war der Schluss?«

»Du hast dich benommen wie ein Schwein«, sagte er. »Du hast in dem Hotel in Iburg immer behauptet, du hättest Magenkrebs und wolltest sofort operiert werden. Den Hotelier hast du angebrüllt, er solle gefälligst ehrliche Rechnungen schreiben und so weiter und so fort. Ich hab' mich geschämt.«

»Scheiße«, sagte ich.

»Lass' es gut sein«, sagte er. »Jetzt kriegst du einen Aufmunterungsschluck und passt auf mich auf. Mir ist wieder so komisch.«

»Nimm Pillen«, sagte ich.

»Habe ich schon«, sagte er. »Das habe ich schon seit zweihundert Kilometern.«

»Warum hast du mich nicht geweckt?«

»Du warst besinnungslos«, sagte er. »Was sollte ich denn tun?«

Wir gaben den Wagen ab und ließen unsere Koffer wiegen und gingen dann in das Restaurant. Wir tranken beide Kognak, aber diesmal trank Kohler mehr. Ich trank nur einen Dreifachen und aß dann eine Kleinigkeit. Es fiel mir plötzlich ein, dass dies die erste Reportage war, bei der ich Eichhörnchen nicht angerufen hatte. Und auch Braumann hatte ich nicht angerufen.

In der Telefonzelle war es muffig und schmutzig.

»Hallo, Junge«, sagte Braumann. »Wie geht es euch?«

»Wir sind fertig«, sagte ich. »Der Mann ist entlassen worden, weil er Krebs hat. Wenigstens behauptet er das.«

»Hast du Beweise?«

»Ich habe die Narbe gesehen, und er sieht auch so aus. Aber er spricht immer noch davon, dass zu wenig Juden vergast worden sind.«

»Haben wir Zeugen?«

»Kohler«, sagte ich. »Und einige andere.«

»Gut«, sagte er. »Wir machen damit auf.«

»Sei vorsichtig«, sagte ich. »Denk an den Krebs. Es ist ziemlich einleuchtend. Die Ärzte haben wahrscheinlich auf Krebs getippt, ihn geöffnet und einen zu weit fortgeschrittenen Herd mit Metastasen gefunden. Dann haben sie ihn wieder zugenäht und nach Hause geschickt. Das ist eine sehr plausible Erklärung.«

»Das stimmt«, sagte er. »Aber jetzt greifen wir nicht mehr die Tatsache an, dass er entlassen worden ist, sondern seine Bemerkung zu den Juden, klar? Und das ist ein Knüller.«

»Na gut«, sagte ich. »Ruf bitte Eichhörnchen an. Die Maschine geht in ein paar Minuten. Sag ihr, ich wäre zum Mittagessen zu Hause.«

»Ist gut«, sagte er.

Kohler war ruhig geworden durch den Kognak, und er war nicht einmal angeheitert.

»Du siehst schlecht aus«, sagte ich.

»Es waren zu viele Kilometer«, sagte er. »Wir sehen beide nicht gut aus. Unrasiert und schmutzig. Was hast du eigentlich mit dem Krebs gemeint?«

»Böckler hat Krebs«, sagte ich. »Deshalb ist er entlassen worden.«

»Also ist die Geschichte tot?«

»Nein«, sagte ich. »Wir bringen, dass er gesagt hat, es wären viel zu wenige Juden vergast worden. Braumann will mit der Geschichte aufmachen.«

»Na gut«, sagte er. »Ich möchte mal wieder ausschlafen. Ich werde ein paar Tage Ferien machen.«

Wir waren gegen zehn Uhr in der Redaktion, und ich schrieb in zwanzig Minuten den Rechercheberich herunter. Anschließend musste ich bei unserem Rechtsanwalt eine eidesstattliche Erklärung abgeben, dass Strothmann und Böckler tatsächlich all das gesagt hatten, was ich in der Toilette notiert hatte, denn die Redaktion hatte Angst, es ohne Absicherung zu veröffentlichen. Kohlers Bilder waren hervorragend, sie machten vier Seiten und einen langen Text, und sie gaben Kohler und mir drei Tage zum Ausschlafen und ein Sonderhonorar von dreihundert Mark.

Ich glaube, es war ein Uhr, als ich zu Hause war. Ann spielte im Sandkasten und war so vertieft, dass sie mich nicht einmal bemerkte. Eichhörnchen umarmte mich sehr heftig und sagte: »Warum hast du nicht angerufen?«

»Es ging nicht«, sagte ich.

## 10. Kapitel

Ich habe unterbrochen, ich habe Angst. Ich bin zur Müllkippe gegangen, um nach irgendwelchen fortgeworfenen Stoffresten oder alten Teppichen zu schauen, und ich habe Glück gehabt. Ich fand zwei flauschige alte Läufer und eine sehr lange Kokosmatte, die wohl vorher auf einer Treppe gelegen haben muss, denn sie ist stark gewellt. Das wird wenigstens ausreichen, die Wand, an der das Feldbett steht, ganz zu verkleiden.

Ich habe mir unablässig Gedanken darüber gemacht, wie ich dieses Gespräch mit Eichhörnchen beschreiben kann, denn wir hatten noch nie in dieser Weise miteinander gesprochen, und wir waren beide gleichermaßen atemlos und erschrocken und verwirrt.

Als ich mit den Läufern und der Kokosmatte zurückkam, wartete Angela auf mich. Ich glaube, dass jetzt irgendeiner von ihnen immer herunterkommen wird, sobald sie hören, dass meine Schreibmaschine nicht mehr klappert. Auf irgendeine Weise haben sie mich einbezogen in ihren Kreis, obwohl ich sehr weit von ihnen entfernt lebe. Aber vielleicht ist gerade das der Grund.

»Joe findet Sie sehr prima«, sagte sie.

»Das freut mich«, sagte ich. »Wie geht es ihm?«

»Gut«, sagte sie. »Sie haben ihn sehr hart geschlagen, und eigentlich war das nicht fair von Ihnen. Aber es hat ihn etwas verändert.«

»Prügel verändern immer«, sagte ich. Die Kokosmatte war groß genug, sie reichte über die ganze Wandbreite. Ich konnte einen der Läufer unter den Tisch mit der Schreibmaschine legen, dann würde ich nicht immer so kalte Füße haben.

»Schmeckt der Tabak?«

»Er ist gut«, sagte ich. »Viel zu gut für mich.«

Sie zündete sich eine Zigarette an. »Wann werden Sie weggehen aus diesem Keller?«

»Ich weiß es nicht«, sagte ich. »Brauchen Sie ihn?«

»Nein, aber ich will nicht, dass Sie fortgehen.«

»Das ist Unsinn«, sagte ich. Ich war erschrocken.

»Es ist kein Unsinn«, sagte sie. »Ich will Ihnen den Raum neben dem Badezimmer anbieten. Wir benutzen ihn nie.«

»Nein«, sagte ich. »Ich kann nicht zwischen eurem geschlechtlichen Gekeuche leben und mit euren dämlichen politischen Parolen. Ihr wollt die Welt verändern und verändert doch nur euch selbst.«

»Ich habe mich nicht verändert, ich bin nur geflüchtet«, sagte sie.

»Vor wem?«

»Ich weiß nicht«, sagte sie. »Ich habe herausgefunden, dass die meisten Menschen auf irgendeine Art vor etwas flüchten.«

»Wie viel leben eigentlich da oben?«, fragte ich, und ich wunderte mich darüber, dass ich das in all den Monaten nicht längst erfahren hatte.

»Außer mir und Joe noch drei Paare«, sagte sie. »Aber für mich ist es zu Ende.«

»Das ist erstaunlich«, sagte ich.

»Nein«, sagte sie. »Ich habe es schon gewusst, als ich sie aufnahm. Ich habe genau gewusst, dass ich sie eines Tages hinauswerfen würde. Es war nur eine Art Zwischenlösung.«

»Und Joe?«

»Er muss auch gehen.«

»Aber Sie sind seine Freundin.«

»Ja«, sagte sie. »Wir schlafen manchmal zusammen, wenn Sie das meinen.«

»Schlafen Sie nie mit den anderen?«

»Ich habe es zwei- oder dreimal versucht, als ich betrunken war.«

»Und wie war das?«

»Hässlich«, sagte sie. »Darf ich hier unten einen Whisky trinken?«

»Sicherlich«, sagte ich.

»Wissen Sie, manchmal kaufe ich mir eine Flasche Whisky und verstecke sie irgendwo hinter altem Plunder, damit die anderen sie nicht finden und mir fortnehmen. Das ist das letzte bisschen Egoismus, was ich mir bewahren konnte.«

»Trinken Sie nur«, sagte ich.

Sie ging also hinauf und holte sich den Whisky, und ich zündete mir eine Pfeife an und machte mir weiter Gedanken um das Gespräch mit Eichhörnchen, das so erschreckend grausam gewesen ist.

Als Angela wieder hinunterkam, fragte sie: »Was schreiben Sie da eigentlich?«

»Ich weiß nicht recht«, sagte ich. »Es ist eigentlich meine Geschichte, aber ich glaube, es ist auch die Geschichte anderer Leute.«

»Darf ich es lesen?«

»Nein. Ich will erst herausfinden, ob ich wirklich die Wahrheit sage.«

»Wie kann man die Wahrheit hier in diesem Kellerloch finden? Warum gehen Sie eigentlich nicht hinaus? Die Sonne scheint.«

»Ich muss das erst geschrieben haben, dann gehe ich hinaus.«

»Und Sie werden arbeiten?«

»Ja, irgendetwas.«

»Für die Tochter?«

»Ja. Das Heim wird sie mir zurückgeben.«

Sie trank den Whisky aus einem Blechbecher, in dem meine Zahnputzutensilien standen. »Waren Sie als Journalist gut?«

»Das weiß ich nicht. Auf keinen Fall war ich berühmt, vielleicht nur bekannt.«

»Werden Sie wieder Journalist sein?«

»Vielleicht später.«

»Ich habe eine Arbeit für Sie. Das Kaufhaus nebenan sucht einen Fahrer. Er muss mit einem Kombi Waren ausfahren. Sie zahlen gut.«

»Dann sagen Sie ihnen, ich mache das. Ab morgen früh.«

»Das habe ich gehofft«, sagte sie. »Ich gehe rüber, um es ihnen zu sagen.« Sie stellte den Blechbecher auf den Stuhl neben dem Feldbett und steckte die Zahnpastatube und die Zahnbürste hinein. Dann ging sie hinaus.

Ich weiß nicht, ob ich richtig gehandelt habe, aber ich kann notfalls die Nächte benutzen, um zu schreiben. Ich bin sicher, dass sie mir Ann sehr bald zurückgeben werden. Und bis dahin muss ich alle möglichen Dinge erledigt haben. So viele Dinge.

## 11. Kapitel

Eichhörnchen nahm meinen Koffer und stellte ihn in die Küche. »Willst du etwas zu trinken? Vielleicht einen Tee?«

»Ja, mach mir einen Tee.«

»Du darfst auch ein Bier«, sagte sie.

»Nein«, sagte ich. »Ich war betrunken während der Reise. Aber vielleicht ist ein Bier doch besser. Es beruhigt.«

»Sicher«, sagte sie. »Warum warst du betrunken?«

»Ich weiß nicht recht. Ich musste mich betrinken, um Kohler zu decken. Aber so sehr, wie ich betrunken war, wäre es nicht nötig gewesen.«

»Jörg sagt, das kann ein böses Ende nehmen.«

Das Bier war sehr kalt, ich musste husten. »Das sagt er seit zwei Jahren.«

»Wenn er recht hat, geht hier alles kaputt«, sagte sie hell. »Ich bin hier zu Hause, und mein Zuhause geht dann kaputt.«

Wir waren sieben Jahre verheiratet. Es war das erste Gespräch dieser Art, das wir miteinander führten, und sie hatte sich darauf vorbereitet.

»Wieso soll irgend etwas kaputtgehen?«, fragte ich.

Sie setzte sich mir gegenüber in einen der Sessel, und ihr Gesicht war sehr ruhig. Ich glaube, sie war nicht einmal innerlich angespannt. Sie war einfach sachlich, weil sie etwas gefunden hatte, was ihr wesentlich schien. »Ich habe dich in sieben Jahren nicht betrogen«, sagte sie. »Weißt du das?«

»Ja.«

»Hast du mich betrogen?«

»Nein.«

»Bist du sicher?«

»Ganz sicher.«

»Warum trinkst du?«

»Alkoholismus ist eine Krankheit.«

Im Garten schrie plötzlich Ann, und Eichhörnchen rannte hinaus, weil es sein konnte, dass Ann sich was getan hatte. Nach einigen Augenblicken kam sie zurück und setzte sich wieder.

»Ich habe darüber nachgedacht«, sagte sie. »Du gehst auf Reisen und kommst nach Hause. Du trinkst, du schläfst, du hast mich lieb, dann gehst du wieder auf Reisen. Weißt du, wie ich mir vorkomme?«

»Nein.«

»Wie ein Baum, der nur zu einem einzigen Zweck gewachsen ist: dass ein kleines Hündchen alle paar Tage sein Bein daran hebt. So komme ich mir vor.«

»Eichhörnchen«, sagte ich.

»So ist es«, sagte sie. Dann stand sie auf und sah hinaus in den Garten. »Es wird alles zerschlagen«, sagte sie. »Da bin ich ganz sicher.« Sie wandte sich jetzt zu mir. »Weißt du, als kleines Mädchen habe ich Bücher gelesen, in denen Prinz Eisenherz und Robin Hood große Rollen spielten. Sie konnten hervorragend mit dem Schwert und dem Degen umgehen. Kennst du eure Waffe?«

»Ich weiß nicht, ich weiß nicht ...«

»Eure Waffe ist das Maul«, sagte sie. »Und ihr könnt es nicht einmal gebrauchen.« Jetzt lächelte sie boshaft. »Ich meine damit nicht Journalisten, ich meine damit überhaupt die Männer. Die Pfaffen predigen dummes Zeug, kein Mensch glaubt der Bibel, weil sie ein dummes, uraltes Buch ist, die Politiker schwabbern daher wie Waschfrauen, und ihr? Ihr sucht die Männer, die vor den Schulkindern die Hosen herunterlassen. Dann schreit ihr ›horridoh‹ und fühlt euch. Aber ihr kämpft mit dem Maul um eure Positionen. Ihr holt euch Magengeschwüre, weil eines eurer Abenteuer zum Beispiel Karriere heißt. Ein anderes heißt Saufen. Und für andere gibt es das Abenteuer, eine Frau möglichst schnell auszuziehen, um sie ebenso schnell zu vergessen. Für viele ist es doch schon ein Abenteuer, einer Frau in den Ausschnitt zu langen.« Sie sagte das alles so ruhig daher wie ein olles Gedicht, an das sie sich plötzlich erinnert hatte. »Was willst du?«, fragte ich.

»Ich weiß es nicht«, sagte sie. »Das Letzte wollte ich eigentlich nicht sagen, obwohl ich es für richtig halte. Ihr Männer seid wirklich Laffen, und du bist einer von denen, die dabei sind, einer zu werden. Du musst dir irgendetwas einfallen lassen. Du imponierst mir nicht mehr, verstehst du?«

»Ich verstehe«, sagte ich. Aber ich verstand sie nicht sofort, ich habe sie erst viel später verstanden.

»Du kommst nach Hause und weißt, dass du eigentlich all das, was du gesehen hast, nicht verkraften kannst. Die meisten können das nicht. Aber sie reden darüber. Sie lassen es zu, dass Minister lügen, und erlauben sich selbst, es ganz einfach zu vergessen. Sie bestellen sich Popanze, um den Staat zu regieren, und nennen sie redliche Männer, weil das der einzige Begriff ist, mit dem sie die Wörter dumm und ehrgeizig umgehen können. Ihr seid feige.

Ihr lasst es zu, dass eure Kinder in Kindergärten und Schulen etwas von einem Herrn Jesus erzählt bekommen, als sei dieser Herr Jesus ein besonders gut funktionierendes LSD. Weißt du, mit was für einer Geschichte Ann heute aus dem Kindergarten kam? Bitte: Erst sterbe ich, dann stirbst du, dann ist Ann ganz allein. Und dann muss sie den Heiligen Geist rufen. Ganz laut muss sie rufen, weil dieser komische Geist sonst nicht auftaucht. Ganz laut! Hat die Schwester Therese gesagt. Und plötzlich hat unser liebes Kindchen eine Flamme auf dem Kopf. Weißt du, wer das ist? Das ist dann der Heilige Geist. Und alles ist in Ordnung. Derweil wir beide vermodern, trägt unsere Tochter einen einmaligen Hut, den Heiligen Geist. Und damit wäre dann alles in Ordnung.«

»Das ist nicht wahr.«

»Es ist wahr«, sagte sie. »Du kannst sie fragen.«

»Ich werde diese Schwester Therese anrufen.«

»Hah!«, sagte Eichhörnchen. »Ich hole dir ein Bier, dann nimmst du eine Tablette und schläfst.«

»Ich rufe an«, sagte ich. »Und lass das Gefasel. Wie ist die Nummer?«

Eichhörnchen saß sehr gerade in dem Sessel und sah mir zu, und sie tat mir ein wenig leid, denn nichts fiel mir in jener Zeit leichter, als irgendeinen Fremden durch das Telefon anzubrüllen oder auszufragen.

»Schwester Therese«, sagte ich, »ich bin Paul Poggemann, ich habe ein Problem.«

»Herr Poggemann«, sie hatte eine sanft flötende Stimme. »Sie haben für die Krippe den heiligen Josef gestiftet. Nochmals herzlichen Dank.«

»Es geht nicht um den heiligen Josef«, sagte ich. »Es geht um meine Tochter. Sie erzählt eine merkwürdige Geschichte. Sie sagt, wenn sie einmal ohne Eltern sei und allein in der Welt stünde, brauche sie nur nach dem Heiligen Geist zu rufen und hätte anschließend eine Flamme auf dem Kopf, und alles sei in Ordnung. Haben Sie das so erzählt?«

»Ich habe mir mit Herrn Pfarrer Wörther sehr viel Mühe gegeben, nach einleuchtenden Bildern zu suchen«, sagte sie. »Und dieses Bild erschien uns am einfachsten. Finden Sie das nicht auch?«

»Nein«, sagte ich. »Es ist dumm. Als Sie neulich im Lebensmittelladen neben mir standen, habe ich nichts auf Ihrem Kopf gesehen. Demnach dürfte der Herr Sie verlassen haben.«

»Herr Poggemann, ich bitte …«

»Ich verbiete meiner Tochter, zu Ihnen zu gehen«, sagte ich. »Und seien Sie so gut und frischen Sie Ihre Geschichtskenntnisse auf. Was wissen Sie von Jesus von Nazareth?«

Es tat gut, es tat sehr gut.

»Der Heiland hat …«

»Ich rede nicht vom Heiland. Ich rede von einem Mann namens Jesus von Nazareth, der vor rund zweitausend Jahren aus bisher immer noch nicht geklärten Gründen hingerichtet wurde. Wissen Sie übrigens, Schwester, dass man in Rom von dieser Hinrichtung offiziell nicht einmal Kenntnis hatte?«

»Herr Poggemann …«

»Sie sollten einen Nachhilfekursus in Geschichte nehmen«, sagte ich. Dann spürte ich Ekel, und ich nahm schnell die Tablette, um schnell zu schlafen.

Irgendwann vorher hatte ich aufgelegt.

## 12. Kapitel

Ich komme nur noch sehr langsam vorwärts. Heute habe ich zum ersten Mal Waren für das Kaufhaus ausgefahren, und ich fühle mich, als hätte ich eine mörderische Schlägerei hinter mir. Aber es ist im Grunde sehr einfach; die Versandabteilung packt den kleinen Lastwagen voller Pakete und gibt mir eine Liste mit, die ich systematisch nach dem Stadtplan abfahre. Dabei muss ich wegen der Benzinkosten die kürzesten Strecken nehmen und werde außerdem noch von einem Fahrtenschreiber überwacht, der in dem Tachometer eingebaut ist. Ich kann ihnen also nicht entgehen.

Gegen achtzehn Uhr kam ich erst zurück, und Angela hatte einen Teller mit belegten Broten auf mein Bett gestellt. Aber ich schlief ein, ehe ich essen konnte, und wachte erst nach drei Stunden wieder auf. Da saß sie vor meiner Schreibmaschine, aber ich bin sicher, sie hat die letzten Seiten nicht gelesen.

»Wie war der Tag?«, fragte sie.

»Ich war sehr müde«, sagte ich. »Auf die Dauer werde ich das nicht durchhalten.«

»Das werden Sie schon«, sagte sie. »Sie haben einfach zu lange auf der faulen Haut gelegen.«

»Was ist das für ein Krach da oben?«, fragte ich.

»Sie feiern«, sagte sie. »Irgendwer hat ein Examen bestanden, und nun feiern sie.«

»Trinken sie wieder Wermut?«

»Ich weiß nicht. Bestimmt irgendetwas, das sie sehr schnell in Fahrt bringt. Außerdem haben sie LSD und Haschischstäbchen. Sie brauchen an der Außenwand da noch einen Teppich oder so etwas. Daher kommen die Nässe und die Feuchtigkeit.«

»Das wird nicht nötig sein«, sagte ich. »Ich werde nicht mehr lange bleiben.«

»Wie lange noch?«

»Ich weiß es nicht genau, ich denke, einen Monat.«

»Ich hab' einen alten Teppich«, sagte sie, »ich werde ihn holen. Wir können ihn gleich an die Wand nageln.«

»Wie Sie wollen«, sagte ich. »Aber Sie haben Gäste.«

»Sie interessieren mich nicht«, sagte sie. »Ich habe genug von dieser Art Freunde.«

»Was sagt Joe dazu?«

Sie lachte leise. »Er grollt. Er sitzt da mit schiefem Maul und grollt. Und natürlich möchte er am liebsten hier herunterkommen und sehen, was wir beide treiben. Er ist in der letzten Zeit sehr depressiv.«

»Was heißt das schon?«, sagte ich. »Wir sind alle ein bisschen depressiv.«

»Ich gehe den Teppich holen«, sagte sie.

Ich aß die Brote und dachte darüber nach, ob ich das seltsame Gespräch mit Eichhörnchen richtig wiedergegeben habe. Es war tatsächlich so abrupt, tatsächlich hatte sie noch niemals so etwas gesagt, und tatsächlich gab ich dabei eine so lächerliche, passive Figur ab, wie ich geschrieben habe.

Angela hatte gelogen. Der Teppich, den sie brachte, war eine sehr neue Kokosmatte, und ich wusste, dass sie ihn eigens für die kalte, feuchte Wand gekauft hatte. »Warum machen Sie so etwas?«, fragte ich sie.

»Weil ich nicht will, dass Sie gehen«, sagte sie. »Das ist doch verständlich. Übrigens hat heute wieder ein Mann nach Ihnen gefragt. Aber diesmal war es nicht dieser Kohler, sondern ein anderer.«

»Mit kurzen Haaren?«

»Ja, mit sehr kurzen Haaren und einer randlosen Brille. Er machte nicht viel daher, und ich hatte auch keine Gelegenheit abzustreiten, dass ich Sie kenne. Er sagte freundlich, er wisse genau, dass Sie hier wohnen, und ich soll Ihnen ausrichten, Sie möchten ihn anrufen. Er heißt Jörg. Ist das richtig?«

»Ja«, sagte ich. »Er ist ein Freund. Er ist Arzt. Wir kennen uns sehr lange. Hat er sonst noch etwas gesagt?«

»Nein. Ich kam mir sehr hilflos vor, als er sagte: ›Sie brauchen nicht versuchen, Poggemann zu verstecken. Es wird Zeit, dass er aus seiner Höhle kriecht.‹ Dazu lächelte er und wischte nur einmal mit der Hand durch die Luft, als ich entrüstet spielen wollte. Ich glaube, er hält mich für Ihre Geliebte oder so etwas.«

»Nein«, sagte ich, »das tut er bestimmt nicht.«

»Ist er ein sehr guter Mediziner?«

»Er ist ein guter Arzt«, sagte ich. »Machte er einen gesunden Eindruck? Ich meine, hatte er Sorgen oder so?«

»Nein, ich glaube nicht. Schlagen Sie den ersten Nagel ziemlich hoch ein, und ziehen Sie dann den Läufer ganz fest an die Wand.«

»Ja«, sagte ich. Sie ging sehr dicht an mir vorbei, und ich spürte ihren Körper, aber es erregte mich nicht, obwohl sie sehr hübsch war und sehr sinnlich wirkte. »War er allein?«

»Nein. Auf der Straße stand ein Auto, und darin saß eine Frau. Sie sah mich ziemlich missbilligend an.«

»Es ist seine Frau«, sagte ich. »Wahrscheinlich wird sie eifersüchtig auf Sie sein, weil Sie für mich sorgen und nicht sie und ihr Mann.«

»Haben Sie damals wirklich alles abgebrochen? Ich meine, ging alles zu Bruch?«

»Ja.«

»Haben Sie denn keine Eltern oder Schwiegereltern, oder Brüder oder Schwestern?«

»Doch, doch«, sagte ich. »Sogar ausgezeichnete Qualität.«

Sie lächelte. »Aber gesucht worden sind Sie nur von Ihren Freunden. Ich finde es ganz unverschämt gut, dass es diesem Kohler gelungen ist, Sie aufzuspüren.«

»Meine Schule«, sagte ich heiter.

»Aber wir haben anderthalb Millionen Einwohner«, sagte sie, »oder vielleicht mehr. Wieso kam er ausgerechnet in dieses Haus?«

Ich war wirklich sehr stolz auf Kohler. »Ich müsste Ihnen einen Vortrag halten«, sagte ich, »um Ihnen zu erzählen, wie man so etwas macht.«

»Tun Sie es«, sagte sie.

Der Hammer glitt ab und traf meinen Daumenballen. Es schmerzte eine Weile, und ich tauchte die Hand in die Waschschüssel. »Kohler und ich haben sehr viele Reportagen miteinander gemacht«, sagte ich. »Er weiß genau, dass ich mich am liebsten dort verkrieche, wo ich die Leute am besten verstehe. Das ist die Welt der Schlitzohren und kleinen Ganoven. Die Welt der unschuldigen Kuppelmütter und halbseidenen Sekretärinnen.«

»Aber das ist nicht meine Welt«, sagte sie belustigt. »Wir diskutieren über Marx und Leninismus. Über Schiller, sogar über Hebbel.«

»Was macht Joe, wenn er Geld braucht?«

»Er pumpt es sich von mir.«

»Bekommen Sie es jemals wieder?«

»Nein, natürlich nicht.«

»Aber jedes Mal sagt er, er würde es Ihnen wiedergeben, nicht wahr?«

»Ja«, sagte sie lachend. »Ja, das sagt er wirklich.«

»Er ist ein nettes Schlitzohr«, sagte ich. »Dieses ganze Viertel ist so. Kohler wusste genau: Wenn Poggemann in der Stadt ist, kann er nur hier sein, nirgendwo sonst.«

»Und er hat monatelang gesucht?«

»Natürlich«, sagte ich. »Und ich habe gehofft, er würde mich finden.«

»Deshalb werden Sie also gehen. Man hat Sie gefunden, und nun gehen Sie. Sie Märtyrer.«

»Es ist nicht ganz so«, sagte ich. »Da ist noch meine Tochter.«

»Ja«, sagte sie. »Ich möchte sie gern einmal sehen.«

Über uns grölten sie die Internationale, und anschließend wurde die Tür oben aufgerissen.

»Jetzt kommt Joe, und er ist wütend«, sagte sie heiter.

Joe brachte eine ganze Bande von ihnen mit. Er stand in der Tür und lächelte und war ohne Zorn. Er sagte: »Hallo, Junge.«

»Joe«, sagte ich, »stell die Flasche auf den Boden, und halt mal eben das Ende vom Teppich fest.«

»Freunde«, sagte er leise, »Papa will Hilfe, und ich sage euch, er ist in Ordnung.« Seine Augen waren merkwürdig hell und nachdenklich. Er klopfte mir auf die Schulter und sagte: »Irgendeiner von denen da hat ein Examen bestanden. Deshalb bin ich besoffen, verstehst du?«

»Klar«, sagte ich. »Zieh das Ding fest an.«

»Wollen Sie einen Schnaps?«, fragte ein Junge. Er war sehr grob gewachsen und hager und versuchte angestrengt, artikuliert zu sprechen.

»Nein«, sagte ich, »ich muss noch arbeiten.«

»Er schreibt ein Buch«, sagte Joe. »Er war mal ein Reporter oder so was. Er trinkt nicht.«

»Vielleicht ein Bier«, sagte der dürre Junge. Er war vielleicht fünfundzwanzig Jahre alt, und er machte einen verlegenen Eindruck.

»Haben Sie das Examen bestanden?«, fragte ich.

»Ja«, sagte er. »Ich werde Lehrer.«

Sie waren ungefähr zehn Leute, und sie sahen mich aufmerksam an. Ich ging zu dem Dürren und gratulierte ihm. Dann trank ich einen Schluck Bier aus irgendeiner Flasche, die man mir reichte, aber es schmeckte schal, und ich war sicher, dass ich mich jetzt, nach dieser Ewigkeit, nicht mehr danach sehnen würde.

»Wie war es?«, fragte Angela. Sie saß wieder auf dem Bett.

»Nichts Besonderes«, sagte ich.

»Angela ist besser«, sagte ein Mädchen und kicherte boshaft. Es war eines dieser Mädchen mit langem, unordentlichem Haar, die mich immer unwillkürlich an schmutzige Fingernägel und Schweißgeruch erinnern.

»Er hat nichts mit Angela«, sagte Joe ganz ruhig. »Das weiß ich. Wenn er etwas mit ihr hätte, würde er es mir sagen. So wie ein Gentleman, stimmt's, Papa?«

»Natürlich«, sagte ich. »Das weißt du doch.«

»Aber, aber«, sagte das Mädchen. »Es geht doch schnell bei Angela, wo sie unter dem Kittel nichts anhat. Rutsch, das Ding hoch und, rutsch, das Ding runter bei der nächsten Störung. Und so von Stellung zu Stellung.«

»Hör auf«, sagte Joe. »Das ist wirklich übel.«

»Lass sie«, sagte Angela. »Hat jemand eine Zigarette? Eine normale.«

Joe warf ihr ein Päckchen herüber. Er fragte heiter: »Sag' mal, Papa, was ist eigentlich schlimmer, Beschiss oder Selbstbeschiss?«

»Die Kombination von beidem«, sagte ich. »Hast du Sorgen?«

»Nicht mehr«, sagte er ruhig. Er ließ den Teppich los und brüllte plötzlich: »Ich will Schnaps!«, und sie stürmten unter seiner Anführung die Treppe hinauf. Eines der Mädchen schrie: »Aber diesmal will ich Uli! Und allein!«

Der bebrillte Philosophiestudent brüllte wie üblich immerfort: »Vietnam! Vietnam!«, und draußen schlingerte kreischend eine Straßenbahn über die Weichen.

»Sie sollten hinaufgehen«, sagte ich.

»Nein«, sagte Angela. »Ich sehe es zum ersten Mal mit Ihren Augen, und jetzt kann ich nicht mehr hinaufgehen.«

»Das habe ich nicht gewollt«, sagte ich.

»Das weiß ich«, sagte sie. »Es spielt auch keine Rolle. Joe ist so komisch.«

»Ja«, sagte ich, »vielleicht wird er erwachsen.«

Wir lachten beide, und sie ging, um Zigaretten und etwas zu trinken zu holen. »Aber Sie bekommen keinen Alkohol.«

»Ich will keinen«, sagte ich. »Das spielt keine Rolle mehr.«

Wen sollte ich zuerst anrufen, Kohler oder Jörg? Jörg war sicherer, er kannte mehr Leute mit Einfluss. Ich brauchte eine Wohnung für Ann, und ich brauchte jemand, der auf sie achtgab. Auf keinen Fall wollte ich zu irgendjemandem in Untermiete gehen. Weder zu Kohler noch zu Jörg. Ich würde Jörg anrufen.

Ich erinnere mich, dass ich in diesen Minuten vor der grässlichen Stille, die kaum vorüber ist, sogar ausrechnen wollte, wie viel Geld ich für eine Wohnung brauchen würde und wie ich Anns Zimmer einrichten wollte. Dann kam Angela wieder zurück und gab mir eine Flasche Selterswasser. Sie selbst trank Whisky und rauchte Gauloises.

»Werden Sie vielleicht hierher zurückkommen und mich besuchen?«

»Ich weiß es nicht«, sagte ich. »Ich weiß nicht einmal, ob ich in dieser Stadt bleibe.«

»Darf ich heute Nacht hier schlafen?«

»Sicherlich, warum nicht?«

»Fürchten Sie sich nicht davor?«

»Warum?«, sagte ich. »Ich denke, Sie wollen schlafen und nicht spielen.«

Ihr Ausbruch kam so heftig, dass sie mich überraschte und erreichte, noch ehe ich von dem Stuhl vor der Schreibmaschine aufstehen konnte. Sie legte ihren Kopf in meinen Schoß und murmelte: »Ich glaube, ich will, dass Sie mich lieben. Ich liebe Sie. Nicht gewusst?«

»Nein.«

»Sind Sie eigentlich ganz tot?«

»Ich weiß es nicht«, sagte ich. »Dieser bebrillte Mann, der heute nach mir fragte, würde Ihnen sagen, dass alles seine Zeit braucht.«

»Ich will hier schlafen«, sagte sie.

»Das kannst du ja«, sagte ich, und ich legte eine Hand auf ihren Kopf, ohne das Geringste zu fühlen.

»Du darfst nicht weggehen. Ich kann sie alle hinauswerfen und du kannst das Kind hierherbringen und hier mit ihm leben. Ich will nicht stören, ich will nur nicht allein sein.«

»Schon gut«, sagte ich.

Und in diesem Moment kamen die ersten Schreie, hohe, dünne Schreie. »Joe! Joe! Joe!« Dann schrien sie alle zusammen: »Joe!« Ich stieß Angela von meinem Schoß und rannte zu dem Fensterschacht. Aber ich sah nur einen Haufen Beine, die unruhig hin und her trampelten. »Es ist etwas mit Joe!«, sagte ich. »Wir müssen rauf.«

Ihr Gesicht war ganz ruhig und ein wenig nass von den Tränen. »Sicherlich schmeißt er bei den Nachbarn Fensterscheiben ein«, sagte sie.

Aber Joe stand vier Stockwerke hoch über einem Mansardenfenster und hielt die Arme weit ausgebreitet. In der rechten Hand hielt er die Gitarre.

»Joe!«, brüllte ich, »lass den Unsinn.«

»Es ist kein Unsinn«, sagte er ruhig. Er brauchte nicht zu schreien, die Stadt war still. Wir konnten ihn gut hören, obwohl er leise sprach.

»Holt die Feuerwehr«, sagte ich schnell. »Los, macht schon.« Angela lief in das Haus hinein, und Joe lachte leise.

»Sie soll die Feuerwehr nicht holen, Papa«, sagte er. »Hast du Lust heraufzukommen?«

»Ich bin doch nicht verrückt«, sagte ich.

»Du würdest es auch nicht schaffen«, sagte er. »Siehst du da drüben die Mauer?«

»Ja.«

»Von dort aus bin ich bis hierhin gesprungen. Auf andere Weise kommt man nicht hierhin.«

»Warum das?«, fragte ich. »So betrunken bist du nicht.«

»Nein«, sagte er. Dann nahm er die Gitarre und fragte: »Erinnerst du dich an das Lied, das ich gemacht habe?«

»Ja.«

»Ich werde es noch einmal singen. Wieder mit einer anderen Melodie.«

»Nein!«, kreischte eines der Mädchen, und irgendwer hielt ihm sofort den Mund zu.

»Sing das Lied, dann kannst du runtersteigen«, sagte ich.

»Ich singe das Lied«, sagte er.

Wir alle konnten ihn gut sehen, denn der Himmel über dem Viertel war rot. Er sang kräftig und voller Melancholie. Zuerst blieb er in einer Dur-Tonart, weil er es wohl so gewohnt war, aber dann wechselte er plötzlich in Moll über.

Da sprechen sie von Ethik und Moral
und streicheln sich den feisten Bauch.
Und sehen doch den Schweinestall
vom lieben Nachbarn auch.
Da sprechen sie von Freiheit und Vergessen
und streicheln sich den feisten Bauch.
Sie alle haben viel zu viel zu fressen,
die lieben Nachbarn etwa auch?
Da machen sie Kotau, Kotau, Kotau,
und streicheln sich den feisten Bauch.
Die Freiheit schreit ein klägliches Miau
und unsere lieben Nachbarn auch.

Er ließ einige Akkorde folgen und fragte dann: »Wirst du es nicht vergessen, Papa?«

»Nein«, sagte ich. »Und jetzt komm runter. Sonst holst du dir eine Erkältung.«

»Ich komme«, sagte er. Und dann sprang er.

Er fiel mitten unter uns, und es erscheint mir jetzt wie ein Wunder, dass sein massiger Körper niemanden von uns erschlug. Sein Kopf war sehr flach und blutete heftig, und er lag wie ein aufgespießter Schmetterling auf den Steinen.

Ich bückte mich zu ihm hinunter, aber er war schon tot, und ich drehte ihn erst gar nicht auf den Rücken.

Als wir das Klingeln der Feuerwehrwagen hörten, stürzten sie alle in das Haus, um LSD und Haschischzigaretten beiseitezuschaffen. Nur der Dürre mit der Brille blieb bei mir, und er weinte lautlos und zitterte so heftig wie alte Leute nach einem Schlaganfall.

Die Wagen kamen in den Hof hineingerasselt, und irgendwelche Männer brüllten Kommandos. Jemand fasste mich an der Schulter und fragte: »Ist das der Mann?«

»Das ist er«, sagte ich.

»Waren Sie Zeuge?«

»Ja.«

»Ist er tot?«

»Ja.«

»Sind Sie Mitglied in diesem Verein?«

»Nein. Nur ein Untermieter. Ich habe nichts mit ihnen zu tun.«

»Wenigstens ein Vernünftiger«, sagte er.

Sie packten Joe in ein Ding, das so aussah wie eine kleine Badewanne, und sie nahmen mich mit. Es dauerte zwei Stunden, bis ich alles zu Protokoll gegeben hatte und gehen durfte. Als ich in Angelas Haus zurückkehrte, saßen sie alle im großen Wohnzimmer, auf dessen Tisch der Kasten mit den Präservativen stand. Sie waren alle nüchtern.

»Tja«, sagte ich. »Schlafen Sie gut.« Angela kam herein mit einer Kanne Kaffee.

»Wie war es?«

»Nichts Besonderes«, sagte ich. »Es tut mir verdammt leid.«

Der bebrillte Philosophiestudent stand auf und stellte sich vor mich hin. »Ach nein«, brüllte er, »dem Herrn ist nichts Besonderes dabei aufgefallen. Dem großen Reporter, der aus der Scheiße kam. Warum, glauben Sie denn, dass er es getan hat?«

»Ich weiß es nicht«, sagte ich. Ich konnte seine Erregung gut verstehen, denn sie alle hatten ihren Motor verloren. »Geben Sie mir die Gitarre«, sagte er.

»Die werde ich behalten«, sagte ich.

»Geben Sie sie her«, brüllte er, und er griff nach dem schäbigen Holzrest, der davon übrig geblieben war. »Joe ist ein Opfer von euch Schweinen, euch bourgeoisen Schweinen. Und schon spielst du wieder mit deiner Scheißautorität. Die Gitarre behalte ich, die Gitarre behalte ich.« Er versuchte mich zu schlagen, aber der Dürre, der das Examen bestanden hatte, schlug ihm von der Seite her mit aller Gewalt in das Gesicht, sodass er gegen mich fiel und ich ihn festhalten musste.

»Ihr geht jetzt alle«, sagte Angela ruhig. »Und ihr kommt nie mehr wieder.«

»Ich möchte hier schlafen«, sagte der Dürre. »Ich komme nicht mehr nach Hause. Mir ist elend.«

»Du darfst bleiben«, sagte Angela. »Und alle anderen gehen für immer.«

Ich hörte noch, wie sie auf die Proteste mit heftigen obszönen Worten aufwarteten. Dann war ich in meinem Keller und schloss die Tür hinter mir zu.

Das alles ist jetzt eine halbe Stunde her. Oben ist es sehr still. Ich glaube nicht, dass Angela kommt, sie wird in irgendeiner Ecke sitzen und weinen. Und der Dürre wird schlafen. Es ist vier Uhr morgens. Ich werde weiterarbeiten. Es hat keinen Sinn, sich hinzulegen. Ich glaube, ich mochte Joe sehr gern.

## 13. Kapitel

Braumann hatte Kohler und mir drei Tage zum Ausschlafen gegeben, und ich erinnere mich gut, dass ich vor diesen drei Tagen ein wenig Angst hatte. Eichhörnchen hatte so sonderbare Dinge gesagt, so hart und bissig und unpersönlich, dass ich befürchten musste, sie würde es wiederholen. Aber als ich abends gegen neun Uhr aufwachte und eine Flasche Bier trank und dann sehr viel aß, war sie lustig und ausgelassen, sodass wir zu Bardoll gingen, um Pizza zu essen.

»Liebster, wir haben noch zwei Tage für uns allein. Ich habe Konzertkarten.«

»Was?«

»Bach. Ich freue mich.«

»Das ist sehr gut«, sagte ich. »Du bist schon ein Genie.«

»Nicht sehr«, sagte sie mit schräg geneigtem Kopf. »Heute Mittag habe ich sehr viel Blödsinn geredet.«

»Überhaupt nicht«, sagte ich. »Nur passte es nicht zu dir. Das macht mich nervös.«

»Ich wollte dich reizen, verstehst du? Ich kenne zu wenig von deinem Leben, ich will es kennenlernen.«

»Du hast uns Männer ziemlich runtergeputzt«, sagte ich.

»Zu Recht«, sagte sie. »Ich will schließlich einen Mann, der nicht so ist wie die anderen.«

»Wie sind die denn?«

»Ich weiß nicht«, sagte sie. »Kennst du Amöben? Das sind Tierchen, die ihren Körper fortbewegen, indem sie einfach irgendeine Stelle ihres schwabbeligen Körpers in irgendeine Richtung ausstülpen.«

»Du lieber Himmel«, sagte ich. »Normalerweise würde ich jetzt einen Schnaps bestellen.«

»Ich bestelle mir einen Wodka«, sagte sie. »Wird es immer so sein mit uns?«

»Ja.«

»Wirklich immer?«

»Ja, Eichhörnchen, wirklich immer.«

»Woher weißt du das eigentlich?«

»Ich weiß es.«

Wir kamen erst lange nach Mitternacht zu Hause an, und Ann saß in ihrem Bett und schaute ein Märchenbuch an. Sie sagte: »Ich will auch in eine Bar.«

»Wir waren nicht in einer Bar«, sagte Eichhörnchen. »Wir haben in einem Restaurant etwas gegessen.«

»Ihr habt es gut. Ihr könnt immer zusammen schlafen. Ich schlafe immer allein«, sagte sie.

»Du hattest doch die Telefonnummer. Warum hast du nicht in dem Restaurant angerufen?«

Sie sah mich sehr ernst an: »Aber das ging doch nicht. Dornröschen war bei mir, und wir wollten euch nicht stören.«

»Aha«, sagte ich. »Schlaf gut.«

»Gute Nacht. Bis morgen früh um zehn. Und dann komme ich in dein Bett.«

In dieser Nacht sagte Eichhörnchen: »Du darfst mich nie allein lassen, hörst du, nie. Und wenn ich dabei irgendetwas falsch mache, musst du es sagen. Und wenn du nicht glücklich bist dabei, musst du es auch sagen.« Dann weinte sie ein bisschen, und wir waren glücklich.

Aber irgendetwas war von diesem Tage an da. Es störte, wie eine Schmeißfliege an einem ruhigen Sonntagnachmittag.

Ich stand sehr früh auf und machte Ann für den Kindergarten fertig. Eichhörnchen schlief bis elf Uhr. Dann kam sie in den Garten hinaus und sagte: »Du kennst doch Pollers.«

»Kenne ich nicht«, sagte ich.

»Natürlich. Das sind die im letzten Haus an der Ecke. Weißt du, die war vorgestern bei mir. Sie hat ihren Mann betrogen.«

»Bitte erzähl es nicht. So etwas hängt mir zum Hals hinaus.«

»Aber ich will es erzählen. Schließlich ist mein Leben nicht so aufregend wie deines. Also pass auf: Sie hat seit acht Wochen ein Verhältnis mit einem Architekten, und vor ein paar Tagen ist ihr Mann dahintergekommen. Und was meinst du, was passiert?«

»Er hat ihr den Hintern versohlt«, sagte ich.

»Nein, sie hat erzählt, er hätte dagestanden wie eine Kuh und sie blöde angestarrt. Und dann hätte sie losgelegt. Sie hat ihm ins Gesicht geschrien, er wäre ein Schlappschwanz und könne nichts, und sie hätte es mit dem Architekten in allen Stellungen getrieben, und es wäre wundervoll gewesen. Das hat sie ihm alles gesagt, verstehst du?«

»Eichhörnchen!« Ich glaube, ich brüllte. »Hör auf mit diesem Dreck. Du hast niemals so etwas erzählt, du wirst rot, wenn jemand einen Witz erzählt, der noch einigermaßen anständig ist. Hör auf und mach das Essen.«

»Aber das ist doch normal«, murmelte sie. »Ich will doch bloß so sein, wie alle sind. Das ist doch diese Welt.« Und dann weinte sie, drehte sich herum und ging ins Haus.

Sie stand am Herd und weinte hemmungslos. »Es tut mir leid. Ich schäme mich so.«

»Werd' um Himmels willen nicht so wie die anderen«, sagte ich. »Und jetzt gib mir ein Bier. Wer bist du plötzlich?«

»Das Essen ist in einer Stunde so weit. Nein, in anderthalb. Ich mache Paprikaschoten.«

»Das klingt besser als das Gewäsch«, sagte ich, aber ich konnte sie nicht küssen und fuhr zu dem Restaurant draußen am Stadtwald, um Billard zu spielen. Aber ich fand keinen Partner und fuhr nach einer halben Stunde weiter zu Kohler. Er saß auf der Veranda und sonnte sich. Er sagte müde: »Kannst du mich nicht einmal verschonen?«

»Ich will nichts«, sagte ich. »Hast du ein Bier?«

»Im Eisschrank.«

»Hat sich diese Ellen sehen lassen?«

»Nein.«

»Das ist gut.«

»Aber sie wird dich nicht in Ruhe lassen«, sagte er.

»Sie wird«, sagte ich.

Er lachte, und wir spielten eine Partie Schach, die ich verlor, weil ich mir zu viel Gedanken um Eichhörnchen machte. Ich fuhr nicht nach Hause zum Essen. Als Eichhörnchen anrief, um zu fragen, ob ich bei Kohler sei, ließ ich mich verleugnen. Wir spielten noch eine Partie Schach und dann eine dritte. Ich verlor alle Partien sehr schnell, und Kohler machte mir Vorwürfe, dass ich überhaupt zu spielen begonnen hätte.

»Entschuldige«, sagte ich, »ich wollte nur abschalten.«

»Warum machst du das nicht bei Eichhörnchen?«

»Sie ist so merkwürdig«, sagte ich. »Es ist schwer zu erklären.«

Um vier Uhr kam ein sehr langbeiniges, dunkelhaariges Mädchen, und Kohler sagte: »Das ist Ute, ich mache einen Titel mit ihr.«

»Gut«, sagte ich.

»Du brauchst nicht zu gehen«, sagte er.

»Sie brauchen nicht zu gehen«, sagte das Mädchen.

Ich blieb auf dem Balkon sitzen und starrte in den Wohnraum hinein, wo die beiden arbeiteten.

Kohler hatte sie auf seine Couch gesetzt und hinter ihr eine breite Bahn aus rosa Papier aufgehängt. Sie trug nur das Unterteil eines Bikinis, und Kohler bemühte sich mit unerschöpflicher Geduld, ihr beizubringen, wie sie beide Arme über die Brüste zu legen habe, damit man die Warzen nicht sehen konnte, wohl aber die Rundungen. Ich glaube, es dauerte eine Stunde, bis sie so weit waren.

Dann sagte Kohler: »Pass auf jetzt, Mädchen. Ich leg' jetzt was ganz Irres auf. So was, was erotisch reizt. Und du beginnst zu spielen. Du stellst dir vor, irgendjemand kommt gleich in dein Bettchen, klar?«

»Sicher«, sagte sie. »Das mache ich.«

»Du wiegst dich hin und her und tust so, als könntest du es nicht erwarten, klar? Und vergiss nicht, die Arme so zu lassen. Aber entspanne dich und spanne dich, entspanne dich und spanne dich. Wie Zuckungen am besten.«

»Wie Zuckungen«, sagte das Mädchen mit einer Kleinkinderstimme.

»Willst du Whisky?«

»Ja, oder besser Wodka. Der regt mich auf.«

»Ich hab' nur Whisky«, sagte Kohler. Er fotografierte mit drei verschiedenen Hasselblads ohne Kunstlicht und bewegte sich so schnell wie ein Irrwisch. »Du kannst dir den Whisky selbst aus dem Eisschrank holen. Und vergiss meine Kameras. Du magst doch Blues oder so was?«

»O ja«, sagte das Mädchen.

Die Musik war sehr schwül und beherrscht von Solosaxofonen und Tom-Toms.

Kohler begann das Mädchen schon zu fotografieren, als es mit dem Whisky aus der kleinen Küche zurückkam. Er hörte auch nicht auf, als sie sich setzte, auch dann nicht, als sie ihm das Hinterteil zukehrte, weil irgendein Kissen verrutscht war.

»Und nun geht's los«, sagte er. »Denk an den einen.«

»Na klar«, sagte das Mädchen. »Aber ich bin lesbisch.« Sie kicherte.

Gegen fünf Uhr hatte er bereits zehn Filme verschossen, war aber noch nicht im Geringsten zufrieden, obwohl sie sich mehrere Male bis zu einer widerlich wirkenden Ekstase gesteigert hatte, an der kaum etwas gespielt war. Gegen fünf Uhr ging ich nach Hause.

Sie merkten beide nicht einmal, wie ich die Tür hinter mir zumachte. Kohler war immer stark konzentriert, wenn er arbeitete.

Eichhörnchen lag im Garten und sagte mit einer sehr leisen Stimme. »Hast du sehr viel getrunken?«

»Zwei Flaschen Bier«, sagte ich.

»Bist du sehr böse?«

»Nein, ich war nur verwirrt.«

»Aber warum?«

»Du hast scheußliche Dinge gesagt, denen ich nicht gewachsen bin.«

»Aber du kannst doch dein Leben nicht in zwei Hälften spalten.«

»Nein, sicherlich nicht«, sagte ich. »Lass uns ein Eis essen gehen.«

Dies war der letzte Tag, den ich zusammen mit Eichhörnchen und Ann verbrachte. Abends rief Braumann an und sagte, er könne uns die drei Tage Ruhe nicht gönnen. »Da hat ein Mann das Kind seiner Freundin erwürgt.«

»Wo?«

»Bei Trier«, sagte er. »An der Mosel. Du kannst ablehnen, aber ich habe niemand anderen.«

»Ich fahre«, sagte ich. »Gib Kohler Bescheid.«

## 14. Kapitel

Beinahe hätte ich doch eben die Reportage für das erwürgte Kind neu geschrieben und darüber vergessen, dass ich jetzt Ausfahrer in einem Kaufhaus bin. Angela kam gegen sechs Uhr herunter und hat mich gestört.

»Warum hat Joe das getan?«

»Ich weiß es nicht«, sagte ich. »Sie müssten es besser wissen.«

»Ich weiß es nicht«, sagte sie. »Sie müssen jetzt langsam gehen.«

»Jaja.« Ich ging an ihr vorbei hinaus und sah einen Moment lang in ihr kummervolles Gesicht. »Machen Sie sich keine Gedanken darum. Man sieht es den meisten Selbstmördern nicht an, was sie Vorhaben. Oder man glaubt es nicht.«

»Wann werden Sie gehen?«

»Ich weiß es nicht.«

»In der Küche liegen Brote für Sie.«

»Danke«, sagte ich. »Falls einer von meinen Freunden anruft, sagen Sie bitte, ich sei ab sofort abends nach sechs Uhr zu erreichen.«

»Ja«, sagte sie, und dann begann sie zu weinen.

Ich habe an diesem zweiten Arbeitstag sehr viel erreicht. Ich fuhr in das Kinderheim und versprach Ann, wir würden bald wieder in einem Haus zusammen sein.

»Mit Mami?«

»Nein«, sagte ich, »das wird nicht gehen. Sie wird später kommen.«

»Dann werden wir alles herrichten und den Kaffeetisch decken. Ich kann prima einen Kaffeetisch decken. Und wenn sie kommt, freut sie sich.«

»Ja«, sagte ich.

Wir standen zusammen an einem der hohen Fenster in diesem widerlichen Korridor, und sie lehnte mit dem Rücken an meinem Bauch und hielt meine Hände fest. »Das muss toll sein, wenn im Garten ein paar Blumen sind. Dann pflücke ich heimlich die Blumen und lege sie um Mamis Teller. Wie einen Kranz beim Geburtstag.«

»Das wird nicht gehen«, sagte ich. »Mami kommt erst später. Und wir beide sind erst einmal eine Zeit lang allein.«

»Das macht doch nichts«, sagte sie. »Wir können ja warten.«

»Und wir haben auch nicht mehr dasselbe Haus«, sagte ich. »Vielleicht ein anderes, vielleicht auch eine Wohnung in einem Haus, wo noch andere Leute wohnen.«

»Wo andere Leute wohnen? Das ist prima. Sind da Kinder?«

»Ich weiß es nicht«, sagte ich, »wahrscheinlich.«

»Wo ist unser Haus?«, fragte sie.

»Es ist abgebrannt«, sagte ich. »So etwas passiert schon einmal.«

»Das macht nichts«, sagte sie. »Darf ich gleich mitkommen?«

»Nein, ich hole dich in den nächsten Tagen.« Es war schwer, weiter mit ihr zu sprechen. »Wo ist Schwester Edelgard?«

»Im Büro. Wann darf ich zu dir?«

»Bald«, sagte ich. »Der Papi verspricht es dir.«

Die Schwester saß hinter einem Schreibtisch voller Akten und sah mich unwillig an. »Herr Poggemann, es ist keine Sprechstunde.«

»Ich weiß«, sagte ich. »Ich wollte nur sagen, dass ich sie bald abhole. In vier Wochen etwa, wenn's recht ist.«

»Es ist ihr recht«, sagte sie frostig. »Auf Wiedersehen, Herr Poggemann.«

Ich ging hinaus und fuhr bis mittags die Waren aus. Ich aß etwas in einer kleinen Kneipe und rief Jörg an. Ich musste es tun, denn das Kind brauchte so vieles.

»Wie geht es dir?«

»Gut«, sagte ich. »Wie geht es dir?«

»Die Praxis wächst«, sagte er. »Aber das ist nicht wichtig. Was wirst du machen?«

»Jetzt bin ich Lieferwagenfahrer«, sagte ich. »Aber ich will versuchen, wieder in den Beruf zurückzukommen.«

»Das ist nicht schwer«, sagte er. »Komm erst mal her und erzähl ein bisschen von dir.«

»Ich habe noch Dienst.«

»Ach ja«, er runzelte jetzt bestimmt die Stirn. »Bist du einigermaßen körperlich auf der Höhe?«

»Ja, ich bin ganz in Ordnung.«

»Lügst du?«

»Nein.«

»Dann komm am besten heute Abend, wenn es geht.«

»Das geht nicht. Ich habe zu arbeiten.«

»Ist es diese Frau in dem Haus?«

»Nein.«

»Gut, komm morgen Abend. Ich stelle ein Bier kalt oder einen Whisky.«

»Danke«, sagte ich. »Hast du eine Wohnung für mich?«

»Nein, aber wir werden eine finden.«

»Ja, sicher. Ich will aus diesem Keller raus.«

»Das musst du auch«, sagte er. »Brauchst du irgendwelche Mittel?«

»Nein danke.«

»Du klingst gut«, sagte er, »aber du warst schon immer ein guter Lügner.«

»Ich lüge nicht«, sagte ich, aber das war wohl sinnlos.

»Komm morgen Abend«, sagte er.

An diesem zweiten Tag beendete ich meine Tour um siebzehn Uhr, und als ich in den Keller kam, war nichts mehr da, nicht einmal mehr das Feldbett.

Ich rannte die Treppe hinauf und rief: »Angela, wo sind meine Sachen?«

Sie saß in diesem schrecklich leeren Wohnzimmer, in dem sie immer gefeiert hatten, und las in einem Buch. Sie sagte: »Ich habe Ihnen das Zimmer neben dem Bad gemacht. Es ist alles fix und fertig.« Sie lächelte leicht und ängstlich.

»Aber ich will in dem Keller bleiben, ich will meine Geschichte zu Ende schreiben, ich will allein sein.«

Sie legte das Buch sehr langsam auf den Tisch. »Du willst nicht allein sein«, sagte sie, »und ich auch nicht.«

»Du vielleicht nicht«, sagte ich. »Für dich ist es schwer, plötzlich aus diesem verdammten Haufen von Geschlechtsfritzen herausgerissen zu werden. Aber ich will allein sein.«

»Du kannst dir das Feldbett wieder in den Keller stellen«, sagte sie einfach. »Und auch die Schreibmaschine. Aber zuerst wirst du mit mir essen. Es ist das beste Essen, das ich seit Langem mache. Das erste Essen, das ich überhaupt mache, nur weil ich jemand eine Freude bereiten will.«

»Was ist mit Joe?« Der Kasten mit den Präservativen stand nicht mehr auf dem Tisch, statt dessen eine Vase mit Strohblumen, die lächerlich klein wirkte, weil der Raum so hoch war.

»Joe hatte Eltern«, sagte sie. »Sie wohnen in irgendeinem Hotel. Es ist komisch, er hat mir nie gesagt, dass er Eltern hatte.«

»Was sind das für Leute?«

»Gute Leute«, sagte sie. »Er ist Eisenbahner, und sie ist eine kleine dicke Frau mit roten abgearbeiteten Händen.«

»War es schlimm?«

»Schlimm?« Sie begann zu lachen und dann zu kreischen vor Lachen. »Schlimm? Poggemann, du trauriges Kamel. Ich habe immer geglaubt, du hättest eine Tochter. Warum stellst du so dumme Fragen?«

»Entschuldige«, sagte ich. »Erzähl, wie es war.«

Sie nickte sehr ernsthaft. »Sie kamen heute Morgen gegen neun Uhr und fragten nach ihrem Sohn Josef. Ich habe zuerst überhaupt nicht begriffen, wen sie meinten.« Sie strich sich mit der Hand über die Stirn. »Wir haben ihn immer nur Joe genannt, und ich wäre nie auf den Gedanken gekommen, dass er eigentlich Josef heißt.«

»Sag mir, was sie gesagt haben. Ich möchte wissen, was sie gesagt haben.«

»Die kleine Frau hat nur geweint«, sagte Angela. »Der Vater war sehr starr wie eine Wachsfigur, und er begriff das alles nicht. Er fragte zum Beispiel, ob sein Josef immer genug zu essen gehabt habe. Ob er vielleicht irgendetwas getan hätte, was ihn mit den Gesetzen in Konflikt gebracht hätte. Und immer wieder fragte er mich, ob Joe nichts von ihnen erzählt habe.«

»Was hast du geantwortet?«

»Ich habe gesagt, er hätte sehr viel von ihnen erzählt und wie herrlich er es in seiner Jugend gehabt habe. Und ich habe auch gelogen, dass er mit seinem Studium gut vorwärtsgekommen wäre.«

»Haben sie es geglaubt?«

»Die Mutter sofort! Sie hungerte nach so etwas. Aber der Vater war sehr misstrauisch. Er ist ein einfacher Mann, weißt du, aber ein netter Mann. Und es dauerte sehr lange, bis er sich getraute zu fragen, wo Joe eigentlich gelebt habe. Und da habe ich ihm deinen Keller gezeigt und gesagt: Hier hat er gelebt. Und er hat auf dieser Schreibmaschine Arbeiten geschrieben, die die Professoren sehr bewundert haben. Da fragte mich sein Vater, warum er sich vom Dach gestürzt habe. Und da war es aus mit mir.«

»Was heißt das?«

»Nun ja, ich konnte mich nicht mehr beherrschen. Ich begann zu heulen. Ich habe ihnen gesagt, ich hätte mit

Joe eine Freundschaft gehabt, und er sei sehr nett und sehr intelligent gewesen. Und ich wüsste nicht, wieso er das getan hätte. Und sie sollten mich um Himmels willen allein lassen mit ihren Fragen.« Sie beugte den Kopf in die Arme auf dem Tisch und sagte: »Ich habe sie in diesem Augenblick gehasst, verstehst du? Ich habe sie wirklich und ehrlich gehasst. Am liebsten hätte ich ihnen gesagt, dass all ihre Hoffnungen umsonst waren, dass ihr lieber Josef herumhurte und soff. Aber dann konnte ich es nicht, denn in dem Gesicht seines Vaters stand das alles geschrieben. Der Mann hat das ganz genau begriffen, und er hat trotzdem nichts gesagt. Er fragte nur, ob ich ihn wirklich gemocht habe. Er sagte wörtlich: ›Haben Sie ihn wirklich verstanden?‹ und ich sagte: ›Ja, ganz genau.‹ – ›Dann ist es gut‹, sagte er. ›Ich bin nur ein Eisenbahner, und plötzlich begann auch er zu weinen, und ich brachte ihnen beiden Schnaps, den sie so hastig tranken, als sei es ihr einziger Trost. Und plötzlich begann die Frau zu beten. Sie betete ganz laut. Ich habe einen Teil davon behalten. Sie sagte: ›Lieber Gott im Himmel, verzeih dem Josef, dass er Hand an sich selbst gelegt hat. Lieber Gott im Himmel, lass mich wissen, warum er das getan hat. Ich bin doch seine Mutter. Lieber Gott im Himmel, wenn er Sünde auf sich geladen hat, so mach' ihm keinen Vorwurf, denn wir haben ihn doch hierhergeschickt. Er sollte doch etwas werden.‹ Und so weiter und so weiter. Und du, Paul, fragst mich, ob es schlimm war.«

»Wie ging es weiter?«

»Moment«, sagte sie. »Einen Augenblick.«

Sie ging aus diesem öden Zimmer hinaus und kam nach einer Weile mit einer Flasche wieder. »Ich muss jetzt etwas trinken, ich kann einfach nichts essen nach alldem.«

»Gib mir einen Schluck«, sagte ich.

»Nein«, sagte sie. »Das will ich nicht.«

»Ich möchte einen Schluck«, sagte ich. Dann nahm ich ihr die Flasche aus der Hand und goss mir etwas in einen der Pappbecher, von denen sie immer einen Stapel auf der Fensterbank stehen hatte. Es wirkte normal, nicht im Geringsten anreizend. Ich wusste plötzlich, dass ich die Kraft haben würde, diesen Dingen zu widerstehen, und ich begann zu lachen.

»Jetzt ist es wieder so weit«, sagte sie. Und dann schrie sie: »Geh in deinen Keller.«

»Aber warum?«, sagte ich. »Ich habe einen Schluck getrunken, ich trinke nicht mehr.«

»Alkoholiker müssen um jede nüchterne Stunde kämpfen«, sagte sie. »Das weiß doch jedes Kind.«

»Wie ging es weiter?«, fragte ich.

»Ich weiß es nicht genau«, sagte sie. »Sie gingen auf jeden Fall erst gegen vier Uhr nachmittags. Ich glaube, ich habe an einem Tag noch niemals so viel gelogen wie heute. Ich habe Joe in allen Tönen gelobt. Ich habe sogar gesagt, wir hätten uns die Ehe versprochen, und wir hätten zu ihnen kommen wollen, um mich in die Familie einzuführen.«

»Habt ihr noch sehr viel getrunken?«

»Nein, nicht mehr sehr viel. Wir haben zusammengehockt und miteinander über ganz dumme Dinge geredet. Von Mietpreisen über Rentenzahlungen bei der Eisenbahn und so weiter. Und schließlich hat der Vater gefragt, ob sein Josef vielleicht irgendwelche Mittel genommen hätte. Pervitin oder LSD oder so etwas. Es machte ihm ordentliche Mühe, überhaupt danach fragen zu können. Und ich habe immer gesagt: ›Gehen Sie doch in den Keller hinunter. Sehen Sie doch selbst, wie einfach er gelebt hat. Und da glauben Sie an solche Aufputschmittel?‹ – ›Nein?‹, hat der Vater nach einer Weile gesagt, ›das glaube ich nicht.‹ Und dann sind sie gegangen, und die kleine dicke Mutter hat mich heulend Tochter genannt.«

Wir saßen eine Weile still, bis sie fragte: »Willst du jetzt mehr trinken?«

»Nein«, sagte ich.

»Wirklich nicht?«

»Wirklich nicht.«

»Dann sieh dir dein Zimmer an.« Sie nahm mich bei der Hand und führte mich über den Flur hinaus in das Zimmer neben dem Bad. Sie hatte es sehr hübsch eingerichtet, und alle Dinge waren neu. Das Bett, die Nachttischlampe, ein kleiner Schreibtisch. Sie hatte sogar eine Menge Papier gekauft und sorgfältig neben der Maschine aufgeschichtet. »Ich meine, du kannst hier doch wohnen bleiben«, sagte sie. »Ich habe genügend Geld von den Mieten. Und du zahlst Miete wie jeder andere auch. Und deine Tochter ist nicht allein, wenn du tagsüber fort bist.«

»Warum hast du Joe das nicht alles gegeben?«

»Das ist etwas anderes«, sagte sie schnell. »Ich habe ihn nie geliebt.« Dann sah sie mich an und fasste mich vorne am Pullover. »Kannst du mir sagen, wer wir eigentlich sind?«

»Nein«, sagte ich.

»Ich habe Steaks«, sagte sie. »Richtige große Steaks. Und ich glaube, ich kriege sie richtig hin. Jedenfalls hoffe ich das.«

»Darf ich telefonieren?«, fragte ich.

»Natürlich«, sagte sie. »Rufst du einen dieser Freunde an?«

»Ja, den Arzt.«

»Dann tu das, ich mache das Essen. Sag ihm, er kann ruhig kommen, wenn er will.«

»Ich sag's ihm.« Das Telefon stand auf einem Brett in der Diele, und gleich daneben hatte irgendjemand eine riesige Blume aus gelbem und orangefarbenem Krepppapier an die Wand geheftet. Diese Dinge interessierten mich jetzt sehr, denn ich machte mir Gedanken, wie ich die neue Wohnung für Ann und mich einrichten konnte. Jörgs Frau war am Apparat. Sie sagte sehr kühl: »Die Praxis ist schon geschlossen, bitte rufen Sie den diensthabenden Arzt.«

»Ich bin's, Paul«, sagte ich.

Sie war einen Augenblick lang still, dann murmelte sie: »Ach, Paul.« Und ganz unvermittelt wurde sie hastig. »Komm her, komm bitte her. Ich kann das nicht ertragen, dass du in diesem Keller haust.«

»Es geht ganz gut«, sagte ich. »Und lange werde ich es nicht mehr tun. Ist Jörg da?«

»Ja, er ist da. Aber du musst mir versprechen, dass du morgen Abend kommst. Und bring gleich alle deine Sachen mit. Alle, hörst du. Du alter, verdammter Säufer. Ich habe dir schon das Zimmer gemacht. Weißt du, das oben in der Mansarde, wo ihr immer Billard gespielt habt. Und, Paul?«

»Ja?«

»Dieser Jörg, dieser gemeine Kerl, hat mir schon wieder ein Kind gemacht.«

»Du lieber Himmel«, sagte ich. »Das ist aber schön.«

»Ja«, sagte sie ernsthaft, »es ist sehr schön. Zwar geht meine Figur zum Teufel, aber es lohnt sich.«

»Dann gib mir mal den Erzeuger«, sagte ich.

»Bist du bei dieser Frau in diesem Haus?«

»Sicherlich.«

»Sie ist scheußlich.«

»Nein«, sagte ich, »sie ist wirklich wunderbar.«

»Na schön«, sagte sie. »Ich werde versuchen, sie mal zu besuchen. Ich muss doch wissen, wie das alles war.«

»Klatschweib«, sagte ich.

»Hallo«, sagte Jörg, »kommst du doch?«

»Nein, ich habe nur eine Frage. Die ganze Zeit über habe ich nichts getrunken. Keinen Schluck. Ist es schlimm, dass ich eben einen Whisky getrunken habe?«

»Nicht im Geringsten«, sagte er ruhig. »Besauf dich, wenn du willst. Aber ich würde es dir nicht raten. Denn lange Enthaltsamkeit führt zu Widerstandslosigkeit. Du wärst sehr schnell betrunken.«

»Das will ich nicht«, sagte ich.

»Dann trink, was du willst«, sagte er. »Die Hauptsache ist, du kommst.«

»Na klar, ich komme. Ich soll dich übrigens einladen.«

»Mein Weib schlägt mich tot.«

»Niemals«, sagte ich. »Bring sie einfach mit. Es gibt Steaks oder so etwas.«

»Wir kommen«, sagte er.

Angela stand am Herd und wandte mir den Rücken zu. »Sie kommen«, sagte ich. »Ich habe sie einfach eingeladen.«

Da drehte sie sich herum und nickte. Ihre Augen waren sehr fröhlich. »Poggemann, dass du mir nicht aus der Rolle fällst«, sagte sie. »Lob mein Essen und sei ein braver Mann.«

»Du lieber Gott«, sagte ich, und ich war glücklich.

Sie kamen schon eine halbe Stunde später, und Helga machte sich nicht die Mühe, ihr Misstrauen zu verbergen. Sie sagte: »Lebt ihr zwei hier die ganze Zeit zusammen?«

»Nein«, sagte Angela. »Es ist der erste Tag.«

»Hör auf«, sagte Jörg, und ich fand, er war ein bisschen älter geworden. »Hör auf, er ist doch nicht dein Sohn.«

»Er könnte mein Liebhaber sein«, sagte Helga. Dann umarmte sie mich und weinte ein wenig und gab schließlich Angela einen Blumenstrauß, ehe sie ganz ungeniert in die Zimmer hineinsah und bissige Kommentare gab. Wir folgten ihr, und Jörg hatte einen Arm unter meinen geschoben, und ich glaube, wir kamen uns vor wie zwei hoffnungslose Homosexuelle, die sich nach langer Zeit wiedergefunden haben. Er hielt eine Aktentasche in der Hand und zog mich in das große Wohnzimmer hinein. Er hatte Whisky und so einen Obstschnaps mitgebracht. »Und nun, mein Junge, sauf ein bisschen«, sagte er.

»Ich will nicht«, sagte ich. »Vielleicht ein Bier.«

»Du trinkst einen Whisky«, sagte er. »Einen ganz großen. Ich habe dich jetzt gesehen, ich weiß genug. Du kannst es ruhig tun.«

Und also tranken wir zusammen eine halbe Flasche Whisky, und ich war ein wenig betrunken, als die beiden Frauen kamen und sagten, das Essen sei fertig.

»Er hat getrunken«, sagte Angela vorwurfsvoll.

»Das hat er«, sagte Jörg. »Aber das macht nichts. Er wird noch viel mehr trinken.«

»Na klar«, sagte ich.

»Willst du noch Whisky?«, fragte Jörg.

»Um Gottes willen«, sagte ich. »Vielleicht später. Erst einmal Tee oder so etwas.«

»Sagte ich es nicht?«, fragte er arrogant. »Und nun erzähl mir, was du gemacht hast.«

»Nichts«, sagte ich. »Ich möchte nicht darüber sprechen.« Sie fuhren, als wir gegessen hatten, weil Helga schon im sechsten Monat war und den Zigarettenrauch nicht ertragen konnte.

»Komm morgen«, sagte Jörg. »Du wirst sehen, es wird wieder.«

»Ja«, sagte ich. »Aber wir müssen noch reden.«

»Über Geld?«

»Nein. Über das, was ich tun soll.«

»Am besten wäre es, du würdest morgen Angela nicht mitbringen«, sagte er. »Es wird eine harte Sache.«

»Ich komme nicht mit«, sagte Angela.

»Das ist gut«, sagte Jörg.

Wir winkten ihnen nach, als sie aus dem Hof fuhren, und dann gingen wir wieder hinein, und ich trank eine Flasche Bier.

»Mögen sie mich?«

»Ich glaube ja«, sagte ich.

»Ich glaube auch«, sagte sie.

Und weil all das so schmerzhaft war, holte ich mir das Feldbett aus der Rumpelkammer und trug es hinunter in den Keller. Dann holte ich mir noch die Maschine und begann, die ersten Zeilen dieses Kapitels zu schreiben.

Als Angela kam und mir sagte, sie wolle bei mir bleiben, ging ich darauf ein. Aber es wurde eine sehr peinliche Sache, denn ich war wie in all den Monaten vorher kein Mann, ich war nur jemand, der wie ein Kind in diese Welt hineintapste und nicht wusste, wohin er gehörte. »Lass es sein«, sagte sie heiter. »Du bist erst wieder gut, wenn du alles das geschrieben hast. Es ist schließlich nicht schwer für mich zu warten.«

»Es tut mir leid«, sagte ich.

»Neuröschen auf der Heide«, sagte sie lächelnd und gab mir einen Kuss, wie ihn mir früher meine Mutter gegeben hatte, wenn ich ins Bett gehen musste.

Jetzt sitze ich hier und beginne, das Ende zu schreiben. Wie bei allen Dingen begann das Ende sehr früh. Viel eher, als Eichhörnchen oder ich es ahnten.

## 15. Kapitel

Es war ein Dienstagabend, als Braumann anrief, er könne Kohler und mir die drei Tage Ruhe nicht geben, wir hätten nach Trier zu fahren, um dort die Geschichte eines kleinen Mädchens zu machen, das irgendein Mann erwürgt hatte. Wir fuhren noch am gleichen Abend mit dem Auto. Es war unsinnig, bis Köln zu fliegen und dann die Mosel hinaufzufahren mit dem unbehaglichen Gefühl, an Ort und Stelle möglicherweise keinen Leihwagen zu bekommen.

Wir fuhren gegen zehn Uhr abends. Die letzten Worte, die ich bewusst mit Eichhörnchen sprach, waren diese: »Pass mir gut auf Ann auf. Ich ruf' dich an, wenn wir da sind.«

»Ja, natürlich. Und vergiss nicht, dass ich dich liebhabe.«

»Nein.«

»Komm!«, rief Kohler aus dem Garten.

»Mach's gut«, sagte Eichhörnchen.

»Ja«, sagte ich. »Und du brauchst nicht so zu sein wie all die anderen. Du musst …«

»Komm doch endlich«, rief Kohler.

»Ich weiß es schon«, sagte Eichhörnchen. »Ich hab' dich lieb.«

Das waren im Grunde nicht wirklich die letzten Worte, die wir zusammen sprachen. Als ich von dieser Reise zurückkehrte, sprachen wir noch einmal zusammen. Aber da war ich nahezu besinnungslos und erinnerte mich nur daran, was sie ungefähr sagte. Den Wortlaut kann ich nicht wiedergeben.

Kohler wollte die erste Strecke fahren. Eine Weile sprach er erbittert über diese verdammte Tretmühle, in der wir steckten, aber dann beruhigte er sich und fuhr irgendeine Raststätte an, weil wir die ganze Nacht Zeit hatten, in die Gegend von Trier zu kommen. Er sagte: »Dieses Mädchen aus Chamonix hat wieder mal angerufen, diese Ellen. Sie wird dir noch Schwierigkeiten machen.«

»Sie wird nicht«, sagte ich. »Ich werde ihr einfach aus dem Weg gehen.«

»Wenn du es kannst«, sagte er. »Bei irgendeiner Geschichte wird sie auftauchen, ich vermute, bei dieser. Sie rief an, als ich gerade den Auftrag von Braumann bekommen hatte.«

»Die Agentur hat auch in der Trierer Gegend einen Vertreter. Warum sollte sie ausgerechnet dorthin fahren?«

»Ich weiß es nicht«, sagte er.

»Das ist dummes Gewäsch«, sagte ich.

Ich erinnere mich gut an diese Nacht. An die lauwarmen Würstchen, die wir an den Autobahnraststätten bekamen und später an die endlosen kurvenreichen Landstraßen, als wir die Mosel hinauffuhren. Ich erinnere mich deshalb so gut an diese Nacht, weil Kohler all das sagte, was ich auch hatte sagen wollen, und weil er zuletzt so etwas wie einen Nervenzusammenbruch bekam. Als wir von der Autobahn abfuhren, übernahm ich das Steuer, und er stellte den Nebensitz weit hinunter, dass er fast lag. Irgendwo in der Gegend von Koblenz war noch eine Kneipe geöffnet, und wir kauften zwei Flaschen Weißwein.

»Sauf und schlaf«, sagte ich.

»Ich will nicht schlafen«, sagte er, »und ich kann auch nicht mehr schlafen.«

»Wie lange geht das schon so?«

»Ich weiß es nicht genau. Irgendetwas fehlt bei uns. Mach das Radio an, ich nehme eine Pille, und dann werde ich dir in aller Ruhe sagen, was ich denke. Am besten wäre es, ich hätte irgendetwas, dass ich schlafen kann. Aber ich habe nichts.«

»Wenn du genügend gesoffen hast, wirst du schlafen«, sagte ich.

»Ha!«, sagte er.

»Dir fehlt eine feste Frau«, sagte ich. »Das ist es.«

»Das ist es nicht«, sagte er. »Ich könnte eine haben, aber ich habe Angst.« Er öffnete eine der beiden Flaschen, indem er einfach den Korken hineindrückte, und trank dann einen kleinen Schluck. »Willst du auch?«

»Nein, mir geht es gut.«

»Mir auch«, sagte er. Dann griff er auf den Rücksitz und holte seinen Koffer mit den Fotoapparaten heraus. Er machte eine der Kameras fertig und begann dann, mich zu fotografieren. Er lachte leise, während er mich aufnahm. Manchmal rückte er wenige Zentimeter an mein Gesicht heran, sodass er mir die Sicht versperrte.

»Der Blitz blendet mich«, sagte ich. »Lass das sein.«

»Ich will den letzten Poggemann aufnehmen«, sagte er. »Ich bin nicht der Letzte«, sagte ich und ich glaubte, er sei betrunken, bis ich merkte, dass er es nicht war.

»Das Licht blendet mich. Hör auf!«, brüllte ich. Der Wagen schleuderte ein wenig, aber es war nicht schwierig, ihn wieder abzufangen.

»Gut, gut, ich höre auf«, sagte er. »Was hältst du eigentlich von der Gewalt?«

»Was soll das?«

»Was hältst du von der Gewalt?«, fragte er.

»Nichts«, sagte ich. »Das weißt du doch.«

»Weißt du eigentlich, weshalb du diesen Beruf ergriffen hast?«

»Ich mag ihn«, sagte ich.

»Und du hast einmal geglaubt, er wäre ein Abenteuer.«

»Das glaubt jeder einmal.«

»Ist er ein Abenteuer?« Er trank wieder aus der Flasche.

»Nein, er ist keins.«

»Ich habe auch gedacht, es wäre ein Abenteuer.« Er ließ die Rückenlehne ein wenig höher kommen. »Es ist kein Abenteuer, es ist wirklich keins.«

Ich antwortete nicht, ich war unsicher. Es war nie seine Art, solche Gespräche zu führen.

»Weißt du, was die Häftlinge in den Zuchthäusern tun, wenn sie an Frauen denken und keine haben?«

»Nein.«

»Du weißt es«, sagte er. »Sie onanieren.«

»Lass das.«

»Sei nicht so empfindlich«, sagte er. »Wir onanieren. Alle. Unsere Abenteuer sind Onanie. Die Bierreise des braven Handwerkers ist Onanie, die Freundin des Fabrikdirektors ist Onanie. Alles Ersatz.«

»Was hat das mit Gewalt zu tun?«

Er trank wieder aus der Flasche und rülpste. »Gewalt ist das, was überströmt, wenn wir uns alle befriedigt haben. Gewalt sind die leichtfertigen Prügel, die wir armen Schweinen versetzen, die sich nicht wehren können, das sind die Reden, mit denen wir die einfachen Leute fertigmachen, weil sie unsere Worte nicht verstehen. Alles Gewalt.«

»Es ist schwer, dich zu verstehen«, sagte ich. »Ich dachte, du sprichst vom Krieg.«

»Es ist Krieg«, sagte er. Er war wirklich sehr konfus.

Ich zog den Wagen durch die endlosen Schleifen am Fluss entlang, und da die Nacht sehr hell war, sahen wir das Wasser glitzern, und von Zeit zu Zeit trieben Kähne darin, wie riesige auf den Rücken gefallene Käfer.

»Du solltest schlafen«, sagte ich.

»Ich will nicht«, murmelte er. »Was ist mit deiner Frau?«

»Was soll mit ihr sein?«

»Ich weiß nicht.« Er trank wirklich viel zu viel. »Ich frage mich, wann sie dich zum ersten Mal betrügt.«

»Das wird sie nicht tun«, sagte ich. Ich hatte keine Energie, wütend zu sein, ich hatte zu oft darüber nachgedacht.

»Sie muss«, sagte er. »Eines Tages wird sie glauben, dass sie es tun muss.«

»Sei ruhig«, sagte ich. »Du verstehst zu wenig von ihr und von dieser Art Ehe.«

»Es ist ein Antiquariat«, es klang kehlig zärtlich. »Darum sage ich ja, dass sie es tun muss. Du tust es doch auch. Ganz plötzlich hast du angefangen es zu tun. Du bist ein verdammtes Schwein.«

Ich fuhr in einen Seitenweg hinein und stieg aus. Kohler lag auf seinem Sitz und lachte leise. Er stierte durch die Scheibe zu mir hinauf, und ganz langsam gingen seine Geräusche in ein Schluchzen über, bis er die Hand auf sein Gesicht legte und sich langsam zur Seite drehte wie Menschen nach einer Operation, von der sie glauben, sie sei misslungen.

»Steig aus«, sagte ich und öffnete die Tür, aber er rührte sich nicht. Da nahm ich ihn am Hosenbund und zog ihn hinaus. Er fiel in den trockenen, rilligen Lehm des Weges. Ich weiß heute nicht mehr genau, ob ich ihn schlagen wollte, ob ich wirklich die Absicht hatte, es zu tun. Ich tat es und war voller Furcht, denn er rührte sich nicht und brachte auch keinen Laut über die Lippen. Ich glaube, ich habe ihn zwei- oder dreimal im Gesicht getroffen.

Unterhalb des Wegs fuhren ein paar Autos vorbei, und ihre Scheinwerfer beleuchteten sein auf der Seite liegendes Gesicht. Er blutete heftig aus der Nase, und das weiße Hemd war oben am Kragen sehr dunkel. Ich zog ihm die Zigaretten aus der Tasche und zündete eine davon an. Ich setzte mich abseits von ihm auf eine Böschung und rauchte und zitterte und versuchte, mich zu entschuldigen. Er lag eine ganze Weile da, und als er aufstand, atmete er einmal tief ein und wischte sich über die blutende Nase. Dann legte er sein Gesicht auf das Dach des Wagens. »Willst du etwas trinken?«, fragte er.

»Ja«, sagte ich. »Aber ich muss noch fahren.«

Er öffnete die zweite Flasche und trank selbst, ehe er sie mir brachte. »Es tut mir nicht leid«, sagte er. »Aber ich verstehe, dass du mich verprügelt hast.«

»Es tut mir leid«, sagte ich.

»Es tut nicht sehr weh«, sagte er. »Ich kann mich ja gleich hier umziehen.«

»Ich bin versichert«, sagte ich. »Du bekommst einen neuen Anzug und ein neues Hemd.«

Er starrte mich an und lächelte leicht. Dann legte er den Kopf zurück, um kein Nasenbluten mehr zu haben. »Etwas Kopfschmerzen habe ich schon, aber ich war nicht betrunken, wenn du das meinst.«

»Ich glaube, du warst nicht betrunken«, sagte ich. »Ich habe irgendwo Pyramidon.« Ich schloss den Kofferraum auf und musste eine Weile in meiner Reisetasche suchen, bis ich das Röhrchen fand. Er nahm zwei Tabletten mit einem Schluck Wein.

»Du bist immer noch in guter körperlicher Form«, sagte er. »Ich glaube, du könntest eine Menge Leute verprügeln.«

»Hör auf damit«, sagte ich. »Ich will jetzt noch etwas trinken. Du kannst dich umziehen.«

»Ich warte, bis die Tabletten wirken«, sagte er. »Ich hab' nicht nur Kopfschmerzen von deiner Prügelei, sondern auch vom Wein. Ich glaube, er ist gepanscht.«

»Gleich kommt Traben-Trarbach«, sagte ich. »Vielleicht gibt es da eine Bar, die noch geöffnet hat. Hier ist im Moment Hochsaison.«

Er stand auf und holte aus dem Kofferraum seine Tasche. Dann ging er vor das Auto und begann, sich umzuziehen. Als er im Unterzeug dastand, ein schmaler, weißer Strich gegen die Böschung, murmelte er: »Ich brauche Wasser, das Blut ist ganz verklebt.«

»Du kannst runtergehen an den Fluss«, sagte ich. »Da unten stehen Weiden, niemand wird dich sehen.«

»Das mache ich«, sagte er und nahm sein Waschzeug unter den Arm. Er ging sehr leicht und unbesorgt, und ich sah ihm nach, wie er die Straße überquerte, in die Wiese hineinlief und dann hinter den Weiden verschwand.

Ich nahm eine von den Tabletten, von denen Jörg gesagt hatte, sie seien gut, wenn ich mich mal elend fühlte. Tagsüber machst du Recherchen, organisierst Bilder, kümmerst dich um Geschichten. Du sprichst, du lachst, du spielst interessiert, eifrig, manchmal bist du sogar eifrig. Dann hockst du irgendwo an einer Böschung, hast eine Flasche Wein zwischen die Beine geklemmt, nimmst Tabletten, die dich mutig machen sollen, starrst auf einen Fluss und den Apfelbaum, der über dir steht. Du kannst versuchen, kühl und nüchtern die Dinge zu betrachten, so wie Braumann in der Redaktion die Auswahl der Bilder trifft. Aber es geht nicht, weil du dich miserabel fühlst. Du bist einfach nicht mehr autorisiert, für dich selbst einzustehen. Das kann die Einsamkeit der Nacht aus dir machen, die immer mehr ist als der Verlust der Betriebsamkeit des Tages.

Kohler kam nach einer Viertelstunde zurück. »Das Wasser ist warm«, sagte er. »Ich habe sogar ein paar Meter geschwommen, aber ich glaube, es ist viel Öl im Wasser, ich fühle mich dreckiger als vorher.«

»Vielleicht bekommen wir in Traben-Trarbach Zimmer«, sagte ich. »Es reicht, wenn wir in der Frühe weiterfahren.«

»Ich will kein Zimmer«, sagte er. Er packte seine Sachen zusammen und warf mit einem heftigen Knall den Deckel des Kofferraums zu. »Ich möchte einen Kognak, aber nur einen. Fahren wir?«

»Ja«, sagte ich. »Glaubst du wirklich, was du gesagt hast?«

Er lachte und sagte: »Ich habe nur noch dieses Hemd und einen Pulli. Und ich bin kein guter Kämpfer.«

»Ich könnte dich nicht mehr schlagen. Ich habe dich nur geschlagen, weil ich glaube, dass du recht hast. Aber ich habe nicht gewusst, dass du es gemerkt hast.«

Er setzte sich auf den Kotflügel des Wagens und rauchte eine Zigarette. »Ist noch Wein da?«

»Natürlich. Hier.« Ich brachte ihm die Flasche, und er trank daraus.

»Poggemann«, sagte er, »wir sind zwei Idioten.« Das klang beiläufig und sehr heiter, und er lachte. »Weißt du, wenn ich diese Kollegen sehe, die vom Ehrgeiz gepackt alles machen wollen und alles können wollen, dann weiß ich, dass wir Idioten sind. Diese Leute wirken sehr ernsthaft und machen unseren Beruf zu einer wirklich seriösen Sache. Aber sie sitzen an irgendwelchen gut polierten Tischen oder vor einer Fernsehkamera. Und wir kriechen im Dreck herum, saufen zu viel und machen uns zu viel Gedanken. Deshalb werden wir niemals so sehr seriös wie diese Leute. Ist das richtig?«

»Ich weiß es nicht«, sagte ich.

»Es ist wohl richtig«, sagte er. »Diese Welt ist so verdammt alt. Trink einen Schluck.« Er warf den Zigarettenstummel auf den Boden und zündete sich sofort eine neue an.

»Das mit Eichhörnchen habe ich wirklich so gemeint. Und du weißt genau, dass ich sie sehr gut leiden kann. Aber du machst alles kaputt. Wahrscheinlich weißt du nicht einmal, warum, aber du machst es. Immer, wenn ich an verheiratete Leute dachte, habe ich an euch gedacht. Wie gut das alles klappt, wie gut ihr euch versteht und so weiter. Und plötzlich wird deine Frau kühl und ironisch. Ich merke das schon eine ganze Weile. Und du fängst an und legst dich mit irgendwelchen Mädchen ins Bett. Und du machst das immer häufiger. Ich glaube, Eichhörnchen hat das längst gemerkt. Du rufst sie auch nicht mehr so häufig an, wenn wir unterwegs sind. Weißt du den Grund?«

»Sie kennt zu wenig von dieser Art zu leben.«

»Sicher«, sagte er. »Aber das ist keine Antwort. Ich glaube, du hast einfach den Willen, zu zerstören.«

»Nein«, sagte ich.

»Doch«, sagte er. »Glaub' mir doch. Das ist eine Form der Flucht.«

»Du redest wie ein Psychiater«, sagte ich.

»Lass mich fahren«, sagte er. »Du wirst sehen, ich bin kein Prophet, aber du spielst zu sehr den Einsamen, als dass du wirklich einsam bist. Und so etwas kann Eichhörnchen nicht durchhalten. Und sie wird den Kopf über das Gras strecken und irgendetwas sehen, was sie mächtig interessiert. Und sie wird aufstehen und dorthin gehen. Und das nennen wir dann Betrug.« Er wiegte den Kopf hin und her. »Poggemann. Du und Eichhörnchen, ihr wart immer so etwas wie eine ziemlich solide, feste Sache für mich. Und jetzt machst du Schwein alles kaputt.« Er stand vor mir, und sein Gesicht war sehr weiß. Er fasste mich an beiden Schultern und brüllte: »Du Schwein, du Schwein, du Schwein!« Und er weinte wie ein kleiner Junge, aber ein paar Minuten später saß er am Steuer und fuhr ganz sicher und schnell am Fluss entlang. Er sagte beiläufig: »Ich mache mir nur Sorgen.« In Traben-Trarbach waren die Straßen noch sehr betriebsam, obwohl es schon drei Uhr war. Wir parkten den Wagen auf einem großen Platz mit einem Brunnen in der Mitte und fragten einen betrunkenen Mann, wo es eine Bar gebe. Er glotzte uns an und wies dann mit dem Daumen rückwärts über die Schulter, ehe er sich an eine Hauswand lehnte und laut stöhnte.

Es ging drei Stufen hinunter in ein Gewölbe, und ich glaube, es hieß »Pferdestall«, wie alle diese mittelmäßigen Bars in mittelmäßigen Kleinstädten »Pferdestall« heißen. Hinter der Tür war ein Vorhang, und gleich dahinter saß ein junger Mann auf einem Stuhl. Er sagte: »Wir machen in einer halben Stunde Schluss.« Es war deutlich zu merken, dass er ungeheuer stolz war auf seine Stellung am Eingang dieser Bar.

»Wir sind die Nacht durchgefahren«, sagte Kohler. »Wir wollen nur einen Kognak.«

»Ich weiß nicht, ob wir euch noch was geben«, sagte der Mann. »Wir haben heute schon drei Besoffene gehabt, die uns die Tische vollgekotzt haben.«

Ich zog meine Legitimation aus der Tasche und reichte sie ihm. In solchen Fällen machte ich immer rücksichtslos Gebrauch davon. Ich sagte: »Wir machen eine Reportage über einen Kindermord in Trier. Und wir sind nüchtern.«

Er sah sich die kleine Lederhülle sehr genau an, und der sprunghafte Wechsel zu neugieriger Leutseligkeit kam sofort. »Ihr Jungens!«, sagte er. »Für euch haben wir doch immer was.«

Der Raum war sehr weit und dunkel und voller Fichtenstämme, aus denen man kabinenartige Sitzecken gefügt hatte. Nur an der eigentlichen Bar, an der es ein wenig heller war, saß eine Gruppe von Männern und Frauen. »Stammgäste«, sagte der junge Mann. Er führte uns dicht neben sie und sagte: »Jupp, da sind zwei Herren. Ich glaube, sie können einen Kognak vertragen.« Dabei zwinkerte er dem Mann hinter der Bar zu, der zusammen mit zwei Mädchen diese Stammgäste bediente.

»Zwei doppelte Hennessy«, sagte Kohler.

Der Mann, der die Tür bewachte, sagte irgendetwas zu dem Mann hinter der Bar. Der starrte uns einen Moment eindringlich an, ehe er zu uns kam und uns vollkommen grundlos die Hand gab. Er sagte: »Willkommen, die Herren!«

»Ja«, sagte Kohler. »Vielen Dank.«

»Marga«, sagte der Mann eifrig. »Zwei doppelte Hennessy den Herren.«

Das Mädchen namens Marga stellte uns die Gläser auf die Bar und nickte gleichgültig. »Zum Wohl!«

»Danke«, sagte Kohler. Er trank langsam einen Schluck. »Was ist das eigentlich für eine Geschichte, die wir machen sollen?«

»Ich weiß es nicht genau«, sagte ich, »ich habe die Meldung bei mir.«

Die Gesellschaft neben uns begann zu grölen, und einige der jungen Frauen kreischten. Sie bildeten einen Halbkreis um einen Mann von etwa fünfundvierzig Jahren. Fett und aufgeblasen sagte er laut: »Ich sage euch: Diese Mädchen sind scharf wie Radieschen, aber sie werden nicht rot.« Und wieder grölte die Gruppe, und die jungen Frauen kreischten, und der Mann, der ihnen das erzählte, streckte die Zunge heraus, machte ein langgezogenes »Hm« und fuhr sich mit der Zunge rund um den Mund. Die Frauen kreischten wieder. »Toll, was?«, fragte der Erzähler. »Herrgott, hab' ich eine Zunge.«

»Das ist zum Kotzen«, sagte Kohler. »Lass uns fahren.«

»Gut«, sagte ich. Der Wirt machte die Rechnung, und ich bezahlte.

»Sind die Herren beruflich hier?«, fragte er in dem singenden Tonfall, den die Leute dort sprechen.

»Jaja«, sagte Kohler, er hatte sich schon herumgedreht und ging davon.

»Was verlangen Sie für eine Flasche Kognak?«, fragte ich.

»Normalerweise achtzig Mark«, sagte der Mann. »Aber weil Sie's sind, lass ich sie Ihnen für sechzig.«

Ich nahm sie nicht und ging hinter Kohler her, während der Erzähler die Frauen wieder zum Kreischen brachte. Kohler saß schon angeschnallt hinter dem Steuer. »Ich habe eine Flasche Korn«, sagte er ruhig.

»Woher?«

»Von dem Jungen an der Tür«, sagte er. »Er hat sie irgendwo aus seinem Anzug geholt. Aber ich denke, wir trinken nicht. Wir machen die Geschichte.«

»Gut«, sagte ich. »Lass mich fahren und lies mir die Geschichte vor.«

Als wir aus der Stadt herauskamen, schaltete er die Innenbeleuchtung ein und las vor. »Es ist eine dpa-Meldung. Von gestern Mittag vierzehn Uhr. Titel: *Kleines Mädchen erwürgt.* Der Lauftext ist ziemlich kurz. *Vorgestern Morgen gegen acht Uhr wurde in Volsch, einem kleinen Ort wenige Kilometer südöstlich von Trier, die Leiche eines achtjährigen Mädchens gefunden. Die Polizei nahm kurz darauf einen Mann fest, der angeblich der Geliebte der Mutter des Mädchens sein soll, die mit einem Tischlermeister verheiratet ist und insgesamt sechs Kinder hat. Es ist nicht geklärt, ob der Mann sich an dem kleinen Mädchen vergangen hat. Weiteres folgt.* Das wär's.«

»Hat Braumann irgendetwas Bestimmtes gesagt?«

»Zu mir nicht. Zu dir?«

»Nein. Ich weiß auch gar nicht, was wir daraus machen sollen. Entweder geht es ganz schnell und einfach oder überhaupt nicht. Sieh auf der Karte nach, wie wir fahren müssen.«

Nach einem Augenblick sagte er: »Du musst in Ruwer die Bundesstraße zweiundfünfzig nach links nehmen, dann noch einige Kilometer, und eine Nebenstraße geht nach rechts.«

Wir waren viel zu früh da und fuhren den Wagen in einen Waldweg hinein. Dann legten wir uns schlafen und waren gegen acht Uhr in diesem Ort Volsch.

»Wir trennen uns«, sagte ich. »Ich gehe in die Kneipe, und du marschierst mit einer Kamera los, bestenfalls zwei. Aber behäng dich nicht wie einen Weihnachtsbaum.«

»Ist gut«, sagte er.

Die Gastwirtschaft hieß »Zur Traube«, und natürlich war sie schon geöffnet, denn derartige Ereignisse bringen das rund und ruhig ablaufende Leben eines solch kleinen Ortes völlig durcheinander. Der Erste, der Profit daraus zieht, ist immer der Gastwirt.

Ich sah Kohler nach, wie er zwischen den Häusern davonging, und schätzte die Einwohnerzahl des Dörfchens auf höchstens fünfhundert.

In solchen Fällen ist diese Taktik die beste: Der Mann ohne Kamera geht in das Gasthaus, wo sich alles versammelt hat, und gibt sich als Reporter zu erkennen. Als irgendein Reporter, der sehr harmlos ist, weil er ja keine Kamera hat. Er fragt die Leute einiges, was wahrscheinlich ganz ohne Belang ist, und spendiert schließlich eine Runde zu trinken. In der gleichen Zeit erledigt der Fotograf den wichtigsten Teil. Er versucht, in das Haus des Opfers zu kommen. Die Angehörigen sind gewöhnlich noch gelähmt, sie sind lenkbar. Und er macht die wichtigsten Aufnahmen, bevor irgendjemand im Ort zur Bedachtsamkeit zurückfindet. Der wesentliche Punkt dabei ist, für ein oder zwei Stunden eine solche Schnelligkeit zu entwickeln, dass man den Ort wieder verlassen kann, wenn Empörung sich breitmacht. Und Empörung gibt es oft.

In dem niedrigen Schankraum waren vielleicht zwanzig Männer um einen großen Tisch versammelt, die eifrig miteinander diskutierten.

»Guten Morgen«, sagte ich und setzte mich an einen Tisch abseits.

Es ist ganz natürlich, dass in diesem Augenblick die Unterhaltung abgebrochen wird, als habe jeder etwas zu verbergen. Eine der automatisch getuschelten Bemerkungen ist zum Beispiel: »Kripo!« oder »Mund halten, jetzt« oder »Zeitung«. Und sie starren dich an, und einige sind bereits so betrunken, dass sie aggressiv ihre Biergläser auf den Tisch knallen lassen, als wollten sie aufstehen, um dich zu verprügeln. Denn dies ist eine Sache des Dorfes und geht niemanden etwas an. Die Jüngeren sind die Aggressiven, die Älteren sind die Gefährlichen. Denn sie trinken nicht so rasch, und sie denken mehr nach, und sie finden nach sehr kurzer Zeit, dass sie wissen müssen, wer du eigentlich bist. Es ist unklug, ausweichende Antworten zu geben, es ist zu raten, eine unschuldig-entsetzte Miene aufzusetzen und zu sagen, von welchem Blatt du kommst. Das ist ein gefährlicher Moment, denn einige von ihnen werden immer sagen: »Scheißpresse!« oder »Lügenpresse!«, und sie werden dir empört das Lokalblatt vor Augen halten, in dem Dinge stehen, die, verdamm mich, nicht wahr sind. »Und wenn wir diesen Hund erwischen, der das geschrieben hat, dann …« Das ist ein beschissener Moment, aber du hast ja eine gute Gegenparade. Du zeigst ihnen die Meldung der Presseagentur, und sofort bist du selbst völlig ohne Interesse. Ist die Meldung der Agentur auch noch unrichtig oder gar blamierend für das Dorf, so hast du schon halb gewonnen, denn du kannst beweisen, dass du nicht von der Agentur bist, sondern von der Illustrierten. Und du kannst resigniert sagen: »Ich dachte mir doch gleich, dass an dieser Meldung etwas faul ist. Doch gut, dass ich gekommen bin. Ich wollte erst gar nicht. Aber jetzt kann ich ja erfahren, was wirklich los ist.« Und du hast den gefährlichen Moment überspielt. Du brauchst nur noch sichtlich erschöpft einen doppelten Schnaps beim Wirt zu bestellen, um allen zu beweisen, dass du nichts Besseres sein willst als sie und nur deine Pflicht tust. Und du fängst an zu fragen. Niemals direkt und niemals sofort nach dem Ereignis. In dieser Beziehung musst du vorgehen wie ein Kriminalist, der einen versteckten Mörder tagelang verhört, ohne jemals den Mord zu erwähnen. Und dann sitzt du an ihrem Tisch und lässt dir erzählen, was sie für wichtig halten. Oft beginnen sie beim Schützenverein oder beim Fußballklub, und du ziehst dir die Jacke aus und sagst: »Es ist wieder so verdammt heiß heute. Darf ich?« Und ganz langsam führst du sie dorthin, wo du sie haben willst, und sie reden so rasch durcheinander, dass du sehr schnell erkennen kannst, wer von ihnen wirklich Bedeutung für dich hat und gleichzeitig auch von ihnen anerkannt wird. Das wird dein Mann. Du siehst ihn zunächst des Öfteren länger an, gehst auf seine Beiträge ein, nickst ihm zu und sagst schließlich: »Die Sache ist traurig, so verdammt traurig, dass es wahrscheinlich gar nicht gedruckt wird. Aber es ist nun mal meine Pflicht, wissen Sie?« Er wird dir zunicken und laut sagen: »Klar, das verstehen wir doch.« Dann erst kannst du sicher sein, dass sie nichts mehr gegen dich haben, bis sie entdecken, dass irgendjemand durch das Dorf läuft und Fotos macht. Dann wird die Situation wieder mies. Dieses schnelle Recherchieren ist ihnen sehr fremd und verwirrt sie. Dem kannst du vorbeugen, indem du, noch ehe sie den Fotografen entdeckt haben, nach brauchbaren Bildern der Beteiligten fragst. Und zwar so offen, als wolltest du nichts als ein Glas Bier bestellen. Du musst ihnen suggerieren, dass du ohne ihre Hilfe nicht weiterkommst, und sie werden dir die Hilfe nicht versagen, denn du spendierst Schnaps und Bier oder Wein oder Zigarren und bist so müde von der langen Anreise und gibst ihnen das so deutlich zu verstehen, dass einige sagen werden: »Deinen Beruf möchte ich auch nicht haben.« Sie sagen jetzt schon »du«, denn sie sind einfache Leute.

An der Meldung der Nachrichtenagentur war falsch, dass der Mörder der angebliche Geliebte der Mutter des Kindes sein sollte. Er war es nicht. Es war vielmehr ein achtzehnjähriger Schmiedelehrling, von dem der Gastwirt, der gleichzeitig Bürgermeister war, mir sagte: »Der kann gar nichts mit der Frau gehabt haben. Sie hat schon sechs Kinder gehabt und sieht aus wie achtzig. Außerdem ist der Junge blöde, richtig blöde, verstehen Sie. Ich habe ihn schon oft erwischt, wie er abends hier rausging und dann hinten im Hof Selbstbefriedigung machte. Er hat ja auch mit der Gisela gar nichts gemacht. Nicht mal den Rock hat er ihr hochgehoben. Heute Morgen haben sie die Leiche schon wiedergekriegt.«

»Was sind denn das für Leute?«, fragte ich.

Er zuckte mit den Achseln, und ein paar von denen am Tisch grinsten. »Er hat eine Tischlerei und macht so kleine Sachen wie zum Beispiel Frühstücksbretter und Holzlöffel. Er ist ein armes Schwein, wissen Sie. Und das ärmste Schwein ist die Frau. Sie schuftet wie ein Ackergaul, aber sie bringen es nie zu etwas.«

»Und die kleine Gisela? Wo ist die denn jetzt?«

»Na, zu Hause. Sie haben sie in der Schreinerei aufgebahrt.«

»Das gehe ich mir mal ansehen«, sagte ich. »Wollen Sie mich nicht begleiten?«

»Doch, schon«, sagte er geehrt, und dann brüllte er irgendeinen Namen nach hinten, worauf eine mürrische Frau erschien und seinen Platz einnahm.

Unterwegs, während es eine schmale Straße hinunterging, sagte er: »Na ja, für uns hier ist das schon etwas. Aber dass der Leupold so was tun würde, hätte ich nie gedacht.«

»Ist er geisteskrank?«

»Nicht gerade so«, sagte er. »Aber auf jeden Fall ein Depp. Also, es reicht für einen Krankenschein.«

»Gibt es Bilder von ihm?«

»Ich hab' welche«, sagte er. »Er war im Schützenverein und in der Fußballmannschaft.«

Er zerrte eine Brieftasche aus der Gesäßtasche und blieb stehen.

»Hier«, sagte er. »Da ist er. Der dritte von links in der Schützenkompanie. Und hier ist er als Torwart vom Fußballverein. Der Junge ist als Fußballer nicht schlecht. Aber jetzt geht er ja verloren für den Verein.«

»Kann ich die beiden Fotos haben?«

»Nein, nein«, sagte er hastig.

»Gibt es mehr solcher Bilder?«

»Jede Familie hat so etwas«, sagte er.

»Ich zahle einen guten Preis«, sagte ich. »Ich zahle zweihundert Mark. Wenn Sie mir jemanden nennen, der mir die Bilder gibt.«

»Unsere Leute hier sind stur, müssen Sie wissen«, sagte er. »Unsereins kennt die Welt. Ich war zum Beispiel schon in Kärnten, aber die meisten sind ziemlich stur.« Er nahm das Geld, gab mir die Bilder und murmelte: »Sie werden schon richtig darüber berichten.«

»Das werden wir«, sagte ich.

»Da, das Haus.« Er zeigte auf zwei Gebäude, die am Ende des Dorfes an einem Abhang lagen. Das linke war sehr verwahrlost, das rechte dagegen sah ein wenig besser aus. Kohler ging eben in das rechte Haus hinüber und winkte mir zu.

»Das ist mein Freund«, sagte ich. »Er macht Fotos.«

»Ach so«, sagte der Bürgermeister. »Na ja, da gibt es noch ein Foto, wie er bei mir in der Wirtschaft mal Kellner gespielt hat.« Er blieb wieder stehen und klappte die Brieftasche auf. Ich bezahlte fünfzig Mark dafür, und er war sehr zufrieden und sagte: »Als Bürgermeister weiß ich natürlich genau Bescheid.«

Das rechte Gebäude war die Tischlerei. Die breite Tür stand weit offen, und Kohler stand mit dem Rücken zu uns und fotografierte den Sarg mit dem Kind. Er lächelte uns zu und sagte: »Guten Morgen.«

»Wo treffe ich die Familie?«, fragte ich.

»Im Wohnhaus«, sagte der Bürgermeister. »Ich war gestern schon da, um zu kondolieren, aber die armen Leute brauchen schließlich nicht nur einmal Hilfe.«

Das tote Mädchen sah sehr friedlich aus. Sie hatten es in eine Menge weißen Tüll eingepackt und viele Nelken in Einmachgläsern um den Sarg gestellt.

»Das Motiv mit den Eltern im Hintergrund«, sagte ich leise zu Kohler, und er sagte schnell: »Hab' ich schon.« Da wusste ich, dass er alles schon hatte, und war zufrieden.

Das Wohnhaus war innen wie eine Höhle, wie eine Nissenhütte, an die ich mich aus den Nachkriegsjahren erinnere. Der Tischler saß mit seiner Frau auf einem völlig zerschlissenen Sofa, und sie hatten eine Flasche Korn vor sich stehen. Wahrscheinlich war es der Korn, den Kohler in Traben-Trarbach gekauft hatte. Die Frau weinte.

»Leute!«, sagte der Bürgermeister, und er trat vorsichtig über zwei rotznasige Kinder hinweg, die auf dem schmutzigen Fußboden spielten. Und dann noch einmal: »Leute!« Er drückte ihnen in stummer Ergriffenheit die Hand und murmelte: »Da ist ein Herr von der Illustrierten.«

Ich gab beiden die Hand und sagte mein Beileid. Die Frau nickte bekümmert, und der Mann sagte eifrig: »Setzen Sie sich. Wollen Sie vielleicht von diesem Korn hier?«

»Nein«, sagte ich. Aus der Flasche fehlte nur wenig, und bevor ich nicht alles wusste, wollte ich nichts mehr trinken.

»Die Urbans sind sehr nette Leute«, sagte der Bürgermeister mit einer weit ausladenden Bewegung, als wolle er damit eine Ware anpreisen. Die Frau begann laut zu weinen und sagte immer wieder: »Jesus, Maria, Jesus, Maria, Jesus, Maria.«

»Ja«, sagte der Vater. »Wir sind jedenfalls anständige Bürger. Und dass ausgerechnet der Leupold unsere Gisela so totmachen muss.« Er sagte totmachen, als handle es sich um ein Handwerk.

»Er hat immer mit der Kleinen gespielt«, sagte der Bürgermeister. »Das ist ja gerade das Tragische.«

»Es ist tragisch«, sagte ich. »Was denken Sie über diesen jungen Mann? Würden Sie ihn töten?«

»Nein«, sagte der Vater.

»Nein«, sagte die Mutter. »Der Herrgott im Himmel wird's schon machen, dass er seine Strafe kriegt. Wo er doch nicht richtig ist im Kopf.«

Kohler kam herein. Er sagte ganz munter und ohne jeden Klang von Mitgefühl oder Trauer. »Sie sieht aber gut aus, die Gisela.«

Er hatte es schon immer sehr gut verstanden, mit solchen Menschen umzugehen, denn sie nickten, und ein zaghaftes Lächeln kam und ging über ihre Gesichter, wie ein Sonnenfleck über ein weites Feld.

»Wir werden sie zusammen tragen, meine Frau und ich«, sagte der Mann eifrig.

Kohler zuckte leise zusammen und sagte dann zu mir: »Herr Poggemann, ich habe einen Exklusivvertrag mit Urbans gemacht. Sie geben keine Informationen außer an uns. Ich habe ihnen dreihundert Mark dafür gegeben. Es soll für eine neue Maschine in der Tischlerei sein. Sind Sie damit einverstanden, Herr Poggemann?«

»Selbstverständlich, Herr Kohler«, sagte ich. »Und hat die Familie begriffen, was der Vertrag bedeutet?«

»Natürlich«, sagte Kohler. »Herr Urban weiß, was das heißt. Nicht wahr, Herr Urban?«

Der Mann nickte eifrig.

Zum Schluss wird nichts als eine Doppelseite herauskommen, vielleicht drei Seiten, auf denen zu lesen ist, dass der Tod auf eine furchtbare Weise in eine kleine, saubere, ach so saubere Familie eingeschlagen ist wie der Blitz. Dass ein Dorf erschüttert an der Bahre eines Mädchens steht. Alles andere wirst du nicht lesen. Es wird eine runde, hübsche Sache werden und wahrscheinlich werden sie dir nicht einmal mitteilen, dass der Mörder geisteskrank war, denn das stört an einem richtigen Mörder. Sie drücken es so aus: »Er ist ein simpler Junge, der die meisten Jungen in dem Dorf nur wenig kannte: Fußball, Schützenverein, Kirmes. Und der dann plötzlich zum Tier wurde …« Wenn du solche Sätze liest, wirst du wissen, was ich meine.

Nach einer Stunde Unterhaltung, die sich langsam dahinschleppte wie das Pendel einer alten Standuhr, waren die Urbans so freundlich, noch einmal mit uns hinauszugehen in die Tischlerei, denn Kohler hatte gesagt: »Wenn Sie sie zusammen auf den Friedhof bringen, könnten wir das doch eigentlich in einem Bild vorwegnehmen.« Sie hatten ganz einfach genickt.

Und der Vater nahm den Deckel des Sarges, den er selbst zusammengezimmert hatte, und legte ihn über das kleine Mädchen. Und der Bürgermeister half der Frau, den Sarg auf die Schulter zu nehmen, ich half dem Vater. Und unten an der Straße stand Kohler und fotografierte wie ein Besessener, als die Eheleute langsam den Weg heruntergingen.

Dann kehrten sie mit dem Sarg wieder zurück, stellten ihn auf den Boden, nahmen den Deckel ab, und die Frau zupfte den Tüll richtig, und dann verabschiedeten wir uns. Es hatte exakt zwei Stunden gedauert. Als wir aus dem Dorf fuhren, winkten uns der Bürgermeister und ein paar der Männer nach, und Kohler auf dem Nebensitz winkte eifrig zurück und brüllte: »Ihr Arschlöcher!« Wir fuhren nach Trier, denn möglicherweise konnte man eine Aufnahme des Mörders in der Zelle machen. Als wir in die Polizeiwache kamen, trafen wir Roland. Er sprach eifrig mit einem Beamten in Zivil.

»Hallo, Konkurrenz«, sagte ich.

Roland, dieser große, massive Mann, der immer lachte, drehte sich herum, und sein von der Sonne ganz verbranntes, ein wenig rotes Gesicht wurde breit. Er freute sich, nicht mehr allein zu sein. Er sagte: »Gott sei Dank. Zwar ekelhafte Konkurrenz, aber immerhin Menschen. Tja, also, Jungens, in der Mordsache Leupold kann man wohl wenig machen. Die Staatsanwaltschaft lässt uns nicht an den Jungen heran, und die Einwohner in diesem Nest sollen sehr stur sein, wie der Herr mir erzählt.«

»Sie sind nicht sehr stur«, sagte ich. »Wir kommen gerade von da. Wir haben alles im Kasten.«

Er sagte sehr laut und sehr röhrend: »Scheiße«, wandte sich dann mit einem liebenswürdigen Lächeln zu dem Kriminalbeamten und sagte: »Entschuldigen Sie.« Dann marschierte er an uns vorbei hinaus zur Tür, und wir folgten ihm. Denn es war klar, dass wir zunächst ein Bier zusammen trinken mussten, weil wir uns so lange nicht gesehen hatten.

Draußen in der Sonne sagte Roland: »Habt ihr alles exklusiv?«

»Die Eltern«, sagte Kohler. »Die Geschichte können wir dir geben. Damit sparst du den Weg in dieses Nest. Aber wahrscheinlich bekommst du noch Bilder. Du musst sehen, was zu machen ist.«

»Schön«, sagte Roland und lachte. »Es macht nichts, ich habe Zeit. Lasst uns was trinken. Was machen die Weiber?«

Diese Frage war eine seiner Pflichtübungen, die er sehr gewissenhaft absolvierte. Er war fünfundvierzig Jahre alt und von einer unbändigen Lust zu leben erfüllt. Er hatte eine Frau und zwei schon fast erwachsene Kinder und trieb sich die Hälfte des Jahres im Ausland herum. Er war ein Museumsstück unseres Berufes, denn er konnte ebensogut fotografieren wie recherchieren. Er war ein Mann, in dessen Gegenwart schlechte Laune so gut wie ausgeschlossen schien, und zum Frühstück pflegte er vier Eier, ein eiskaltes Bier und einen doppelten Bourbon zu trinken. Ich hätte damals sehr viel darum gegeben, mit ihm Reportagen machen zu können. Aber er war ein Alleingänger, und er war nur dann gut, wenn er eine Sache allein anging. Und wir wussten genau, dass er nach einer Weile gehen würde und am Ende wahrscheinlich ebenso gutes Material haben würde wie wir, denn er hatte schon zu oft die Wochenarbeit eines Teams in einem einzigen Tag allein erledigt. Er war gefürchtet, aber wir alle mochten ihn sehr.

»Wieso recherchierst du im Inland?«, fragte Kohler. »Das ist was ganz Neues.«

Roland lachte dröhnend. »Ich mache in drei Tagen Urlaub, und da habe ich mir gestern irgendeinen Stoff herausgesucht, den ich vier Tage lang schleifen lassen kann, damit mein Urlaub nicht kaputtgeht. Schließlich haben wir bis zur Produktion noch vier Tage.«

»Das ist richtig«, sagte Kohler betrübt.

»Willst du die Geschichte?«, fragte ich.

»Blödsinn«, sagte er. »Mach' dir keine Mühe. Ich hol' sie mir selbst. Hier gibt es guten Wein, ich habe Zeit.«

»Kommt man wirklich nicht an den Knaben heran?«, fragte Kohler.

»Ich weiß nicht«, sagte Roland. »Vermutlich nicht. Übrigens treiben sich auch Leute von irgendeiner Agentur hier herum. Sie machen einen Report über Sittlichkeitsverbrechen. Keine aktuelle Geschichte. Ein Mann und ein Mädchen.«

»Ein blondes Mädchen«, sagte Kohler matt. »Und sie heißt Ellen.«

»Du sagst es, mein Junge.« Roland lachte wieder. »Eine Puppe aus dem Paradies.«

»Frag' Poggemann«, sagte Kohler.

»Ach so«, sagte Roland. »Ist sie gut?«

»Leidlich«, sagte ich. »Du musst das ausprobieren.«

»Er hat sie in Chamonix gehabt«, murmelte Kohler. »Aber da war es ja auch verdammt kalt.«

Roland bestellte uns doppelte Whiskys mit Bier. »Ich dachte, du wärst gut verheiratet, Junge«, sagte er.

»Bin ich auch«, sagte ich. »Wo hast du dich in der letzten Zeit herumgetrieben?«

»Ich war in Saigon«, sagte er. »Acht Wochen in diesem Mist.«

»Auch an der Front?«, fragte Kohler.

Roland lachte zu gern, deshalb hasste er wohl Krieg. Er sagte: »Front, mein Junge, gibt es da gar nicht. Das ist die beschissenste Sorte Krieg, die ich erlebt habe. Und die größten Bescheißer sind die Amis. Diese Pressekonferenzen sind das Verlogenste, was du dir vorstellen kannst. Einmal zum Beispiel hat irgend so ein dekorierter Texaner erzählt, bei einem Überfall der Vietkong seien elf Amerikaner getötet und drei verletzt worden. Der Vietkong dagegen habe insgesamt 132 Mann verloren, fünfzig seien gefangen genommen worden.« Er lachte und trank das Bier so schnell, dass er nicht einmal schluckte. »Ich habe mich also mit Mathis von *Paris Match* auf den Weg gemacht. Dahin, wo diese Sache passiert sein sollte.

Und was stellt sich heraus? Von den 132 Mann Vietkong waren nur vier wirkliche Vietkongs, der Rest waren die Einwohner eines Dorfes im Delta. Zum Teil Frauen und Kinder. Wir hörten das von einer Nutte, und Nutten haben keinen Grund zu lügen, nicht in Vietnam. Ach, übrigens Nutten. Da muss ich euch von einem Puff in Cholon erzählen. Der ist ganz neu. Vier Stockwerke ist das Ding hoch. Unten zahlst du erst mal Eintritt. Zehn Dollar. Dafür bekommst du einen Whisky, nicht mehr. Der zweite kostet dann extra. Im vierten Stock haben sie Minderjährige. Die Mädchen sind zum Teil nicht mal vierzehn Jahre alt. Im Haus gibt es keinen Aufzug. Die Treppe zum vierten Stock heißt ›die Rennbahn‹, denn alle wollen zu den Kleinen. Und was glaubt ihr, was sie tun?« Er knallte eine Hand auf das Knie. »Sie fassen die Kleinen nicht mal an, sondern schenken ihnen Schokolade und Zigaretten und Haarspray. Dann zahlen sie ihren Preis, als ob sie's mit ihnen getrieben hätten, und gehen wieder. Am vorletzten Tag hat ein Neger eins der Mädchen wirklich genommen. Es war eine Sauerei. Sie haben ihn von Stockwerk zu Stockwerk heruntergeschmissen. Als er unten war, blutete er wie ein Schwein und starb. Wahrscheinlich erscheint er später auf einer Heldenliste der Vietkong-Raketen-Getöteten. Na ja, er sauste ja auch die Treppen runter wie eine Rakete.« Roland lachte laut und bestellte erneut Whisky. »Das ist der letzte, dann muss ich gehen, Jungens.«

»Wo sind diese Leute von der Agentur?«, fragte ich.

»Ich weiß nicht«, sagte er. »Wahrscheinlich schon in diesem Nest. Aber lass sie nur. Gebt mir nur einen Tipp.«

»Geh zum Bürgermeister«, sagte ich. »Das ist der Wirt von der Kneipe im Ort. Seine Bilder habe ich zwar schon, aber vielleicht besorgt er dir andere. Sag' ihm einen schönen Gruß von mir.«

»Na na«, sagte Kohler verwirrt.

»Du lieber Gott, Kleiner!«, grinste Roland. »Du musst noch viel lernen. Warum soll Poggemann mir das nicht sagen? Glaubst du vielleicht, ich wäre an der Kneipe vorbeigefahren?« Sie sahen sich einen Augenblick an, und schließlich lachten beide.

»Klar«, sagte Kohler, »völlig klar. Entschuldige.«

»Macht nichts«, sagte ich. »Man lernt nie aus.«

»Ich muss gehen, Jungens«, sagte Roland. »Ich werde ein bisschen recherchieren und dann versuchen, den Stoff zu killen. Er ist nämlich schlecht.«

»Das ist er«, sagte ich. »Es ist ein ganz normaler Mord, eine stinknormale Sache.«

»Na ja, und bei unserem Niveau«, grinste Roland. Er hatte recht, für sein Blatt war der Stoff weder tief noch gut genug. Aber er machte ihn, weil er seinen Urlaub retten wollte. Das war ein gutes Argument.

Er stand auf und gab uns beiden die Hand. Dann griff er plötzlich in seine Brieftasche und sagte zu Kohler: »Da, mein Junge, damit du mal siehst, wie der Krieg in Vietnam ist.« Er gab Kohler ein Foto.

Auf dem Foto saßen amerikanische Soldaten auf einem flachen zerwühlten Bett. Zwischen ihnen saß ein bildhübsches vietnamesisches Mädchen. Das Mädchen hatte beide Hände in den Hosenlatz der Soldaten gesteckt. Hinter ihrem Kopf an der Wand hing ein Kruzifix. Und über dem rechten Querbalken des Kruzifixes hing ein Präservativ.

## 16. Kapitel

Ich komme nur noch sehr langsam vorwärts, denn ich kann nicht jede Nacht schreiben und tagsüber mit dem kleinen Lastwagen durch die Stadt fahren. Außerdem beginne ich wieder zu leben. Aber ich habe den Eindruck, dass ich es nur widerwillig tue. Heute habe ich das Leben mit einem Kraken verglichen, der seine Fangarme nach mir ausstreckt, eigentlich ganz ungefährlich, aber ekelhaft harmlos. (Ich habe mal neben einem einbeinigen Engländer auf einem Felsen am Mittelmeer gesessen. Er war mal Flieger gewesen; damals, 1940, haben sie ihm über Dover im Cockpit seiner Spitfire ein Bein abgeschossen. Nun baumelten wir also zu zweit nur noch mit drei Beinen im Wasser. Der Krake war nur klein, der sich am letzten Bein des Tommys festsaugte. Wir haben sehr gelacht, aber viel Mühe gehabt, ihn da wieder loszukriegen. Er wollte einfach nicht weg.) Ekelhaft und albern. Im Grunde sollte ich mich freuen, dass das Leben mich wieder hat, wie man so gedankenlos dahersagt. Aber ich glaube, ich habe auch Angst.

Es ist jetzt drei Uhr nachts, und ich will gewissenhaft aufschreiben, was sich heute ereignete.

Ich arbeitete nur bis mittags und fuhr dann zurück in das Warenhaus. Dort ging ich zum Personalchef und ließ mir für den Nachmittag freigeben, denn Joe wurde beerdigt, und ich wollte dabei sein. Der Personalchef war sehr leutselig und sagte: »Selbstverständlich, mein Lieber, selbstverständlich. Wir müssen schließlich alle mal von Zeit zu Zeit zu derartigen Veranstaltungen.«

Angela hatte meinen schwarzen Anzug gebügelt und mit einer Stecknadel einen Zettel an die Hose geheftet. »Komme gleich wieder, muss mir schnell ein schwarzes Kleid kaufen.« Ich badete und zog mich an. Es war ein merkwürdiges Gefühl, wieder ein Hemd zu tragen und eine Krawatte. Wahrscheinlich würde ich der Einzige sein, der so seriös und formgerecht angezogen war. Wahrscheinlich besaß sein Vater nur einen dunkelblauen Anzug, den er auch zu einer Hochzeit anziehen konnte. Angela sah sehr hübsch aus in einem schwarzen, sehr kurzen Kleid, mit schwarzen wollenen Kniestrümpfen und schwarzen Schnallenschuhen. Sie hatte ihr Haar zu einem sehr kunstvollen Gebilde auftürmen lassen. »Warum lassen Sie ihn hier begraben, warum nicht zu Hause?«, fragte ich.

»Der Vater meinte, es wäre hier besser als in dem Dorf. Er könne dann sagen, sein Sohn sei verunglückt, und es gebe nicht so viel zu reden.«

»Im Mittelalter wurden die Selbstmörder außerhalb des Kirchhofs begraben«, sagte ich.

»Wir haben Mittelalter«, sagte sie lächelnd. »Wir müssen jetzt gehen.«

Es sollte auf dem Nordfriedhof sein, und wir hatten Mühe, herauszufinden, wo es war. Schließlich ging ich in die Verwaltung und sagte Joes Namen. Da saß eine alte Frau mit wirren grauen Haaren und blätterte in einem Aktenstoß.

Schließlich sagte sie: »Linker Hand vom Hauptweg, katholische Seite, dritter Klasse. Das ist hinten vor der Mauer. Pfarrer Neurath.«

Wir gingen den Hauptweg entlang, und die Sonne schien uns in das Gesicht.

»Er hätte es nicht tun sollen«, sagte Angela. »Er war ein netter Kerl.«

»Sicher«, sagte ich. »Komm etwas schneller.« Schließlich rannten wir und keuchten, als wir die Gruppe erreichten. Es waren immerhin mehr als zwanzig Leute da, aber mit Ausnahme der Eltern waren es nur die Leute der Kommune und einige andere, die ich nicht kannte.

Der Pfarrer war ein junger Mann, unter seinen Augen lagen tiefe Schatten. Er hatte drei Ministranten bei sich, die vielleicht zwölf Jahre alt sein mochten und Gesichter hatten wie berufsmäßige Totengräber. Völlig ausdruckslos, zuweilen gelangweilt, manchmal verstohlen kichernd über irgendetwas, von dem nur sie wussten.

Joes Eltern standen dicht vor dem Loch in der Erde, und die jungen Leute standen in einem engen Kreis um sie und den Pfarrer herum. Ich kann nicht mehr genau sagen, was dieser Pfarrer sprach, aber sicherlich dauerte es mit zwei Gebeten und einem Lied, das er ganz allein sang, nicht länger als fünf Minuten. Dann ging er mit den Ministranten fort, nachdem er den Eltern die Hand gedrückt hatte. Gepredigt hatte er nicht, und ich war ihm dankbar dafür. Es war eine gute Form von Ehrlichkeit.

Wir gaben den Eltern alle die Hand, und der Mann legte den Arm um die Schultern seiner Frau, und sie gingen den Weg hinunter, um in ihr Dorf zurückzukehren. Die jungen Leute sahen Angela und mich missbilligend an. Das war zu verstehen, denn Angela hatte sie aus dem Haus gewiesen, und sicherlich hatten sie Schwierigkeiten gehabt, eine neue Bleibe zu finden. So waren wir ihnen sehr fremd.

»Einer muss predigen«, sagte der bebrillte Philosophiestudent. »Er liegt dritter Klasse, und gerade darum muss einer predigen.«

»Tu du es doch«, sagte eines der Mädchen. »Wir können ja auch ein Vaterunser aufsagen.«

»Predigen ist besser«, sagte der Philosophiestudent. »Ich werd' es machen. Hat jemand Stäbchen?«

Sie zündeten sich Zigaretten an. Ich weiß nicht, was es war, aber vermutlich Haschisch. »Lass uns gehen«, sagte ich zu Angela.

»Nein«, sagte sie. »Ich will hören, was er sagt. Ich will, dass Joe noch einmal lachen kann.« So blieben wir da. Der Student stellte sich über das Kopfende des billigen Fichtensarges und begann: »Lieber guter Joe! Du hattest den Mut, dich auf die Erde fallen zu lassen, obwohl du wusstest, wie hart und gemein die Erde ist …«

»Darüber wird Joe nicht lachen«, sagte Angela. »Er macht es schlecht. Ich will gehen.« Und ganz laut sagte sie: »Ihr solltet den Mund halten, ihr Kinderchen.«

»Sieh mal an«, sagte eines der Mädchen, aber wir waren schon einige Schritte weit fort und gingen sehr schnell. Angela weinte ein wenig, aber als sie an ihrem kleinen Auto stand, war sie wieder ruhig und heiter. Sie sagte, was die meisten Leute nach Beerdigungen sagen. Sie sagte: »Das war's also.«

Es war erst drei Uhr, als wir wieder zu Hause ankamen. Ich sage jetzt schon »zu Hause«, das ist bemerkenswert. »Schnell aus diesem schwarzen Zeug heraus«, sagte Angela, und sie ging in ihr Zimmer, um sich umzuziehen. Ich setzte mich mit einer Flasche Bier in das Wohnzimmer und dachte darüber nach, ob ich es wagen könne, die Redaktion anzurufen, aber das Bier machte mich schläfrig und mutlos, so ließ ich es sein.

»Ich werde irgendeinen Schnaps trinken«, sagte Angela. »Ist es wirklich so, dass du nicht mehr trinken musst?«

»Ich bin nicht sicher«, sagte ich. »Vielleicht wird es eines Tages wiederkommen. Wer will das wissen?«

Sie trug nichts als einen dunklen, sehr kurzen Kittel und ließ sich auf das Sofa fallen. »Ich habe eine Bitte«, sagte sie, »aber ich fühle mich beschissen dabei.«

»Sag es ruhig.«

Sie zündete sich eine Zigarette an und murmelte: »Ich möchte mit dir losfahren und deine Tochter holen. Und zwar jetzt sofort.«

Du hast es die ganze Zeit gespürt, du hast gewusst, dass so etwas kommen würde, du hast das Gefühl, Mitspieler in einem sehr oberflächlichen Gesellschaftsstück zu sein, das sehr kitschig ist und voller dämlicher Späße, wie diese sogenannten Volkstheater. Du hast es gefürchtet, und nun, da es gesagt wird, freut es dich. Aber natürlich musst du dich wehren, du bist schließlich jemand, der gesehen werden will.

»Nein«, sagte ich, »das kommt nicht infrage. Hör auf mit diesem dummen Gerede. Du hast mir neulich gesagt, du liebst mich, aber wahrscheinlich ist das alles nur Einbildung, denn ich bin jemand, der dich neugierig gemacht hat, weil ich nicht in dein Leben passte und weil du mich aus der Gosse aufgelesen hast, als ich ein besoffener Penner war. Jetzt glaubst du, ich sei so etwas wie ein persönliches Besitztum, von dem man nach einer langen Zeit der Mildtätigkeit endlich verlangen kann, dass es sich dankbar verhält und ganz so, wie man befiehlt. Nein, so ist es nicht, und so wird es nicht sein. Ich hole das Kind, wenn ich wieder eine eigene Wohnung habe. Und ich werde eine alte Frau als Haushälterin nehmen, und ich werde versuchen, wieder in meinen Beruf zu kommen.«

Sie wurde nicht zornig, sie rührte sich nicht einmal. Sie lag nur da und sah mich an. Sie fragte: »Du liebst mich nicht, nicht wahr?«

»Nein, das kann ich nicht behaupten. Ich weiß nicht, ob ich überhaupt jemanden liebe, irgendjemand außer dem Kind.«

»Deine Frau«, sagte sie sehr bestimmt.

»Das ist vorbei.«

»Ich bin nicht sicher.«

Es war eine Weile peinliches Schweigen, denn ich hatte sie geschlagen ohne irgendeinen triftigen Grund, und ich fühlte mich beschämt und unterlegen, weil sie offensichtlich das alles besser begriff als ich.

»Ich war einmal verheiratet«, sagte sie plötzlich. »Ich will dir das sagen, damit du nicht glaubst, ich sei eine, die über Dinge spricht, von denen sie nichts weiß.«

»Seid ihr geschieden worden?«

»Ja, so war es«, sagte sie. »Wir sind geschieden worden, weil er mich endlos demütigte. Aber schließlich war es eine Scheidung wie jede andere auch. Man unterzeichnet irgendein Papier und grüßt noch einmal freundlich, als ginge man auf eine kurze Reise.«

»Wie war diese Ehe? Haben deine Kommuneleute davon gewusst?«

»Nein, die wussten das nicht. Nicht einmal Joe. Warum auch? Warum muss man immer alles über den anderen wissen? Ich habe diese Kommune hier geduldet, um nicht allein zu sein. Und eigentlich habe ich sie nicht geduldet, sondern einfach über mich herfallen lassen. Und ich war glücklich, als sie sich hier in diesem Zimmer zum ersten Mal mit den Mädchen balgten und fortwährend irgendwelche politischen Parolen brüllten, während die Mädchen, ganz wie immer, lustergeben keuchten. Kannst du verstehen, dass ich glücklich war? Ich war es. Denn vorher hatte ich ein paar Jahre hier gehockt und gelegentlich einen Mann gehabt, wie arme Leute gelegentlich Nachtisch essen. Zu arbeiten brauchte ich nicht, denn die vier Stockwerke bringen mehr Miete, als ich ausgeben kann. Natürlich hätte ich die Stadt verlassen können, um irgendwo bequemer zu leben, aber ich mag die Stadt, warum sollte ich also gehen?«

»Was war mit dieser Ehe? Deine Sprache ist ziemlich wortreich und sauber. Du bist zwar hier geboren, aber du gehörst nicht zu den Leuten hier, oder?«

»Ich weiß es nicht, ob die Leute das sagen«, sagte sie, »aber ich fühle mich nicht besser, als sie sind. Ich rede nicht gern über diese Ehe. Sie war sehr kurz und sehr heftig und voller Streit. Aber ich habe nichts mehr darüber zu sagen, denn ich bin damit fertiggeworden, ich muss mich nicht mehr ausreden bei irgendjemand, ich brauche nichts mehr davon loszuwerden und abzuladen.«

»Es interessiert mich«, sagte ich, »weil du mich interessierst.«

»Ich bin also ein Fall«, sagte sie und lachte leicht. »Das ist in zwei Sätzen zu sagen! Als ich heiratete, war mein Mann vierundzwanzig Jahre alt und wollte gerade promovieren. Betriebswirtschaft. Er war ein sehr guter und sehr intelligenter Mann. Ich war zwanzig und studierte Germanistik, wenn ich nicht gerade irgendwo herumhockte und Ferien machte, denn meine Eltern gaben mir so viel Geld, wie ich wollte. Du musst wissen, dass dies nicht das einzige Haus ist, das ich habe. Das Haus gegenüber gehört mir auch. Zunächst lebten wir einige Zeit zusammen, und ich fand, er war ganz normal. Im Bett – und es ist wieder so eine dämliche Bettgeschichte – war er grausam und gierig wie ein Tier, obwohl ich bezweifle, dass Tiere so grausam sind. Der Verfall, sein Verfall, begann tatsächlich mit diesen Dingen. Eines Abends brachte er ein Mädchen mit. Ich musste mit ihr scheußliche Dinge tun, die er beobachtete wie ein Biologe seltene Tierchen unter dem Mikroskop. Daran erregte er sich. Das hielt ich nicht sehr lange aus, aber ich glaubte, er sei einfach zu klug, fast zu genial, um einfach befriedigt werden zu können. Aber dann wurde er krank. Er schickte mich auf die Straße und sagte, ich sollte ihm mit Sperma gefüllte Präservative bringen. Musst du das alles wissen?«

»Ja«, sagte ich.

»Es war wirklich eine Krankheit«, sagte sie. »Natürlich brachte ich ihm, was er wollte, aber es waren nur zerstampfte Haferflocken. Und er sah es nur und erregte sich daran. Es war widerlich, widerlich, widerlich. Er lebt in einer Anstalt. Er ist irre.«

»Mein Gott«, sagte ich. »Es tut mir leid.«

»Was tut dir leid?«, fragte sie lächelnd.

Ich bin unterbrochen worden durch den Tag, der voller Arbeit war und voller Nachdenken. Plötzlich fiel mir ein, irgendwo an einer Straßenecke, dass ich Jörg versprochen hatte, gestern Abend zu kommen, aber das konnte ich nicht mehr, nachdem die Sache zwischen mir und Angela war. Jetzt bin ich heimgekommen und habe einen Zettel vorgefunden, auf dem steht: »Wir sind einkaufen.« Ich will sofort weiterschreiben, denn ich muss noch zu Jörg, um alle Geschichten zu klären, die geklärt sein müssen. Ich will in diesem Haus hier nicht bleiben.

Ich frage mich, ob diese widerliche Ehe Angelas überhaupt so einfach dargestellt werden kann. Ich höre zahllose Informanten sagen: »Schreiben Sie das nicht. Es ist besser, wenn die Öffentlichkeit davon nichts erfährt.« Aber warum soll ich das verschweigen? Es ist ein Teil dieser Angela, ein wirklicher, wenn auch grausamer und ekelerregender Teil. Niemand will ein Foto veröffentlicht sehen, von dem eine Ecke ausgerissen ist.

Angela sagte nach ihrem Bericht plötzlich: »Ich muss jetzt duschen. Ich muss sogar duschen, wenn ich nur daran denke.«

Und sie warf den Kittel auf das Sofa und lief hinüber in das Badezimmer. Als sie wiederkam, trug sie ein hübsches, geblümtes Kleid und sagte: »Es ist besser, wir fahren jetzt und holen das Kind. Du kannst dir eine Wohnung suchen und gehen, aber ich will das Kind nicht in dem Heim haben.«

»Ja«, sagte ich, und ich fasste sie bei den Händen und zog sie auf meinen Schoß.

»Ich will nicht«, sagte sie.

»Ich will«, sagte ich. »Und es ist nicht deshalb, weil du mir das erzählt hast. Ich habe zum ersten Mal wieder zuhören können. Das macht mich glücklich.«

Wir hatten uns lieb auf eine ganz behutsame Weise, und dieses Glück war voll Ernst und Resignation. Als wir fuhren, um Ann zu holen, war es schon sechs Uhr.

Die Vorsteherin sagte giftig: »Herr Poggemann, Sie sind sich darüber im Klaren, dass es sich nicht um einen Sozialfall handelt. Sie haben insgesamt sechshundertvierzehn Mark zu zahlen. Wollen Sie das in Raten tun oder bar? Unterzeichnen Sie diese Papiere.«

Ich begann, Unterschrift nach Unterschrift zu schreiben, und hörte Angela sagen: »Ich gebe Ihnen einen Barscheck.«

»Ist er gedeckt?«, fragte die Vorsteherin.

»Ja«, sagte Angela müde. »Es sind etwa zwanzigtausend Mark auf dem Konto.« Ihre Stimme wurde plötzlich scharf. »Ich habe gedacht, dass ihr hier so etwas fragt. Deshalb haben Sie hier den letzten Bankauszug von gestern und außerdem meinen Personalausweis.« Sie warf die Sachen klatschend auf den Schreibtisch, und die Vorsteherin blätterte darin herum. Dann sagte sie kreischend vor Freundlichkeit in dem Ton, in dem morgens die alten Frauen in den Kirchen singen: »Das ist aber sehr fein, dass die Annette in so gute wirtschaftliche Verhältnisse kommt. Wissen Sie, wir haben hier schwer zu kämpfen. Wir haben manchmal nicht genügend Spielzeug.«

Und Angela antwortete: »Tatsächlich? Wo ist Annette?«

»Sie liegt schon im Bettchen, die liebe Kleine.«

»Dann holen Sie sie«, sagte Angela. »Hier ist der Scheck.«

Es dauerte eine Weile, ehe sie mit dem Kind kam, und sie sagte: »Wir sind ja alle so traurig, dass du uns verlassen musst, Annettchen.«

»Papi«, sagte Ann, »wer ist diese Frau?«

»Tante Angela«, sagte ich.

»Und Mami?«

»Mami kommt nicht mehr«, sagte Angela, »ich werde es dir erklären.«

»Aber Papi hat gesagt, sie kommt«, sagte Ann.

»Wir sagen es dir«, sagte ich. »Komm jetzt, Spatz.« Ich gab der Vorsteherin die Hand. Ihre Hand war kühl und schlaff wie ein Gallertklumpen. Sie sagte süßlich:

»Tja, Herr Poggemann. Hoffentlich geht alles gut.«

»Halten Sie den Mund«, sagte Angela. »Wir sind Ihnen von Herzen dankbar.«

Die Vorsteherin begann zu schreien. »Ich habe nicht nötig, mir auf diese Weise …« Aber Angela begann zu lachen, und ich nahm Ann und lief hinaus, und wir warteten neben dem kleinen Auto, bis Angela kam. Und zum ersten Mal seit jenen Tagen fuhr ich wieder ein ganz normales Auto.

Ich muss aufhören, ich muss zu Jörg. Ich weiß nicht, was er will, aber sicherlich wird nicht alles angenehm sein. Er hat noch immer diese verdammt direkte und rücksichtslose Art.

Jetzt ist es zehn Uhr abends, ich war volle drei Stunden bei Jörg. Ann liegt noch immer nicht im Bett. Sie hockt mit Angela auf dem Sofa, und sie lesen in Bilderbüchern. Angela hat ein Vermögen ausgegeben. Es ist mir nicht recht, aber sie ist glücklich, und das will ich nicht zerstören. Sie sagte, als sie wiederkam: »Jetzt bin ich stinknormal, Poggemann. Jetzt habe ich sogar ein Kind.«

Dann setzte sie hinzu: »Wenigstens so lange, bis du eine Wohnung gefunden hast. Aber es wird reichen, mich hungrig zu machen, selbst eins zu haben.«

Ich habe mir die Schreibmaschine wieder in den Keller gestellt, über meinem Kopf hängt wieder die nackte Glühbirne, und ich fühle mich wohl. Ich werde nicht mehr diesen verdammten kleinen Lastwagen fahren, ich werde etwas anderes tun. Irgendetwas.

Erst war ich mit Jörg allein, wir haben Billard gespielt. Und plötzlich war Kohler da und dann ebenso plötzlich Braumann. Es ist so viel geschehen. Und sie sagen alle, ich sei noch der Alte, obwohl ich es nicht bin. Aber es macht trotz allem zufrieden und stolz.

Ich hatte einen Blumenstrauß für Jörgs Frau gekauft, aber er hatte sie zu ihren Eltern geschickt. Er sagte: »Die Blumen gefallen mir auch. Ich habe das Haus geräumt, denn ich will dich auseinandernehmen. Mechanicus Diaboli, verstehst du?«

»Ich dachte so etwas«, sagte ich.

»Erst in die Praxis«, sagte er. »Und dann kauf dir morgen ein paar neue Hemden. Man trägt im Augenblick gestreifte, wild gestreifte. Und dazu Krawatten, die wie eine mittelmäßige Orgie aussehen.«

Die Praxis. Du stehst plötzlich wieder da, wo du schon so oft gestanden hast. Der Raum ist dir beinahe so vertraut wie irgendein Wohnzimmer, in dem du oft gesessen hast. Nichts ist Furcht einflößend. Du bildest dir ein, alles zu kennen, sogar die bizarr geformten Instrumente in dem hell lackierten Glasschrank.

»Es ist schön hier«, sagte ich.

»Der Laden läuft gut«, murmelte er. »Ich kann nicht klagen. Ich habe ein paar hübsche Privatneurosen, die sich nicht zu einem Psychiater trauen. Sie sagen, ich sei besser als eine ganze Irrenanstalt. Leg dich auf die Couch.«

»Was soll das?«

Er sah mich an und sagte: »Ich habe mich nicht verändert, mein Junge. Du bist nach wie vor so etwas wie mein Sohn. Und wenn du nicht parierst, kriegst du den Arsch versohlt. Zieh dich gefälligst ganz aus. Wie lange hast du in dem Keller gehaust?«

»Fast sieben Monate.«

»Immer nur in dem Keller oder warst du auch einmal draußen?«

»In den ersten Monaten kaum.«

»Also nur Kunstlicht?«

»Ja.«

»Hoffentlich hast du dir nicht die Augen versaut. Hast du manchmal Kopfschmerzen?«

»Nein.«

»Was macht die Narbe? Reagiert sie auf Wetterumschwung?«

»Ja.«

»Es ist zum Kotzen mit dir«, sagte er. »Du bist einfach normal und wahrscheinlich sogar gesund. Was hast du gegessen?«

»Was sie mir gaben. Meistens Brot.«

Er strich kräftig über die lange Narbe, die sich senkrecht über meine rechte Bauchseite zieht. Dann klopfte er darauf, dann bohrte er zwei Finger unter den rechten Rippenbogen, um die Leber zu fassen. »Schmerzen?«

»Nein, keine.«

»Wie steht es mit Frauen? Hast du in dieser Zeit etwas gehabt?«

»Zweimal. Beim ersten Mal war ich impotent. Beim zweiten Mal war es ganz normal.«

Er begann meinen Brustkorb abzuklopfen. »War dieser Keller nass und kalt?«

»Ja.«

»Erkältungen gehabt?«

»Nein.«

»Warst du nie krank?«

»Nein. Falls du nicht diese ganze Zeit als Krankheit betrachtest.«

»Kein Selbstmitleid bitte«, sagte er ruhig. »Steh auf und mach Kniebeugen, so viel du kannst. Halt, erst Blutdruck messen.«

Nach einer Weile: »So, und jetzt Sport.«

Ich machte fünfzig Kniebeugen, und er schüttelte betrübt den Kopf, und schließlich lachten wir beide. Auf der Treppe zum Billardzimmer sagte er: »Ich hatte ernsthaft eine ganze Serie von Wehwehchen und echten Schwierigkeiten befürchtet. Aber anscheinend hast du es ebensogut überstanden wie den Suff. Trinkst du wieder?«

»Nein. Ich habe übrigens geglaubt, ein Trinker sei nie zu heilen.«

»Du bist nie ein echter Trinker gewesen«, sagte er. »Du bist nur immer zum Alkohol geflüchtet. Wenn du demnächst flüchten willst, tritt dir in den Hintern oder rauch Haschisch oder sauf. Aber denke daran, dass du flüchtest und dass das nicht gut ist.«

»Ich werde nicht mehr spielen können«, sagte ich.

»Und wie«, sagte er. »Du wirst mich schlagen. Deine Hände sind so ruhig wie die Luft vor einem Gewitter. Machen wir eine einfache Partie bis fünfzig Punkte.«

Ich gewann die erste Partie. Ich kam nur dreimal an die Kugel, aber es wurden drei Serien von sechzehn, vierundzwanzig und neunzehn. Ich hatte neunundfünfzig, Jörg neunundzwanzig. Wir spielten weiter, und zuweilen gelangen mir ganze Serien von Dreibandbällen. Es war wie immer. Wir schlichen um den Tisch herum, beobachteten den anderen, wie er die Bälle zu machen versuchte, ließen die Punktuhr weiterklicken, kreideten die Queues, starrten aus dem Fenster in den Garten und sprachen über Dinge, die gerade interessant waren.

»Ann ist bei mir«, sagte ich.

»Seit wann?«

»Seit heute Abend. Angela wollte sie haben.«

»Sie will auch dich haben.«

»Ja, sie hat auch ein Recht auf mich. Aber ich will nicht.«

»Was ist das für eine Frau?«

»Ich weiß es nicht.« Ich sagte ihm die eklige Sache mit Angelas Ehe, und er antwortete nichts darauf; denn diese Dinge waren ihm wohl zu bekannt.

»Sie hat also Geld, und sie sagt, sie will dich. Warum nimmst du nicht an?«

»Nicht so. Ich will erst etwas bauen. Vielleicht hole ich sie dann.«

»Traditionsnarr«, sagte er. »Ich will erst was bauen!«

»Ich kann nicht in diesem Haus leben.«

»Das braucht ihr doch nicht, wenn sie Geld hat.«

»Ich will selbst Geld verdienen.«

»Warum denn?«

»Nicht, um Geld zu haben, sondern um zu zeigen, dass ich es noch kann.«

»Das brauchst du nicht zu zeigen. Du bist doch kein Politiker!«

Er ging hinaus und lief die Treppe hinunter. Er kam mit einem Whisky wieder und goss uns zwei Wassergläser voll. Ich glaube, er war genauso glücklich wie ich. »Wir wollen uns besaufen.«

»Ich nicht«, sagte ich.

»Dann mache ich ein Solo«, sagte er. »Was schert mich dein Kleinbürgertum.«

»Mach diesen Ball mit einem Nachläufer«, sagte ich, »und ich trinke das Glas in einem Zug.«

»Hah!«, sagte er, und er machte den Ball mit großer Sicherheit, und ich musste das Glas leeren, und nach einigen Minuten rannte ich auf die Toilette, um mich zu übergeben. Er lachte brüllend und trank sein Glas hinunter wie Wasser. So spielten wir eine Stunde lang. Über Eichhörnchen sprachen wir nicht. Und dann schellte es, und Kohler stand unten an der Treppe und grinste. »Junge«, sagte er, »Junge, du altes Rübenschwein. Du verdammtes altes Rübenschwein. Wenn ich dich sehe, werde ich schwul.«

»Kohler«, sagte ich. »Halt die Schnauze und öffne mir deine Arme.«

Wir setzten uns dann in das Wohnzimmer, und Kohler war sofort und übergangslos eifrig wie ein kleiner, kluger Volksschüler. »Du musst sofort wieder anfangen. Wir haben jetzt so viele Flaschen da, dass du in vier Wochen wieder ganz oben bist. Junge, bin ich froh.«

»Du siehst hier einen hemmungslosen Optimisten«, sagte Jörg. »Er ist mein Patient.«

»Der Sauhund hat mir die Angst ausgetrieben«, sagte Kohler. »Auf eine ganz üble Tour.«

»Er kennt nur üble Touren«, sagte ich. »Wahrscheinlich treibt er auch ab.«

Jörg senkte einen Augenblick den Kopf und sagte dann heftig: »Du hast recht. Ich treibe ab.«

»Und wenn sie dich erwischen?«

Er winkte ab und war einen Augenblick lang sehr müde und alt. »Das kommt eines Tages ganz sicher. Aber dann werde ich diesen verdammten Narren von Staat und Kirche den Marsch blasen, dass ihnen die Trommelfelle platzen.« Er goss sich wieder Whisky ein. »Lass uns nicht mehr darüber sprechen.«

Kohler war verwirrt. »Natürlich«, sagte er. »Meinst du, wir können die Schnauze nicht halten?«

»Doch«, sagte Jörg, »aber ich möchte überhaupt nicht darüber reden. Ich will nur weiter in Ruhe arbeiten.

Und auf jeden Fall will ich so lange durchdenken können, bis ich weiß, ob ich es mache oder nicht.«

»Und wenn du ablehnst, wirst du erpresst«, sagte ich. »Das ist ein altes Spiel.«

»Ein kleines Schweinchen hat es versucht«, sagte er, »aber ich war so kalt, dass ich gesagt habe, sie könne ruhig zur Polizei gehen. Sie ist nicht gegangen. Hört jetzt auf.«

»Wann fängst du wieder an?«, fragte Kohler.

»Bist du sicher, dass sie mich haben wollen?«, fragte ich.

»Bin ich der Verleger?«, fragte er empört.

»Ich habe mit ihm gesprochen«, sagte Jörg. »Er will dich. Du kannst morgen anfangen, wenn du willst. Aber ich habe Bedenken.«

»Was soll das?«, fragte Kohler.

»Dieser Beruf ist voll Hetze«, sagte Jörg. »Er bräuchte etwas, bei dem er mehr Ruhe hat. Es kann sein, dass er nach ein oder zwei Jahren wieder auf der Nase liegt.«

»Ich habe darüber nachgedacht«, sagte ich. »Ich kann doch auch Serien recherchieren. Das ist eine gemütliche Sache, die man sich selbst einteilen kann.«

Kohler begann zu lachen und sagte: »Du glaubst doch selbst nicht, dass Braumann dich auf Serien ansetzt. Er wird doch sofort wieder loshetzen.«

Ich schüttelte den Kopf, aber ich glaubte es auch nicht. Und dann kam Braumann, und dieser verdammte Saukerl küsste mich ein paarmal auf die Stirn und besah mich, wie man jemanden ansieht, der von einem anderen Stern gekommen ist. Er sagte: »Er ist es noch. Ohne Zweifel. Dasselbe doofe Gesicht. Wann fängst du an? Ich habe eine Mordsache in Bremen.«

»Ich brauche eine Wohnung«, sagte ich. »Ich habe kein Geld, um mir Möbel zu kaufen und all das Zeug, was man braucht.«

»Wir haben einen Finanzierungsplan gemacht«, sagte Jörg. »Du nimmst die Stelle an, und ich bürge für die nötige Summe, die du brauchst. Kohler bürgt, und Braumann bürgt. Du kannst zwanzigtausend aufnehmen bei dem Einkommen, was wir drei haben. Meine Bank will es machen. Du brauchst es nur noch zu holen.«

»Ihr blöden Hunde«, habe ich noch sagen können, und dann ging ich raus in die Küche und nahm mir eine Flasche Wein aus dem Eisschrank und drückte den Korken einfach hinein. Ich habe nicht weinen können, aber ich bin sicher, ich habe geweint.

Jörg holte mich schließlich wieder ins Wohnzimmer, und wir waren einen Augenblick alle sehr verlegen, bis Braumann sagte: »Du weißt doch, wie das ist, wenn Leute aus dem Zuchthaus kommen. Da gibt es Leute, die sich um die sogenannte Resozialisierung kümmern. Und da haben wir eben so einen Verein aufgemacht. Gott sei Dank haben wir nur einen Kunden. Das Blöde dabei war bloß, dass Kohler und ich unsere Stammbank verlassen mussten, um zu dieser Bank von Jörg zu gehen, damit die das Geld lockermachen. Und dafür dürfen wir jetzt jedes Mal quer durch die Stadt, wenn wir fünf Mark abheben wollen.« Sie lachten und schlugen mir auf die Schulter, und nach einer Stunde, als ich ging, waren sie betrunken und beschlossen, in eine Bar zu gehen, in der es Striptease gab. »Eine heiße Sache«, grölte Braumann. »Da ist eine Schwarzhaarige, die sich Lolita nennt und es mit Kerzen macht. Ganz einfach vor allen Leuten. Großer Gott, ist die ein Schwein!«

Ich bin nicht sicher, was ich tun soll. Ich weiß nicht, ob ich Angela so einfach allein lassen kann. Ich weiß, wie schnell Ann sich Sympathie schaffen kann, und nach einer Weile wird sie Angela mögen. Es ist eine schwierige Situation. Ich werde darüber nachdenken müssen. Auf jeden Fall werde ich in diesem Haus nicht bleiben. Ich werde das Geld nehmen und mir ein kleines Haus mieten. Ich kann hier nicht bleiben. Manchmal bilde ich mir ein, Stimmen kämen aus der Wand. Und es ist immer die Stimme von Eichhörnchen dabei. Ich habe übrigens vergessen, Jörg zu fragen, mit wem Eichhörnchen mich betrogen hat. Er wird das bestimmt wissen. Aber ich weiß nicht, ob ich es wirklich wissen will.

## 17. Kapitel

Als Roland uns in Trier verließ, waren wir ein wenig betrunken, und Kohler schimpfte. Er sagte: »Wir sind feine Idioten. Ruf jetzt erst mal Braumann an und sag ihm, die Sache sei gelaufen. Dann besorgen wir uns Zimmer. Ich muss unter die Dusche. Und vergiss nicht, Eichhörnchen anzurufen.«

»Ja«, sagte ich. »Aber das kann ich auch vom Hotel aus.«

»Na gut«, sagte er. »Wer fährt das Auto?«

»Ich«, sagte ich. »Du bist betrunken, mehr als ich.«

»Das kann sein«, sagte er.

Wir bekamen im »Porta Nigra« Zimmer, und ich stellte mich eine halbe Stunde lang unter die Dusche, bis ich wieder einigermaßen vernünftig denken konnte. Dann rief ich Braumann an und sagte ihm, die Geschichte sei erledigt.

»Gut, mein Junge«, sagte er. »Versucht trotzdem, noch an den Jungen heranzukommen. Ihr habt Zeit. Meldet euch heute Abend wieder.«

Eichhörnchen rief ich nicht an.

Sieben Jahre lang hast du jeden Tag, an dem du irgendwo warst, angerufen. Du hast gesagt: »Vergiss nicht, dass ich dich liebhabe.« Und du hast immer wieder die unendlich beruhigende Antwort gehört: »Nein, ich vergesse es nicht.« Und ganz plötzlich reißt dein Leben ab, in der Wand ist ein Sprung. Du versuchst zuerst herauszufinden, was den Sprung verursacht hat. Und du suchst und findest nichts. Dann kommt Mutlosigkeit, und du beginnst dein Leben systematisch selbst abzutrennen, als hätte sie kein Recht, von diesem Teil deines Lebens irgendetwas zu wissen. Und du hast keine Disziplin, das ist es wohl, du hast ganz einfach keine Disziplin.

Ich bestellte mir etwas zu essen mit zwei Flaschen kaltem Bier und aß lustlos, als Kohler hereinkam und sagte: »Wir sind Idioten, dass wir nicht sofort abhauen. Natürlich wohnt deine liebe Ellen auch hier.«

»Lass sie doch«, sagte ich, und ich glaube, ich war wirklich vollkommen gleichgültig in diesem Augenblick. »Braumann hat gesagt, wir sollen wenigstens versuchen, an den Jungen heranzukommen.«

»Das schaffen wir sowieso nicht«, sagte er. »Die Staatsanwaltschaft muss erst erfunden werden, die das zulässt.«

»Nicht nötig«, sagte ich. »Der Junge ist geistesgestört und minderjährig. Wir haben die komplette Geschichte. Es besteht kein Grund, uns nicht zu ihm zu lassen. Und du schießt ihn heimlich ab.«

»In Gefängnissen ist das Licht schlecht«, sagte er.

Der Oberstaatsanwalt war ein Mann wie ein Vollgummibällchen. Er hüpfte vor Freundlichkeit und Unternehmungslust, und er kam sofort aus der Kantine, um uns zu begrüßen.

»Die Herren!«, sagte er lustig. »Kommen Sie in mein Zimmer. Ich hatte heute bereits das Vergnügen, mit einer reizenden jungen Dame von einer Nachrichtenagentur. Sie wollte zum Leupold, aber ich ließ sie nicht. Und natürlich wollen Sie dasselbe.« Er wandte sich kurz zu uns herum und lächelte.

»Ja«, sagte ich. »Und ich hoffe, dass Sie meine Gründe begreifen.«

»Das müssen sehr gute sein«, sagte er. Er setzte sich auf den Stuhl hinter dem Schreibtisch und fragte: »Möchten Sie etwas trinken?«

»Nein, danke«, sagte ich. Ich nahm die Bilder, die wir von Leupold hatten, aus der Brieftasche und reichten sie ihm herüber. Und dann spielte ich mein Spiel ganz ruhig. Es ist immer ein bisschen wie Poker.

»Sehen Sie, Herr Oberstaatsanwalt, es geht uns nicht darum, den Jungen zu fotografieren. Wie Sie sehen, haben wir Fotografien genug. Es geht mir um etwas anderes. Der Junge hat keine Eltern mehr, ist geisteskrank und minderjährig. In diesem Ort Volsch hat man das gewusst und trotzdem nichts unternommen. Das ist meiner Ansicht nach ein grober Fehler gewesen, etwas Nichtwiedergutzumachendes.«

»Ganz recht, ganz recht«, sagte er eifrig.

»Wir kennen die ganze Geschichte des Jungen, wir haben Fotos der Toten, der Eltern, der Geschwister. Mir geht es darum, meinen Text verdichten zu können. Ich möchte sehen, wie ein Achtzehnjähriger aussieht, der gerade ein kleines Mädchen getötet hat.«

»Verstehe, verstehe«, sagte er. »Nun ja, er hockt in seiner Zelle und ist freundlich und gibt alles ganz offen zu. Aber, meine Herren, ich kann Sie trotzdem nicht mit ihm reden lassen.«

»Ich will nicht mit ihm reden«, sagte ich. »Ich will ihn nur sehen.«

»Und Bilder haben Sie schon genügend«, sagte er zögernd. Er wandte sich an Kohler und fragte: »Vermutlich sind Sie der Fotograf.« Er lachte breit. »Ich kenne euch Lausebande. Pardon. Haben Sie zufällig eine Kamera in der Hosentasche?«

Einen Augenblick befürchtete ich, Kohler würde einen Fehler machen, denn in solchen Situationen neigt man sehr leicht zu empörter Schwindelei. Eine solche Szene hatte ich mit Kohler noch niemals durchgespielt. »Natürlich«, sagte Kohler, und er zog die Leica aus der Tasche und legte sie vor den Gummiball auf den Schreibtisch.

»Sehr gut, sehr gut«, sagte der Oberstaatsanwalt. »Vielleicht noch eine?«

Kohler stand auf und sagte: »Ich bitte um Vivisektion, haha.« Er lachte nicht einmal schwach.

»Auch keine ganz kleine? So klein wie eine Streichholzschachtel?«

»Das ginge gar nicht«, sagte Kohler. »Die Filme reichen nicht für unsere Zwecke.«

»Interessant«, sagte der Oberstaatsanwalt. »Tja, Sie wollen ihn also sehen, um … wie sagten Sie doch?«

»Ich will meine Schilderung verdichten können, ich will exakt beschreiben können, wie er zwei Tage nach der Tat aussieht, wie er sich bewegt, was er sagt.«

»Wieso sagt? Ich denke, Sie wollen nicht mit ihm sprechen.«

»Das sollen Sie tun«, sagte ich. »Sie verstehen mehr von diesen Menschen als wir.«

»Das ist wahr«, sagte er. »Manchmal weiß man so viel, dass man alte Zeiten herbeisehnt, in denen mit solchen Menschen eindeutiger verfahren wurde.« Er hielt inne und sagte: »Das verwenden Sie bitte nicht.«

»Natürlich nicht«, sagte ich. »Ich denke übrigens genauso.«

»Interessant, interessant«, murmelte er. »Ich treffe in der letzten Zeit immer häufiger junge Menschen, die die Ideale vertreten, die einmal gut genug waren, die Ordnung besser aufrechtzuerhalten als heute. Und ich soll Sie begleiten? Warum ich?«

»Sie sind der Chef«, sagte ich. »Wenn ich die Chance habe, zum Schmied zu gehen, gehe ich nicht zum Schmiedchen.«

»Richtig«, sagte er und lachte. »Na, wenigstens einen Kognak vorher. Und Sie, junger Freund, erlauben mir, die Kamera bei mir zu halten, bis wir wieder aus dem Bau raus sind, ja?«

»Natürlich, Herr Oberstaatsanwalt«, sagte Kohler eifrig.

»Gut, gut«, sagte er.

Es ging über einen Hof, in dem einige Polizeiwagen standen, in ein dunkles, graues Haus, dessen Fenster vergittert waren. Der Oberstaatsanwalt tänzelte vor uns her wie ein Clown und nickte den Justizbeamten freundlich zu. Türen wurden aufgeschlossen und hinter uns zugeschlossen.

»Schlechte Luft hier«, sagte der Oberstaatsanwalt.

Der Justizwachtmeister, der wie ein Hund vor uns herlief, wandte sich um und lächelte beifällig. »Jawoll,

Herr Oberstaatsanwalt. Wir haben den Bruder auf Neunzehn, damit er keinen Blödsinn machen kann.«

»Na, denn mal her mit dem Schlüssel für Neunzehn. Und Sie können so lange draußen bleiben.«

»Jawoll, Herr Oberstaatsanwalt.« Der Mann steckte den Schlüssel in die Tür, nachdem er vorher lange und gewissenhaft durch den Spion gesehen hatte. »Ganz ruhig, der Bruder.«

»Wie heißt er denn mit Vornamen?«, fragte das Gummibällchen.

»Karl-Heinz«, sagte ich.

Der Wachtmeister öffnete die Tür und brüllte: »Aufstehen! Der Herr Oberstaatsanwalt.«

Der Junge auf der Pritsche sprang auf, und seine Augen waren voll dumpfem Schreckens. »O ja«, sprudelte er hastig.

Der Gummiball ging auf ihn zu und sagte: »Na, Karl-Heinz? Du heißt doch so, oder?«

»Ja«, sagte der Junge. Er trug einen Drillichanzug und grobe, derbe Schuhe ohne Schnürsenkel. Außer der Pritsche gab es nur das schmutzig-graue Becken der Toilette. In dieser Zelle gab es weder einen Spind noch einen Tisch noch einen Stuhl.

»Zur Sicherung«, sagte der Gummiball. »Man weiß nie, was diese Burschen tun wollen.« Er stellte sich ein wenig zur Seite, sodass ich den Jungen besser sehen konnte.

Das Gesicht war breit und gutmütig, und es störte ihn ganz offensichtlich, dass sein Haar nicht richtig geschniegelt und gebügelt am Kopf lag. Auch der Drillichanzug störte ihn. Er zerrte ständig an der Jacke, wie ein junges Mädchen an einem zu kurzen Nachthemd.

»Na, hast du dich denn wieder beruhigt?«, fragte der Gummiball.

»Wieso?«, fragte der Junge. Seine Stimme war dunkel und doch kindlich von einer beinahe rührenden Einfalt. »Ich hab' mich doch nicht aufgeregt.«

»Na ja«, sagte der Gummiball. »Und die Sache mit dem Mädchen?«

Der Junge drehte sich abrupt zum Fenster, das so hoch in der Wand lag, dass er es nicht einmal erreichen konnte, wenn er die Pritsche darunterschob. »Sie war böse zu mir«, sagte er. »Sie hat mich ausgelacht und gesagt, ich wäre ein Blöder.«

»Hast du sie deswegen umbringen müssen?«, fragte der Gummiball streng.

»Das wollte ich nicht. Ich wollte nur, dass sie aufhörte, solche Sachen zu sagen. Ich bin nicht verrückt.«

»Natürlich«, sagte der Gummiball und lachte. »Natürlich, du bist völlig normal.«

Kohler machte einen Schritt vor und sah den Jungen genau an. Dann bückte er sich und sah den Jungen von unten her gegen das Fenster an, und der Junge war sehr unsicher, verwirrt und voller Angst.

»Im Gegenlicht sieht man nur die Umrisse«, sagte Kohler ruhig. »Sie können sich überzeugen, Herr Oberstaatsanwalt.«

Der Gummiball sah mich an, und ich sagte: »Das wäre eine vollkommen unverfängliche Methode.«

»Hm«, sagte der Gummiball. Dann machte er drei Schritte nach vorn und ging neben Kohler elastisch in die Knie. Er sagte laut seufzend: »Ihr seid hartnäckig, aber es stimmt. Man sieht ihn nur wie einen Scherenschnitt.«

Der Junge machte einen angstvollen Schritt auf sie zu, und ich wusste genau, dass es gefährlich werden konnte, denn der Junge hatte Kraft genug, uns alle drei zu verprügeln. Ich sagte schnell: »Lass man, Karl-Heinz. Keine Aufregung. Mein Name ist Poggemann. Ich habe nichts mit der Polizei zu tun. Ich komme von einer Illustrierten.«

»Wegen mir?«, fragte er erstaunt.

»Ja«, sagte ich. »Ich darf aber nicht mit dir reden.«

»So was Blödes«, sagte er ruhig.

»Machen Sie doch die Aufnahme«, sagte Kohler zu dem Gummiball. »Ich stelle Ihnen die Kamera ein, und Sie machen ein paar Aufnahmen.«

»Kann ich denn das?« Er hockte immer noch neben Kohler, und er sah aus wie ein zu fett gewordener Zwerg. »Natürlich«, sagte Kohler. »Warten Sie.« Er nahm ihm die Kamera aus der Hand und stellte Zeit und Belichtung ein. »Vielleicht ist es ganz interessant für Sie, einmal etwas anderes zu tun.«

»Na sicher«, sagte er. Dann nahm er den Sucher an das Auge und fotografierte den Jungen, der ganz ruhig und selbstbewusst in die Kamera starrte.

»Wie war das mit der Gisela?«, fragte ich den Jungen. »War es so, als wärst du plötzlich besoffen?«

»Nein«, sagte er. »Sie sollte nur aufhören, mich immer ›verrückt‹ zu nennen. Und sie hat auch gesagt, ich wäre schon mal in der Anstalt gewesen. Aber ich bin zu stark, wissen Sie?« Das klang sehr ernsthaft.

»Dreh mal deinen Kopf, du Brummbär«, sagte der Gummiball. Er machte jetzt schon das zehnte Foto.

»Ist das für die Kripo?«, fragte der Junge.

»Nein, für uns«, sagte ich. »Ich will mit der Kripo nichts zu tun haben.«

»Ich will nicht wieder in die Anstalt«, sagte er. »Sie sollen mich lieber aufhängen oder so was. Aber ich glaube, ich komme in die Anstalt.«

Der Gummiball gab Kohler den Apparat, stand auf und sagte zu mir: »Genug! Reicht es für Sie?«

»Selbstverständlich.« Ich gab dem Jungen die Hand und sagte ihm viel Glück, und Kohler machte es ebenso. Der Junge sagte: »Wenn Sie wiederkommen könnten …?«

»Das wird vielleicht gehen«, sagte ich.

»Meine Herren«, sagte der Gummiball, »ich denke, es wird Zeit.«

Wieder lief der Justizwachtmeister wie ein eifriger Hund vor uns her.

»Was denken Sie?«, fragte der Gummiball.

»Ein Fall für die Steuerzahler«, sagte ich kühl. »Der Junge ist sicherlich verrückt.«

»Ganz meine Meinung«, sagte er. »Außerdem liegen bereits ärztliche Gutachten aus früheren Jahren vor. Er wird wahrscheinlich schon morgen untersucht und wird dann in der Anstalt bleiben. Ich kann diese geistig deformierten Schweine nicht leiden.« Er hatte jetzt Vertrauen gefasst, und außerdem hatte er selbst Scherenschnitte fotografieren können.

»Es ist ein Problem«, sagte ich. »Ich wüsste nicht, wie man damit fertigwerden soll. Sie haben eine große Verantwortung.«

»Weiß der Himmel«, sagte er. »Einen Kognak zum Abschluss? Was wird die junge Dame sagen, wenn sie das Bild sieht? Ich bekomme Schwierigkeiten.«

»Bestimmt nicht«, sagte ich. »Wir hatten die Geschichte auch ohne dieses Bild komplett. Was mir wichtig war, waren Ihre Meinung und der Junge selbst.«

Wir tranken einen Kognak und verabschiedeten uns. Draußen auf der Straße sagte Kohler grinsend: »Du bist ein Schwein, Poggemann. Das alles war doch genau durchdacht.« Er lachte und machte einen übermütigen Sprung. »Aber hättest du geglaubt, dass er es selbst fotografieren würde?«

»Nein«, sagte ich. »Aber das ist ganz gut so. Wird das Foto kommen?«

Er grinste. »Dieser Oberstaatsanwalt sah nur den Umriss, aber auf einem hochempfindlichen Film wird eben das ganze gutmütige Gesicht sein, der ganze Junge, die Pritsche, das Fenster und so weiter. Ich hatte den Leuchtrahmensucher aufgesteckt. Durch den hat er gesehen. Aber vorne drauf saß ein Superweitwinkel. Wenn Ellen das erfährt, wird sie verrückt vor Neid.«

»Sie kann den Jungen später in der Anstalt besuchen«, sagte ich. »Sie macht schließlich keine aktuelle Geschichte.«

»Das ist richtig«, sagte er. »Wie geht es Eichhörnchen?«

»Ich weiß es nicht, ich muss noch anrufen«, sagte ich.

»Wollen wir noch heute zurückfahren? Wir könnten die Mosel ganz gemütlich hinuntergondeln und vielleicht hier und da einen Wein trinken. Abends auf die Autobahn, und dann ab.«

»Das ist eine gute Idee«, sagte ich.

Im Hotel rief ich Braumann an und sagte, der Herr Oberstaatsanwalt habe den Jungen für uns fotografiert.

Braumann lachte wiehernd. »Das darf doch nicht wahr sein, so etwas gibt es doch gar nicht.«

»Doch, doch«, sagte ich. »Tu uns den Gefallen und hol' uns zurück. Es ist hier so langweilig, und wir sind hundemüde.«

»Geht nicht«, sagte er. »Schreib deine Sache auf und pack sie mit den Filmen zusammen in ein Kuvert. Dann ruf mich an und sag mir Bescheid, mit welchem Zug das Zeug ankommt. Ihr beide müsst jetzt Folgendes machen: zunächst mal ausschlafen und dann morgen weiter ins Siegerland. Die Stadt heißt Klafeld. Da wohnt ein Mann namens Monner. Schreib dir den Namen auf. Monner.

Der ist Millionär geworden durch Grundstücksspekulationen. Ursprünglich sollte Zettwitz ihn für die Millionärserie interviewen, aber Zettwitz ist nicht mit ihm klargekommen. Der Mann ist ein Bulle, und Zettwitz ist zu intellektuell. Versuch du dein Glück. Der Mann erwartet euch morgen Abend um acht Uhr. Braucht ihr noch Geld?«

»Ja. Schick es telegrafisch hier an das ›Porta Nigra‹. Tausend Mark reichen. Und ruf Eichhörnchen an. Sag ihr meinetwegen, ich könnte nicht anrufen, weil ich schon wieder auf Achse wäre.«

»Na gut«, sagte er. Es behagte ihm nicht.

Zwei Stunden später ging unser Material mit einem Zug nach Koblenz und von dort mit einem TEE weiter. Es würde nachts gegen drei Uhr in der Redaktion sein. Als ich Braumann das sagte, antwortete er nur: »Gut. Und ruf deine Frau an. Sie hat mich gefragt, warum du neuerdings immer mich als Mittelsmann benutzen müsstest. Ruf sie an und puste den Qualm aus der Küche.«

»Na gut«, sagte ich. »Wann kommt das Geld?«

»Morgen ganz früh«, sagte er. »Mach's gut, Junge.«

Ich rief Kohler in seinem Zimmer an und sagte ihm, ich wolle jetzt schlafen. »Wir können abends irgendwohin gehen. Aber erst will ich Ruhe.«

»Gut«, sagte er. »Ich hol' dich um acht Uhr raus.«

Dann bestellte ich mir eine Karaffe Hennessy.

»Karaffe?«, fragte der Mann irritiert.

»Karaffe«, sagte ich. »So ein Glas, in das Sie normalerweise Wein gießen.«

»Oh«, sagte er, »sofort.«

Gleich darauf schellte das Telefon, und der Mann sagte: »Ihre Frau, bitte.«

»Hallo«, sagte ich.

»Hallo«, sagte Eichhörnchen. »Wie geht es dir?«

»Ganz gut. Wir fahren von hier aus ins Siegerland, und dann kommen wir nach Hause. Das wird übermorgen sein.«

»Warum rufst du nicht an?«

»Ich hatte keine Zeit, es war eine verrückte Hetze.«

Es klopfte, und ich sagte schnell: »Einen Augenblick bitte, ich bekomme gerade etwas zu essen.« Dann machte ich dem Kellner auf, und er ging an mir vorbei. Ich griff wieder nach dem Hörer und unterschrieb gleichzeitig die Rechnung. »Hallo, Eichhörnchen?«

»Ja?«

»Es ist erledigt. Wie geht es zu Hause?«

»Gut«, sagte sie.

Der Kellner stand neben mir, und ich deutete auf den Tisch, wo Kleingeld lag. Ich sagte: »Nehmen Sie sich zwei Mark.« Und er verbeugte sich leicht.

»Das ist billig«, sagte Eichhörnchen. »Was isst du?«

»Hennessy«, sagte ich. »Ich bin einfach fertig.«

»Tu es nicht«, sagte sie. »Lass es sein.«

»Nur einen Schluck«, sagte ich. »Erlaubst du das?« Aber sie hatte schon abgehängt, und ich bekam plötzlich Angst, sie würde mich nicht mehr verstehen und mir nicht mehr helfen.

Ich trank die erste Hälfte des Kognaks sehr schnell, und als Jörg anrief, war ich schon angetrunken. Er fragte: »Wie viel hast du getrunken?«

»Exakt ein achtel Liter.«

»Das reicht«, sagte er. »Geh jetzt und gieß den Rest in den Ausguss.«

»Wie du willst«, sagte ich, »aber das Zeug war teuer.«

»Gieß es aus«, sagte er. »Dann ruf einen Arzt. Aber sag nicht, dass du gesoffen hast. Säufer interessieren die Ärzte nicht sonderlich. Sag, es wäre eine besonders heftige Form von vegetativer Dystonie. Beschreibe scheinbare Atemnot und eine stark depressive Angst. Sprich von existenzieller Angst. Aber nicht arrogant.«

»Mach ich«, sagte ich. »Ich danke dem Überwachungskommando.«

Wir sagten einige belanglose Dinge, und ich versprach ihm noch einmal, alles zu machen, was er angeordnet hatte. Dann trank ich den Rest des Kognaks direkt aus der Karaffe und legte mich auf das Bett. Ich dachte an diesen jungen Mörder und an seine gutmütigen braunen Augen, und ich schlief ein und träumte einen wilden Traum, in dem Eichhörnchen vor mir her durch eine öde Straße lief und ich sie nicht erreichen konnte, weil ich nur ein Bein hatte. Das andere war durch einen Holzstumpf ersetzt, wie man ihn aus Piratenfilmen kennt.

Ich muss geschrien haben, denn als ich aufwachte, stand Kohler neben meinem Bett, und auf meine Stirn hatten sie ein nasses Handtuch gelegt. Neben Kohler stand einer, und sie sahen mich sehr besorgt an.

»Er ist überarbeitet«, sagte Kohler. »Entschuldigen Sie.«

»Aber bitte«, sagte der andere. »Sie können sich doch hier ein paar Tage ausruhen, wenn Sie wollen.«

»Vielen Dank«, sagte ich. »Das ist nett von Ihnen, aber ich denke, wir haben keine Zeit dazu.«

»Ihr Boys macht euch noch kaputt vor lauter Geschäftemacherei«, sagte der Wirt. »Wollen Sie einen Arzt?«

»Nein, aber vielleicht ein Bier. Ziemlich kalt, wenn es geht. Habe ich geschrien?«

»Du hast gejubelt, dass das ganze Hotel zusammengelaufen ist«, sagte Kohler. »Ich bring' dir das Bier. Ruh' dich jetzt aus. Du musst schlafen.«

Er kam sehr schnell mit einigen Flaschen Bier zurück und setzte sich neben das Bett. »Hast du die ganze Karaffe Kognak allein getrunken?«

»Ja.«

»Warum?«

»Ich habe Angst um meine Frau.«

»Sieh mal an«, sagte er. »Das ist völlig neu.«

»Es ist alt«, sagte ich. »Es ist schon fast eine Woche alt oder noch länger.«

»Wir gehen herrlichen Zeiten entgegen«, sagte er. »Ich fühle mich auch beschissen.«

»Gib mir eine von deinen gelben Pillen«, sagte ich. »Und dann lass uns etwas essen und in irgendein Kino gehen. Es wäre gut, wenn wir schon verschwinden könnten, aber es geht nicht, weil das Geld erst morgen früh kommt.«

»Ellen ist zurückgekommen«, sagte er. »Sie hat so einen Jüngling bei sich, der aussieht, als sei er noch Volontär.«

»Hat sie dich gesehen?«

»Natürlich. Außerdem weiß sie von Roland, dass wir hier sind.«

Wir aßen in meinem Zimmer eine Kleinigkeit, und ich fühlte mich wieder ganz in Ordnung. Kohler ging, um sich umzuziehen, und er stand sicherlich gerade unter der Dusche, als es klopfte und Ellen hereinkam.

»Ich habe gehört, du bist hier«, sagte sie, und sie sah ebenso aus wie in Chamonix. Sie war sehr bleich geschminkt und trug einen sehr kurzen Rock mit einer sehr dünnen Bluse.

»Wir sind schon fertig«, sagte ich. »Morgen früh geht es weiter. Ich habe gehört, du machst eine Serie?«

»Ja«, sagte sie. »Es macht mir Freude. Ich habe jetzt mehr Zeit nachzudenken. Ist dieser Mord nicht scheußlich?«

»Nicht sehr«, sagte ich. »Wir warten auf Geld, das erst morgen früh kommt. Wir wollen in ein Kino gehen und vielleicht in eine Bar. Wir wollen gammeln.«

»Kann ich mir etwas von dem Bier nehmen?«

»Natürlich«, sagte ich und fühlte mich unbehaglich. »Ich stell' mich schnell unter die Dusche.« Ich nahm neues Unterzeug, Strümpfe und den hellen Anzug aus der Tasche und ging in das Badezimmer. Ehe ich die Dusche andrehte, hörte ich, wie Kohler hereinkam und sagte: »Warum kannst du ihm nicht aus dem Weg gehen? Es geht ihm nicht gut. Und er ist verheiratet. Verdammt noch mal.«

## 18. Kapitel

Angela ist heruntergekommen und hat sich einen Sessel mitgebracht, weil außer dem Maschinentisch und meinem Stuhl nichts mehr im Keller ist.

»Was hast du eigentlich mit diesem Arzt besprochen?«

»Ich bekomme genügend Geld, um ein kleines Haus zu mieten und Möbel zu kaufen und so weiter. Und ich kann wieder in den Verlag.«

»Wird das alles sofort sein?«

»Ich glaube ja«, sagte ich. »Kann ich ein Bier haben oder sonst irgendetwas?«

»Dann lass uns nach oben gehen. Ann schläft in meinem Bett. Ich finde sie herrlich.«

Wir gingen nach oben und setzten uns in das Wohnzimmer auf das Sofa. Sie legte ihren Kopf an meine Schulter und fragte: »Was wollte er wirklich von dir, dieser Jörg?«

»Wirklich nichts Besonderes«, sagte ich. »Er hatte alles schon geregelt. Ich kehre unter vollem Schutz meiner Freunde in das Leben zurück.«

»Wirst du wieder Reportagen machen?«

»Ich glaube ja.«

»Und was wird aus Ann?«

»Ich habe nachgedacht«, sagte ich. »Ich nehme deinen Antrag an. Aber ich finanziere diese Sache. Ich schäme mich nicht, dein Geld zu nehmen, aber ich will mir beweisen, dass ich es selbst schaffen kann.«

Sie setzte sich aufrecht und fragte, ohne mich anzusehen: »Ist das ein Heiratsantrag?«

»Ich glaube nicht, dass ich dich heiraten werde. Später einmal vielleicht. Jetzt nicht.«

»Also ist es doch ein Heiratsantrag?«

»Nun ja«, ich musste lachen, »wenn du es so nennen willst. Also, es ist ein Heiratsantrag.«

»Poggemann«, sagte sie atemlos. »Ich bin dreißig.«

»Alt genug für mich«, sagte ich, und wir küssten uns zaghaft, weil das alles sehr neu war und aufregend und im Grunde genommen nicht weniger beglückend als zu der Zeit, da wir siebzehn oder achtzehn Jahre alt waren. »Aber ich habe doch so viel Geld«, sagte sie. »Warum willst du schuften, wenn es nicht nötig ist? Und du wirst fort sein, und ich werde allein sein.«

»Das macht die Sache gut«, sagte ich. »Der Kohler ist schon so aufgeregt, dass ich gar nicht anders kann, als wieder mit ihm loszufahren. Und ich selbst will es auch nicht anders.«

»Hat dieser Arzt dich untersucht?«

»Natürlich. Er hatte Angst, ich hätte unten im Keller unter der trüben Funzel ein Augenleiden bekommen oder ein Lungenleiden wegen der Kälte und der Feuchtigkeit. Aber ich bin gesund, und beinahe hat er sich darüber geärgert.«

Sie lachte und sagte: »Ich werd' morgen ein Haus suchen gehen. Was darf es kosten?«

»Nicht mehr als sechshundert«, sagte ich. »Und lass es ruhig klein sein und winklig und altmodisch. Wichtig ist nur, dass ein Raum da ist, der ganz allein für mich ist. Möglichst so gelegen, dass keine spielenden Kinder unter dem Fenster sein können und Krach machen.«

»Bist du eigentlich glücklich?«, fragte sie.

»Ich weiß es nicht«, sagte ich. »Ich bin misstrauisch. Vielleicht ist es nicht das Glück, vielleicht ist es nur wieder etwas anderes.«

»Du bist ein Dummkopf«, sagte sie. »Sieh' doch her, sieh' doch, wie glücklich ich bin. Nimm dir davon, so viel du willst.«

»Du bist ein richtiger Rilke«, sagte ich.

Sie stand auf und holte eine Flasche Sekt aus der Küche. »Ich habe sie gekauft, um auf Anns Rückkehr zu trinken. Jetzt trinken wir sie auf die Gründung einer Familie.«

Ich sagte ihr nicht, dass diese Bemerkung wehtat, ich sagte nur: »Ja, aber denk' daran, dass du es wolltest, nicht ich.«

»Warum tust du es dann?«, fragte sie.

»Weil ich dich mag«, sagte ich. »Und natürlich, weil du Geld hast und ich irgendwann ganz einfach aufhören kann zu arbeiten.«

»Du verrückter Idiot«, sagte sie, und sie musste ein wenig weinen. »Wo soll denn das Haus sein?«

»Am liebsten am Wasser«, sagte ich. »Außerhalb der Stadt.«

»Ist es nicht besser, ein Haus zu kaufen?«, fragte sie ruhig. »Du sparst die Miete. Die kannst du mir zahlen.«

»Hast du so viel Geld?«

Sie lachte und setzte sich rittlings auf einen Stuhl. »Ich bin ein Kind des Volkes«, sagte sie, »ich habe nie viel Geld gebraucht. Ich habe fünfzig Mietparteien, die brav und bieder jeden Monat zahlen. Was hätte ich mit dem Geld machen sollen? Vielleicht einen Weinkeller anlegen? Ich kaufe mir lieber eine Zweiliterflasche für fünf Mark im Selbstbedienungsladen nebenan. Der Wein ist genauso gut. Ich bin eigentlich vulgär, findest du nicht?«

»Ich mag vulgäre Weiber«, sagte ich. »Ich habe die vulgären immer lieber gemocht als die gezierten Damen, die manchmal ein bisschen pervers sind und heimlich in der Küche Schnaps saufen, wenn das Dienstmädchen gerade Ausgang hat.«

»Also soll ich ein Haus kaufen?«

»Ich weiß es nicht. Es ist deine Sache. Kaufen ist günstiger. Ich zahle dir entweder Miete oder wir legen einen bestimmten Betrag im Monat für Ann fest. Mein Gott, sind wir kühl.«

»Dann für Ann«, sagte sie. »Und ein Kind will ich auch.«

»Langsam«, sagte ich. »Ich muss nachdenken.«

»Es werden Zwillinge«, kicherte sie. »Ich hab' so eine Ahnung, als würden es Zwillinge.«

»Ich denke, wir werden es bekommen, wenn wir wollen. Aber zunächst müssen wir unendlich viel Alltagsdinge machen. Das Haus besorgen, Möbel kaufen und uns einleben.«

»Was meinst du, was ich für diese Wohnung hier verlangen soll?«, fragte sie.

»Ich habe keine Ahnung«, sagte ich. »Das wirst du besser wissen. Vielleicht siebenhundert Mark oder mehr.«

»Wenn sie gut renoviert wird, kann ich tausend nehmen«, sagte sie. »Poggemann, mein Leben fängt jetzt an. Jetzt werde ich anfangen, was zu sein. Warum willst du mich nicht sofort heiraten, wenn du mich magst?«

Ich goss mir etwas von dem Sekt ein und sagte: »Ich bin einmal verheiratet gewesen, und das Ende war ziemlich schlecht.«

Sie wandte sich ab und sagte: »Es ist doch eigentlich nur formell. Es wäre genauso schlimm gewesen, wenn du sie nicht geheiratet hättest.«

»Sieh mal an, die gute Bürgerin. Hast du Angst vor deinen zukünftigen Nachbarn?«

»Ein bisschen«, sagte sie, und sie hatte plötzlich die Stimme eines ganz kleinen Mädchens. »Ich bin nicht so sehr erwachsen, wie du glaubst.«

»Vielleicht auch noch ein weißes Kleid und ein Pfarrer?«

»Ja, natürlich«, sagte sie. »Warum was halb tun?«

»Großer Gott«, sagte ich. »Poggemann macht eine glänzende Partie. Und dafür muss er vor den Pfarrer.«

»Hör auf, du Ekel«, sagte sie, und sie war sehr glücklich, und ich war es auch.

Aber wir haben uns nicht geliebt in dieser Nacht, obwohl sie es wollte und obwohl sie vor Begierde zitterte. Ich habe das Feldbett mit in den Keller genommen und sitze wieder vor der Maschine. Ich muss erst diese Geschichte zu Ende schreiben, vielleicht bin ich dann etwas freier und gelöster. Diese Geschichte ist klebrig wie Honig, ich habe nicht die geringste Chance, sie loszuwerden.

Die hübsche, ernste Angela will mich heiraten. Wie wird sie sein? Was hat sie eigentlich in ihrem Leben erlebt? Wie viele Männer hat sie gehabt, und wie wird sie reagieren, wenn ich irgendwelche Schwierigkeiten mache? Kann ich eigentlich sicher sein, dass ich nie wieder irgendwelche Schwierigkeiten mache? Aber da ist das Kind. Und ich muss ihm endlich sagen, wie das ist mit Eichhörnchen. Ich bin ein Glückspilz, ich müsste mich freuen. Warum tue ich es nicht? Warum tanze ich nicht wie ein Indianer in diesem Keller herum?

Es ist jetzt zehn Uhr morgens, und ich war noch nicht einmal oben, um Ann und Angela Guten Morgen zu sagen. Ich höre, wie sie in der Wohnung herumsausen wie zwei junge, sich balgende Hunde. Wahrscheinlich sind sie beide selig, und wahrscheinlich wird Ann sagen: »Tante Angela, wenn Papi nicht aufsteht, nehme ich einen nassen Waschlappen und lege ihn mitten in sein Gesicht rein, dass er nass ist, ganz schrecklich nass.« So wird es sein.

Angela hat mir den Brief neben die Maschine gelegt, ohne mich zu wecken. Ich habe ihn jetzt dreimal gelesen, und er hat nichts von seiner Eindringlichkeit verloren. Die kleine, aber sehr harte Schrift, die zögernd dahinkriecht, als habe sie jedes Wort infrage gestellt, hat mich zuerst erschreckt, aber dann habe ich ihn geöffnet, und nun sitze ich da und bin ziemlich erledigt.

Ich schreibe ihn ab, ich schreibe ihn einfach in diesen Bericht hinein. Aber ich muss mich erst rasieren und etwas essen. Und wahrscheinlich werde ich einen Schnaps trinken, bevor ich diesen Brief da abschreibe. Denn ich habe geheult, zum ersten Mal seit vielen Jahren habe ich richtig geheult.

Ich habe keinen Schnaps getrunken, denn mir fiel Jörg ein, der gesagt hatte, das sei ein Zeichen von Flucht. Natürlich hat Angela gefragt, was mein Vater in diesem Brief schreibt, aber ich habe ihr nichts gesagt. Es ist eine Sache, die sie nicht betrifft. Mein Vater schreibt auf seine kluge Weise etwas über sich selbst und meint doch mich.

*Mein lieber Sohn!*

*Der Herr Doktor Jörg zu Enk hat mich angerufen und mir mitgeteilt, dass du wieder in Ordnung bist. Deine Mutter und ich freuen uns sehr, dass das so ist. Wir haben nie daran gezweifelt, dass du eines Tages wieder auftauchen würdest. Das war auch der einzige Grund, weshalb ich Annette nicht aus dem Kinderheim mitgenommen habe, als ich in der Stadt war.*

*Ich war in der Stadt, als du nach den für uns alle sehr bedrückenden Vorgängen bereits sechs Wochen lang verschwunden warst, ohne dass eine Spur von dir blieb. Da bin ich losgefahren, um dich zu suchen. Es ist eine merkwürdige Sache, als alter Pensionär seinen Sohn zu suchen. Du kannst mir glauben, dass es sehr schwierig für mich war. Weniger, weil ich nun langsam alt werde und nicht mehr wie ein junger Mann herumlaufen kann (Gott sei Dank ist unser beider Gesundheit jedoch hervorragend), sondern weil es so wenig zu mir passt, wildfremde Leute nach einem Mann zu fragen, der mein Sohn ist und von dem ich doch nicht sagen konnte, dass er mein Sohn war, denn sie hätten mich dann doch für einen senilen Greis gehalten, wenn nicht für etwas Schlimmeres. Ich war sechs Tage in der Stadt und habe in einem sehr guten Hotel gewohnt. Jeden Tag habe ich mit Mama telefoniert, und schon am dritten Tag wusste ich, wo du wohnst. Ja, du hörst ganz richtig, ich wusste es nach drei Tagen. Frage mich nicht, warum ich ausgerechnet auf die Idee verfiel, in jene Spelunken zu gehen, in denen man sehr billig Bier und Schnaps be-*

*kommt, in denen diese Leute sitzen, die zu nichts mehr zu gebrauchen sind. Ich weiß es selbst nicht. Ich war nur sicher, dass du versuchen würdest, dich zu vergraben. Alle Leute mit reger Fantasie neigen dazu, sich zu vergraben, wenn etwas sie so tief trifft, dass es jenseits des Begreifbaren liegt. Und in einer dieser Kneipen am Nordende der Stadt wusste jemand etwas von dir. Es war ein widerlicher und ziemlich arroganter Mensch, aber er wusste etwas von dir, und ich habe ihn umarmt, worüber die ganze Spelunke lachte. Dieser Mensch wusste, dass du von einer Frau mitgenommen worden warst, die irgendwo in der Innenstadt mit einer Horde Studenten hauste.*

*Es war nicht sehr schwierig, diese Frau zu finden. Ich habe sie dann tagelang, die restlichen zwei Tage lang beobachtet. Ich stand neben ihr in den Geschäften und hörte sie sprechen und glaubte dann, sie ist in Ordnung. Wenigstens genug in Ordnung, um ein wenig von dem zu begreifen, was dich trieb.*

*Annette allerdings fand ich erst am letzten Tag. Ich fand sie, weil ich plötzlich so etwas wie Detektiv spielen wollte und es mir diebischen Spaß machte, den Rest des Clans zu finden. Denn ich wusste, dass du als Erstes für sie sorgen würdest, bevor du deinen Kummer ersaufen gingst. Es ist eine alte Erfahrung, dass Menschen mit deiner Überredungskunst sich immer an die wenden, die leicht zu überspielen sind. So kam ich auf die Idee, die Kinderheime anzurufen, denn ihr Personal ist meistens von einer geradezu erschütternden Weltfremdheit. Nun, genug davon.*

*Du siehst, dein Vater kennt dich ziemlich genau. Wahrscheinlich wirst du dich nun fragen, warum ich nicht zu dir gekommen bin.*

*Nun, das konnte ich nicht, denn ich weiß, dass man damit allein fertigwerden muss.*

*Nun höre ich also, dass es wieder bergauf geht. Ich weiß nicht, ob diese Zeit der völligen Zurückgezogenheit dir irgendetwas gegeben hat, woran du nun glauben kannst. Wie du weißt, stehe ich Dingen wie der Religion und Gott mit äußerster Skepsis gegenüber. Wahrscheinlich, weil man allgemein so viel Schindluder damit treibt. Halte dich an deine kleine Welt, das ist das beste und steht wohl höher als eine tief greifende Philosophie.*

*Ich muss nun schließen. Mama lässt dich grüßen. Wir erwarten dich, wenn du wieder in Ordnung bist oder wir kommen zu dir. Ganz wie du willst. Dein Vater.«*

*PS: »Denke bitte daran, dass Annette im Herbst in die Schule kommt. Falls du also niemanden hast, der dir den Haushalt macht, so bring sie zu uns. Wir haben hier hervorragende Schulen. Ich habe mich bereits danach erkundigt.*

Ich hätte mir eigentlich schon vor Wochen denken können, dass diese Stille um meinen Vater verdächtig war. Er hat es also die ganze Zeit über gewusst, dieser lächerliche Weise.

Ich muss unterbrechen, wir wollen zu einem Häusermakler gehen. Angela hat kategorisch erklärt, sie wolle nicht allein die Verantwortung übernehmen. Ich werde also mitgehen müssen.

Es ist jetzt abends, und wir haben noch nichts gefunden, und ich habe Angela gesagt, dass sie nun allein weitersuchen soll. Ich will diesen Bericht zu Ende führen, ehe der Trubel des Umzugs beginnt und ehe Braumann zum ersten Mal wieder sagt: »Ich habe da eine Geschichte in …«

Ich habe übrigens eine Gitarre gekauft und eine Schule für Anfänger. Angela kann ein paar Griffe, sie sitzt im Wohnzimmer und träumt vor sich hin, und zuweilen, wenn sie die hohe E-Saite greift, höre ich es hier im Keller.

## 19. Kapitel

Der Abend in Trier verlief so folgerichtig, dass es beinahe beleidigend gewesen ist. Er verlief so trivial, dass es reicht, sich an die Klischees von Groschenromanen zu halten, es sei denn, man versucht krampfhaft, nach sentimentalen Entschuldigungen zu suchen. Aber das erscheint mir unnötig.

Es gibt kein Leben ohne Kitsch, Glorie und Lüge, Banalität und Wehmut, geheime Höhepunkte und gespielte Würde. Das ist es.

Als ich aus dem Bad kam, sagte Kohler: »Wir haben uns gestritten.«

Ellen stand am Fenster und blickte hinaus auf den Platz vor dem Hotel. »Es ist kein Streit, es ist nur eine Meinungsverschiedenheit.«

»Ich bin für ihn verantwortlich«, sagte Kohler.

»Wie bitte?«, fragte sie, und das war voller Hohn.

»Wir sind Freunde«, sagte Kohler hitzig. »Ja. Wir sind kurz vor Schwulitäten.«

»Ach nein«, sagte sie, und man konnte von der Seite sehen, dass ihr Gesicht sehr weiß war.

»Lasst es sein«, sagte ich. »Gibt es ein Kino, in dem irgendetwas Blödes gespielt wird, worüber man lachen kann?«

»Du sollst nicht ablenken«, sagte Kohler. »Ich bin zwar nur ein kleiner Junge, aber ich will trotzdem wissen, wie du dich entscheidest.«

»Überhaupt nicht«, sagte ich. »Was soll ich entscheiden?«

Er holte sich die letzte Flasche Bier vom Nachttisch und murmelte: »Ich möchte wirklich wissen, ob mich das etwas angeht oder nicht.«

»Ja«, sagte ich, »es geht dich etwas an. Aber jetzt lass uns essen gehen.«

Das Mädchen am Fenster drehte sich herum und sagte: »Ich kann doch schließlich nichts dafür, oder?«

»Diese Dinge sind eine Konferenz nicht wert«, sagte Kohler, »bitte, es ist so: Du hast ihn getroffen und hast dich von ihm einwickeln lassen, weil er so ausgezeichnet ist in seinem Beruf. Und nun glaubst du, wie alle diese großstadtsüchtigen Sekretärinnen, dass du ein Recht auf ihn hast. Aber du hast es nicht. Er hat eine wunderbare Frau und ein Kind, das ich machen würde, wenn es nicht schon da wäre. Und damit du es gleich weißt: Wir waren im Untersuchungsgefängnis und haben den Leupold fotografiert und gesprochen. Und damit du dich keinem Irrtum hingibst: Fotografiert hat der Herr Oberstaatsanwalt selbst. Und das war wieder Poggemann.«

»Nein«, sagte sie.

»Doch«, sagte ich. »Du hast wahrscheinlich eine falsche Taktik gehabt. Wohnt Bulle Roland auch hier?«

»Ja«, sagte sie. »Er ist nett.«

»Ohne Zweifel«, sagte ich. »Ruf ihn an.«

»Warum?«

»Ruf ihn an«, sagte ich laut. »Ich will dir wieder was beibringen.«

Sie nahm den Hörer auf und sagte kühl: »Das Zimmer von Herrn Roland bitte.« Dann reichte sie mir den Hörer. Rolands Stimme klang verschlafen. »Ich habe zu viel gesoffen«, sagte er. »Warum musst du mich stören?«

»Hast du alle Fotos?«

»Nicht alle«, sagte er matt, »aber genügend.«

»Warst du bei dem Oberstaatsanwalt?«

»Ja«, sagte er. »Aber nun lass mich in Ruhe. Ich habe den Leupold. Der Herr Oberstaatsanwalt sagte zwar, dass er das eigentlich nicht dürfe.« Er gähnte. »Aber erlaubt hat er es trotzdem.«

»Gehst du mit in ein Kino? Oder in irgendeine Bar?«

»Ich brauche eine halbe Stunde«, murmelte er. »Ihr seid mir vielleicht Kumpels.«

Ellens Augen waren schmal, und sie sagte: »Ich habe einiges verstanden. Er hat also auch ein Bild von Leupold in der Zelle.«

»Natürlich«, sagte ich. »Du musst noch einiges lernen.«

»Ich habe nichts dagegen«, sagte sie kalt. »Warum willst du mich demütigen?«

»Um dich loszuwerden«, sagte Kohler. »Das ist das sicherste Mittel, mit einer Frau fertigzuwerden. Sagt Nietzsche.«

»Das ist richtig«, sagte sie und nahm Kohler das Bierglas aus der Hand. »Da ist nur ein Fehler, Kohler. Ich will lernen.«

Kohlers Gesicht verzog sich vor Zorn, und er murmelte: »Poggemann, ich habe dir gesagt, dass sie das will. Aber glaube nicht, dass sie dich will. Sie will sich.«

»Hört auf«, sagte ich. »Mich bekommt heute Nacht keiner. Ich habe nicht einmal mich selbst. Und jetzt gehen wir los und warten unten auf Roland.«

In der Halle sagte Ellen: »Sag mir, wie du das geschafft hast«, und ich erzählte es ihr, und sie lachte, und Kohler saß da mit einem lustlosen, verkniffenen Gesicht, bis Roland kam und die verschwiegenen Bissigkeiten hinwegfegte wie ein sehr resoluter Fußballtrainer.

Er sagte: »Ich kenne hier eine Bar mit Striptease von einer üblen Sorte. Wir sollten dorthin gehen, um uns etwas abzulenken. Diese Mordgeschichte ist einfach zu banal. Ich habe schon der Redaktion gesagt, sie wäre Mist. Lasst uns gehen.«

Kohler sagte: »Ellen hat noch einen jungen Mann bei sich. Wollen wir ihn nicht mitnehmen?«

»Von mir aus«, sagte Ellen. »Aber er wird euch keine Freude machen.«

»Wie heißt er?«, fragte Roland.

»Schmidt«, sagte sie.

Und als dieser Schmidt kam, sagte Roland leise: »O Gott!«, und Kohler murmelte: »Auch das noch!«

»Guten Abend«, sagte dieser Schmidt. »Ich freue mich, mit Ihnen mitgehen zu können.« Er sagte es sehr verlegen und setzte schnell hinzu: »Ich bin neu.«

»Ich heiße Roland, das sind Kohler und der Poggemann«, sagte Roland. »Und jetzt wollen wir mal.«

Ich kann mich an den Namen der Bar nicht mehr erinnern, ich weiß nur, dass sie in einer Art Innenhof lag und durch nichts als die schäbige Leuchtreklame eines einheimischen Bieres auf sich aufmerksam machte. Wir verbrachten drei Stunden darin, und es kamen und gingen sicherlich nicht mehr als zwanzig Gäste. Der Volontär namens Schmidt sprach sehr viel, und als er betrunken war, sprach er über Kant und Lessing, über die symbolischen Möglichkeiten der Fotografie und wieder Lessing und Laokoons Fresse und über das fehlende Idealgefühl unseres Staates. Er sprach schnell, laut, fast bis zum Crescendo, und niemand hörte ihm zu. Aber das störte ihn nicht, denn er war sehr voll und sprach über diese Dinge auch mit der Inhaberin dieser Bar, die sehr jung war und sehr hübsch aussah.

Gegen zwölf schloss die Frau die Tür und sagte zu Roland: »Waren Sie nicht schon einmal hier?«

»Sicher«, sagte er. »Deshalb bin ich wiedergekommen. Tanzen Sie immer noch?«

»Manchmal, wenn es mir Spaß macht«, sagte sie. »Aber meistens macht es mir keinen Spaß, denn mein Laden ist fast pleite.«

»Ich sage Ihnen«, schrillte der Volontär, »man weiß doch heutzutage wirklich nicht, was man von diesen Scheißpolitikern glauben soll. Kaum haben sie gelogen, gehen sie zur Beichte und …«

»Tanzen Sie doch einmal für uns«, sagte Roland. »Ich erinnere mich, dass es eine sehr aufregende Sache ist.«

»Ich bin nicht mehr gut in Form«, sagte die Frau. »Wollen Sie noch Whisky?«

»Natürlich«, sagte Roland. »Geben Sie uns eine Flasche. Das macht die Sache einfacher.«

»Bars gehen nicht mehr«, sagte die Frau. »Und tanzen kann ich nur, wenn der Laden abgeschlossen ist. Die Leute wollen obszöne Sachen. Aber nur in der Zeitung.« Ellen sagte: »Tanzen Sie nun oder nicht?«

»Ja schon«, sagte die Frau. »Aber ich muss erst ein wenig in Stimmung kommen. Es ist nämlich ein bisschen so, als müsste ich mit jemandem ins Bett gehen.«

»Ordinär«, sagte der Volontär. »Glauben Sie an Gott?«

Die Frau, die wirklich hübsch war und ganz kurzes Haar hatte und sehr große Brüste, lachte und murmelte: »Das kommt darauf an, was er mir bietet.«

»Ordinär«, sagte der Volontär, und er war sehr betrunken. Dann lachte er und sagte: »Ich bin besoffen, deshalb sollten Sie das nicht ernst nehmen. Ich will Sie tanzen sehen. Mein Gott, haben Sie einen Busen.«

Diese Frau sagte: »Konntet ihr ihn denn nicht im Hotel lassen?«

»Warum?«, sagte Ellen. »Schließlich braucht er etwas, um daran zu glauben.«

»Vielleicht an meinen Busen?«, lachte die Frau.

»Sicher«, sagte Ellen. »Er ist sehr kompakt.«

»Nicht so«, sagte Kohler. »Das passt nicht zu dir.«

Du sitzt da und hörst zu, und plötzlich bist du für einen Augenblick lang wieder der Junge, der einmal Messknabe war und im Hochamt des Bischofs dienen durfte. Du erinnerst dich, wie es dich jedes Mal würgte, weil du den Weihrauch nicht vertragen konntest, und du erinnerst dich, wie du Messwein getrunken hast und dann in der Sakristei eingeschlafen bist. Du erinnerst dich an den muffigen Geruch der Beichtstühle und an das *Ego te absolvo*. Und du erinnerst dich, dass du eines Tages von alldem fortgegangen bist, weil sie dir immer sagten: »Wer glaubt, wird belohnt werden«, und weil sie vergessen hatten, dir zu sagen, wie man überhaupt zu diesem Glauben gelangt.

Ellen sagte: »Es ist besser, er glaubt an die Wirklichkeit.«

»Hört auf mit diesem philosophischen Zeug«, sagte Roland. »Komm, Mädchen, die Bude ist zu. Wir sind allein. Du kannst tanzen.«

»Ich habe noch die beiden Mädels da«, sagte die Frau und deutete auf die Bar, hinter der zwei junge Mädchen miteinander sprachen.

»Schick sie nach Hause«, sagte Roland.

Die Frau stand auf und sagte: »Ihr könnt gehen.« Und sie hatte es kaum gesagt, als die beiden Mädchen hinter einem Vorhang verschwanden. »Die parieren, was?«, fragte die Frau.

»Ich bin gespannt«, sagte Ellen. Dann griff sie nach meiner Hand und hielt sie fest. Für mich bedeutete das nichts mehr, darum wehrte ich mich nicht dagegen. Und Kohler muss es begriffen haben, denn er lächelte leicht und zwinkerte mit den Augen.

»Ich muss erst eine Zigarette rauchen«, sagte die Frau, und sie war sichtlich stolz darauf, dass es in dieser Stadt eine Frau gab, die irgendwelches Rauschzeug benutzte. Sie lehnte sich über die Bar und drehte die Zigarette sehr sorgfältig. »Am Morgen werde ich Kopfschmerzen haben«, sagte sie, »aber was soll das schon? Irgendwann muss ich den Laden hier sowieso schließen. Die Leute wollen keine Bars mehr.«

Roland ging zu ihr und gab ihr Feuer, und sie rauchte hastig und sog den Rauch sehr tief ein, wobei sie einen Augenblick nicht ausatmete, um ihn voll zur Wirkung zu bringen.

»Darf ich mal ziehen?«, fragte der Volontär.

»Komm«, sagte sie.

Der Volontär ging zu ihr hin und zog einmal an der Zigarette. Er blickte aufmerksam auf den Fußboden und wartete auf eine Wirkung. Schließlich sagte er: »Das hat nicht gereicht.«

»Für zehn Mark bist du dabei«, sagte die Frau, und sie drehte ihm eine Zigarette und sich auch und rauchte sie ebenso hastig wie die erste.

Der Volontär kam an den Tisch zurück, die Zigarette ließ er zwischen den Lippen hängen. »Großartig«, sagte er. »Ist das das Zeug, was aus Persien kommt?« Er war klug genug, einiges sagen zu können, aber nicht klug genug zu schweigen.

»Macht doch nichts«, sagte Roland. »Komm setz dich und kotz nicht.« Dann wandte er sich an die Frau an der Bar und fragte: »Willst du einen Whisky?«

»Wodka«, sagte sie. »Oder besser Korn. Die einfachen Sachen bringen mehr Schwung. Geh an den Apparat und drück *Sunny*. Drück es gleich vier- oder zehnmal. Danach tanze ich am liebsten.« Sie bewegte sich jetzt langsamer und summte etwas vor sich hin.

»Na schön«, sagte Roland. »Dann brauchen wir Kleingeld.« Er nahm uns allen die Markstücke und Fünfzigpfennigstücke ab und ging an den Musikautomaten und drückte dieses *Sunny* wohl zehn- oder fünfzehnmal. »Los«, sagte er. »Zeig, dass du noch die Alte bist.«

»Ich bin neunundzwanzig«, sagte sie heiter. »Aber ich habe es nicht nötig, irgendwelche Sachen zu tragen, um den Busen zu heben oder so. Gebt mir einen Schluck Whisky.«

»Es ist eine blöde Welt«, sagte der Volontär, und seine Pupillen waren sehr weit und dann wieder sehr eng.

»Lass sie jetzt«, sagte Roland. »Sieh zu und halt den Mund.«

Die Musik kam sehr gedämpft aus einer Unzahl von Lautsprechern, und sie hörte sich hübsch an. Die Frau hinter der Bar sagte: »Na also!« Und dann lachte sie leise und begann auf den schmalen Grat der Bar zu klettern. »Ich fange immer hier an«, sagte sie.

*Sunny, yesterday my life was full with rain …* Das kam sehr voll, und sie begann sich in den Hüften zu wiegen.

»Sie trägt keinen BH«, flüsterte Ellen.

»Es wird eine Mordssauerei«, sagte Roland laut. »Sie ist jetzt ganz high und hört uns gar nicht mehr. Du könntest einen Schuhplattler tanzen, sie würde dich nicht hören.«

Die Frau tanzte auf der sehr schmalen Bar so sicher, als stünde sie auf einer weiten, freien Tanzfläche. Es war im Grunde kein Tanz, sie wiegte sich in Erwartung hin und her und hob nicht einmal die nackten Füße. Die Melodie rutschte um eine Quart höher, und die Frau sprang von der Bar herunter und wirbelte plötzlich rum, als sei sie geschlagen worden. Sie sagte in die Musik hinein »Ah« und »Oh«, und sie zog sich völlig aus, als sei sie dabei, einen Liebhaber in sich aufzunehmen. Und dann war es nichts anderes als brutale, sabbernde Geilheit, und sie hielt das vielleicht zehn Minuten durch, ehe sie sich fallen ließ und gluckste.

»Na so was«, sagte der Volontär. »So eine Sauerei!« Er sprang plötzlich auf und brüllte: »Du bist doch nichts als eine Hure ohne Wohnung!« Und er stellte sich dicht neben die Frau und sah auf sie hinunter, als wolle er sie schlagen.

»Komm her, Freundchen«, sagte die Frau weich. »War ich nicht gut?«

»Du warst fabelhaft«, sagte Roland vergnügt. Er war nichts als vergnügt.

»So eine Schweinerei!«, sagte der Volontär leise, und dann ging er schnell zu den Toiletten und wir hörten trotz der Musik, wie er sich erbrach.

»Ich will gehen«, sagte Ellen.

»Ich auch«, sagte Kohler, aber er war so sehr betrunken, dass er lallte und nicht aufstehen konnte.

Ellen nahm meine Hand, und wir gingen hinaus, weil die nackte Frau da auf dem Boden widerlich war und krank und allein und lachte, als habe sie irgendein Glück gefunden.

Die Stadt war sehr still. Unsere Schritte auf dem Hof waren laut.

»Bist du zufrieden?«, fragte sie.

»Ich weiß es nicht«, sagte ich. »Meinst du dieses Theater der Frau?«

»Nein, ich meine dich.«

»Ich weiß es nicht«, sagte ich.

»Ich habe gehofft, dich zu treffen«, sagte sie. »Aber ich weiß, dass es mir nicht sehr viel Glück bringen wird.«

»Warum muss es Glück bringen?«, fragte ich und dachte an Eichhörnchen, die sicherlich verzweifelt war und auf mich wartete.

Ich war nicht sehr betrunken und freute mich darüber und sagte: »Du wirst wohl noch einige Tage hierbleiben.«

»Ja«, sagte sie. »Aber wir sehen uns wohl wieder.«

»Natürlich«, sagte ich und hatte den Plan, Eichhörnchen anzurufen und zu sagen, dass es mir gut gehe.

»Gehn wir in das Hotel oder gibt es hier noch irgendein nettes Lokal?«

»Ich kenne diese Stadt nicht«, sagte ich. »Ich möchte ins Hotel gehen.«

»Gut«, sagte sie. »Ich bin sehr müde. Tut es dir leid?«

»Nein.«

»Ich meine die Geschichte in Chamonix.«

»Es war keine Geschichte«, sagte ich. »Es war ein bisschen Glück.«

»Na ja«, sagte sie leichthin und ging an den Brunnen auf dem Platz und tauchte ihre beiden Arme in das Wasser. »Es ist kühl und treibt den Schwips fort«, sagte sie ernsthaft. »Hast du deine Frau sehr oft betrogen?«

»Ich weiß es nicht«, sagte ich. »Ich kann Betrug nicht mehr so einfach katalogisieren. Was ist Betrug?«

Sie lachte und nahm mich mit ihrer nassen Hand am Arm, und als wir in das Hotel hineingingen, spürte ich das Wasser, wie es durch den Stoff des Jacketts und des Hemdes kroch. Es war sehr kühl auf der Haut. Ich sagte dem Nachtportier, dass er sehr früh Geld für mich erhalten werde, und er antwortete: »Lassen Sie mir Ihren Pass da, sonst kann ich das Geld nicht annehmen.«

Ich gab ihm den Pass und schrieb auf einen Zettel, dass dieser Portier berechtigt sei, mein Geld in Empfang zu nehmen. Dann bat ich ihn, mir einige Flaschen Bier zu bringen, und gab ihm einen Zwanzigmarkschein. Er fragte: »Wünscht das Fräulein auch etwas?«

»Einen Kognak«, sagte Ellen. Wir gingen die Treppe hinauf und in mein Zimmer, als handele es sich um eine Selbstverständlichkeit. Ich wollte nur sie und war an einem Gespräch nicht interessiert. Ich wollte ihre Wildheit, wie man einen Mantel will, wenn man friert. Aber ich bekam sie nicht, ohne mir einige der Dinge anhören zu müssen, die für sie wichtig waren.

»Dieser Beruf ist gnadenlos«, sagte sie.

»Das ist jeder Beruf«, sagte ich. »Nur die Mittelmäßigkeit kann ruhig schlafen.«

»Ich mache diese Serie nur, um mich nicht im aktuellen Geschäft zu blamieren«, sagte sie. »Ich habe Angst, Aktuelles zu machen. Ihr seid so rücksichtslos wie Hyänen.«

»Du übertreibst das«, sagte ich. »Du hast andere Möglichkeiten. Du kannst zum Beispiel in einer dieser Frauenzeitschriften arbeiten, die nach dem Motto laufen: ›Das-Leben-ist-doch-so-schön-und-eigentlich-furchtbar-einfach‹. Du kannst auch zu irgendeiner ganz seriösen Einrichtung gehen.«

»Das werde ich auch«, sagte sie.

Der Portier kam mit den Getränken und sagte: »Es ist der Geschäftsleitung unangenehm, diese Sache. Aber das Fräulein darf nicht auf diesem Zimmer sein.«

»Wir sind Journalisten«, sagte ich. »Wir arbeiten an einem Mordfall.«

»Eben«, sagte sie. »Mir ist es sowieso egal. Gute Nacht.«

»Gute Nacht«, sagte ich. »Und danke schön.«

»Na ja«, sagte er wie ein Vater und ging hinaus.

»Das war unverschämt«, sagte Ellen.

»Das war es nicht«, sagte ich. »Er hat seine Weisungen. Und man schmeißt ihn hinaus, wenn er sich nicht daran hält.«

»Wie soll das weitergehen mit uns?«, fragte sie und setzte sich in einen der Sessel.

»Ich weiß es nicht«, sagte ich. »Wie alle diese Geschichten weitergehen. Man wird sehen.«

»Wer ist man? Du oder ich?«

»Das mit Chamonix war ein Fehler«, sagte ich.

»Ich bin zu dir gekommen, nicht du zu mir«, sagte sie. »Du brauchst dir keine Vorwürfe zu machen.«

»Das ist eine leichte Lüge«, sagte ich. »Du willst es mir einfacher machen, aber du machst es schwerer.«

»Bin ich für dich ein Problem?«

»Natürlich.«

»Ein großes oder ein kleines?«

»Ein großes, glaube ich.«

»Aber warum?«, sagte sie. »Wir können es doch so einfach haben. Ich bin nichts als deine Geliebte. So etwas gibt es doch überall.«

»Sicher«, sagte ich. »Es wird gleich hell.«

»Wann wollt ihr fahren?« Sie kam zu mir und setzte sich auf meinen Schoß und biss mir in das Ohr.

»Gegen Mittag«, sagte ich. Es war keine Reise in die Zärtlichkeit, es war eine Hetze, und alles erlosch in dem Augenblick, in dem sie schrie und dann ihr Gesicht zur Seite legte, ein sehr weißes, junges Gesicht. »Ich habe es gehabt«, sagte der Mund in dem Gesicht.

Dann sah ich ihr zu, wie sie sich anzog. Als sie sagte, sie ginge auf ihr Zimmer, um sich zurechtzumachen, nickte ich nur und schlief bis zu dem Augenblick, in dem Kohler mich anrief und sagte, es sei zwölf Uhr, das Geld sei da, wir könnten fahren. Das Mädchen Ellen sah ich nicht mehr und fragte auch nicht nach ihr.

Kurz nach Trier wurden wir auf der Moselstraße von einem Polizeibeamten auf die linke Straßenseite gewunken.

»Fahren Sie langsam«, sagte der Beamte. »Unfall.« Kohler fuhr langsam und pfiff vor sich hin und sagte: »Schlaf weiter. Es ist nur ein Unfall.« Und dann sagte er hastig und direkt: »Ach, du lieber Gott!«

Ein Lastkraftwagen und ein blauer Opel waren zusammengestoßen, und von dem blauen Opel sah man nur hin und wieder einen Farbklecks Blau. Der Lastwagen stand da wie ein siegreicher Panzer, und der Opel duckte sich wie ein Hund, der Angst hat, Prügel zu bekommen. Aus dem Fenster, aus dem Schlitz, der einmal ein Fenster gewesen war, baumelte ein Bein, und es war Ellens Bein, denn es war ihr Schuh.

»Halt an«, sagte ich.

»Nein«, sagte er.

»Halt an!«, schrie ich. »Es ist Ellen.«

»Habe ich gesehen«, sagte er. »Ist ihr Wagen. Ob dieser Schmidt auch dabei war?«

Ich stieg aus und ging auf den Blechhaufen zu, und einer der Polizisten wollte mich abdrängen, aber ich sagte ihm, ich sei ein Kollege der Fahrerin.

»Ein Mann ist gefahren«, sagte der Beamte. »Ein junger Mann.«

»Hieß er Schmidt?«

»Ja«, sagte der Beamte. »Sie sind beide tot. Die haben nichts mehr gemerkt.«

»Ist es lange her?«

»Eine Viertelstunde vielleicht. Kennen Sie Anverwandte?«

»Nein, aber den Chef. Ich rufe ihn an.«

»Das ist gut«, sagte der Beamte. »Und gehen Sie lieber nicht hin. Die haben keine Köpfe mehr.«

»Wie ist es passiert?«

»Der Lastwagenfahrer sagt, der junge Mann wäre quer durch die Kurve gekommen. Viel zu hohe Geschwindigkeit, wissen Sie. Man kennt das ja. Immer darauf, bis es mal knallt.«

Ich drehte mich herum und ging zu unserem Wagen zurück. »Fahr weiter«, sagte ich. »Schmidt ist gefahren. Sie waren beide sofort tot. Ich rufe ihren Chef an. Also halt an der nächsten Kneipe.«

Kohler fuhr weiter, aber nach einigen Hundert Metern kam die Angst wie eine Flamme, und er hielt an und stieg aus und lehnte sich an einen Baum. Ich rutschte hinter das Steuer und brüllte: »Steig ein, wir besorgen uns einen.« Da kam er heran und setzte sich neben mich. Ich fuhr so schnell ich konnte, denn Kohler durfte jetzt nicht ausfallen. Ich musste jemand haben, mit dem ich reden konnte.

Wir tranken Trester. Kohler trank nur so viel, dass seine erste heftige Angst langsam wich. Dann nahm er von den gelben Pillen.

Ich trank nur ein Glas, bevor ich Ellens Chef anrief und ihm sagte, was passiert sei.

»Das darf nicht sein«, sagte er. »Können Sie dableiben, bis ich komme?«

»Unmöglich«, sagte ich. »Ich habe heute Abend ein Interview.« Dann hängte ich ein, es war mir einfach zu schwer, weiter darüber zu sprechen.

Kohler fragte: »Warst du mit ihr zusammen in der Nacht?«

»Ja.«

»Wahrscheinlich ist es deshalb passiert, weil dieser Scheißvolontär Haschisch geraucht hat und betrunken war.«

»Wahrscheinlich«, sagte ich. »Sie wollte keine aktuellen Stoffe mehr machen, hatte sie mir gesagt.«

»Jetzt war sie aber sehr aktuell«, sagte er müde. »Sehr sogar. War es eine ernste Sache für dich?«

»Ich weiß es nicht«, sagte ich und dachte an das Bein, das aus dem Fenster hing. »Ich glaube, es war ernst.«

»Man darf so etwas nicht sagen«, murmelte er. »Aber eigentlich ist dieses Ende gut.«

»Hör auf«, sagte ich.

»Aber man denkt so etwas«, sagte er. »Menschen sind so. Und eines Tages wirst du so denken.«

»Sie war sehr wild«, sagte ich.

Später im Wagen, als ich fuhr, sagte er: »An was hat sie eigentlich geglaubt?«

»Wir haben nie darüber gesprochen«, sagte ich. »Wahrscheinlich an nichts Bestimmtes. Vielleicht manchmal ein bisschen an sich selbst, an irgendwelche Jungmädchenträume.«

»Das ist wenigstens etwas«, sagte er. »In meinem Fall wäre das schon schwieriger.«

Danach sprachen wir nicht mehr, die ganzen vielen Hundert Kilometer lang, die ich so schnell und so riskant, wie möglich herunterfuhr, nur um irgendetwas zu tun. Wir nahmen in dieser Stadt namens Klafeld Hotelzimmer und hatten noch zwei Stunden Zeit, uns umzuziehen, etwas zu essen und dergleichen Dinge zu tun. Aber wir zogen uns nicht einmal um. Wir saßen in Kohlers Zimmer und tranken Bier und sprachen nicht miteinander, bis es Zeit wurde, zu diesem Mann namens Monner zu gehen, der Millionen gemacht hatte mit Grundstücken.

»Wir sehen ziemlich verwahrlost aus«, sagte Kohler, »mit den zerknitterten Anzügen und den Pullis.«

»Das macht nichts«, sagte ich. »Zettwitz ist mit diesem Mann nicht klargekommen, und so, wie wir aussehen, sind wir das Gegenteil von Zettwitz.«

»Schon«, sagte er, »aber ich fühle mich schmierig. Zum Teufel, es ist ein Blödsinn, so jung auf einer Chaussee zu krepieren.«

Wir haben danach nie mehr ein Wort über Ellen gesprochen.

Monner residierte in einem schlossähnlichen Haus in einem Park mit hohen Kastanien, alten Blutbuchen und kanadischen Fichten.

Ich sagte in die Sprechanlage am Tor, wer wir seien, und ein Mann sagte: »Ach so. Fahr'n Sie bitte vorsichtig.« Dann glitt das Tor beiseite, und wir fuhren durch den Park auf das Haus zu.

»Gibt es irgend etwas Besonderes?«, fragte Kohler.

»Nichts. Wir haben nur herauszufinden, wie er seine erste Million machte, was er über Geld denkt und so weiter. Und ein paar hübsche Bildchen musst du machen. Das ist alles.«

»Und wenn er nicht will?«

»Er wird wollen. Er weiß schließlich, weshalb wir hier sind. Er hat uns bestellt, nicht wir ihn.«

Es war eine richtige Freitreppe, die zum Haus führte. Ich fürchtete schon, dieser Monner würde uns im Smoking empfangen, als plötzlich die Tür aufgerissen wurde und ein Mann, so breit wie ein Boxer, auf uns heruntersah. Er trug dunkle Hosen und einen hellgrauen Pullover und sagte: »Also, dann quetscht mal den Monner aus. Das bin ich.« Er grinste und gab uns die Hand und sagte: »Ihr seht wenigstens aus wie normale Leute.«

»Herr Zettwitz ist auch normal«, sagte ich. »Aber er kann eben ohne Smoking nicht leben.«

»Dieser Lackaffe«, sagte Monner. »Er hat mich gefragt, ob ich eine Philosophie des Geldes erdacht hätte. So ein Arschloch.«

»Gott sei Dank«, sagte ich.

»Wieso?«

»Na, ich dachte schon, man dürfte hier nicht Arschloch sagen.«

Er lachte dröhnend. »Ihr dürft mir nur nicht ins Schwimmbad pinkeln, Jungens. Sonst dürft ihr alles.«

»Na denn«, sagte ich.

Er führte uns durch eine sehr große Halle, in der ein Kamin brannte, und erklärte: »Ich hab' mir gedacht, wenn da Feuer brennt, gibt's bessere Bildchen. Stimmt's?«

»Klar«, sagte Kohler. »Ich bin direkt froh, mal einen normalen Menschen zu treffen.«

»Ich bin normal«, sagte Monner. »Jedenfalls normal, dass ich mich von euch nicht auf's Kreuz legen lasse. Wir gehen ins Tropicum.«

Kohler sah mich an und sagte laut und ungeniert: »Wir sind bei reichen Leuten.« Monner lachte schallend und nickte ein paarmal.

Während wir durch sehr viele Räume gingen, die alle zu voll gestellt waren, fragte ich: »Empfangen Sie Ihre Gäste immer selbst?«

»Nein. Für Geschäftsfreunde gibt es einen Butler. Kein Engländer, aber trotzdem so stinkvornehm, dass ich ihm jeden Morgen in den Hintern treten möchte. Aber ich trau mich nicht.« Er lachte wieder. »Heute Abend ist niemand da. Keine Köchin, kein Butler, kein Gärtner, keine Kinder, keine Frau. Ich mache Betriebsferien.«

»Das ist schlecht«, sagte Kohler. »Ich wollte eigentlich Bilder von Ihnen mit der Familie machen.«

»Der Fotograf, der mit diesem Zettwitz da war, hat welche gemacht. Ich finde sie nicht gut, aber ich wollte allein sein und hab' das Fußvolk weggeschickt. Jetzt ist nur die Belegschaft von Erna da.«

»Wer ist Erna?«

»Eine Schulfreundin«, sagte er. »Sie hat ein paar Hotels hier in der Gegend. Und ich glaube, auch ein paar Puffs. Aber sie redet nicht drüber. Erna ist eine Glanznummer.«

»Und angenommen, Ihre Frau kommt plötzlich?«

Er machte ganz abrupt halt und drehte sich herum. »Die wird sich erstens hüten«, sagte er sanft, »und zweitens werde ich sofort informiert, wenn sie die Absicht hat, hierher zurückzukehren.«

Er sah mich an und grinste dann. »Das ist keine feine Tour, ich weiß. Aber manchmal muss man es mit anderen Touren machen, sonst hat man seine Ruhe nicht mehr.«

»Richtig«, sagte Kohler. »Und jetzt habe ich Hunger.«

Monner grinste: »Mein lieber Mann, ihr seid vielleicht Marken.«

»Kohler ist ein Waisenkind«, sagte ich. »Man kann ihm das Schnorren nicht abgewöhnen.«

»Denn wollen wir mal«, sagte Monner. Er ging weiter und stieß eine Tür auf. Der Lärm kam wie ein Wasserfall. Es war ein sehr großes und heißes Treibhaus voller

Blumen, und im Hintergrund sah man die Oberfläche eines Schwimmbeckens.

»Das Tropicum«, sagte Monner. »Ich hab's gern warm.« Er brüllte: »Erna! Erna!«, und durch den breiten Gang zwischen den Blumen kam eine unglaublich dicke Frau herangewatschelt. Sie trug einen Bikini. Es sah so scheußlich aus, dass Kohler sofort zu fotografieren begann. »Nicht doch«, sagte Monner.

»Für sie«, sagte Kohler. »Ich kann mit den Bildern nichts anfangen.«

»Das ist gut«, sagte Monner. »Erna, das sind die Wunderknaben von der Illustrierten.«

»Na und?«, sagte sie. »Musst du mich deshalb aus dem Wasser holen? Und der da hat mich fotografiert.« Sie wies anklagend auf Kohler, und ihr breiter, blutig geschminkter Mund schnappte nach Luft.

»Wird nicht veröffentlicht«, sagte Monner.

»Schön«, sagte die Frau. »Ich will mich auch so nicht sehen.«

Sie ließ sich in einen Sessel fallen, der an einem Tisch vor dem Gewirr der Blumen stand. »Dann mach mal dein Interview und schmeiß die Jungens raus. Wir wollen doch noch was feiern.«

»Das können wir mit den Jungens auch«, sagte Monner. »Die sind eine andere Sorte als dieser feine Pinkel von neulich.«

Hinten an dem Schwimmbecken war sehr viel Gelächter und Gekreische. »Die sind schon ganz schön in Fahrt«, sagte Monner. »Wollen wir das Interview nebenbei machen oder wollen Sie das auf Tonband oder wollen Sie irgendwo vornehmer sitzen?«

»Nebenbei«, sagte ich.

»Badehosen sind in dem Korb da«, sagte er.

Wir nahmen uns jeder eine Badehose und zogen sie an. Wir stellten uns dabei ganz einfach hinter die Tür und ich konnte durch die Glasscheibe sehen, wie sich unter der dicken alten Frau, die Erna hieß, eine Wasserlache auf der Seite des Sessels sammelte. Es sah widerlich aus. »Dolce vita«, sagte Kohler.

»Nein«, sagte ich. »Monner ist kein Mann für so etwas. Er spannt auf diese Weise aus, und wahrscheinlich sind sie alle so besoffen, dass sie nur Blödsinn machen können, aber niemals im Bett. Außerdem ist Monner nichts anderes als ein reich gewordener Kumpel. Gar nichts anderes.«

»Das geht mir alles viel zu glatt«, murmelte Kohler. »Der hat uns ja jetzt schon mehr gesagt, als er jemals vertreten kann.«

»Er wird schon wissen, warum«, sagte ich. »Das kann eine gute Geschichte werden, er ist ein Original.«

»Na denn«, sagte Kohler.

Monner kam vom Schwimmbecken zurück. Er sagte: »Aufnahmen machen wir morgen früh.«

»Gut«, sagte Kohler. »Ist mir recht.«

Das Schwimmbecken war sehr groß, so groß wie eine städtische Badeanstalt. Auf allen Seiten waren Sitzbänke, und hoch oben lag über uns allen eine sehr große Glasfläche. Es waren vielleicht zwanzig Männer und Frauen da, und sie waren alle so jung wie ich oder Kohler. Sie wirkten verspielt und überdreht.

»Ein paar von den Mädchen sind sehr nett«, sagte Monner. »Jedes Mal, wenn ich Betriebsferien mache, kommt Erna mich mit dem Trupp besuchen. Und sie besaufen sich, und ein paar verschwinden dann ab und zu hinter den Büschen im Garten. Sollen sie doch.«

»Es ist sehr schön hier«, sagte ich.

»Es kommt auf die Leute an«, sagte er grinsend. »So ist es schön.«

Kohler sprang in das Wasser und brüllte irgendetwas, ehe er absank. Monner lachte und warf ihm eine leere Flasche nach. »Der ist eine Marke.«

»Er ist in Ordnung«, sagte ich.

»Das ist dasselbe«, sagte Monner. Dann stieg er an einer Leiter in das Wasser und schwamm los. Er kümmerte sich überhaupt nicht um mich.

Die alte dicke Frau neben mir sagte: »Er ist noch immer gut in Form. Er hat sich besser gehalten als ich. Und dabei hat der Schweinehund mir meine Unschuld geraubt.« Dann lachte sie schallend und schlug mir auf den Rücken. »Los, rein ins Wasser.«

»Langsam«, sagte ich. »Kommen Sie mit?«

»Klar«, sagte sie. »Erna kommt mit. Du darfst Erna sagen. Aber nur heute Abend.« Und es gab ein mächtiges Gespritze, als sie sich einfach fallen ließ.

Wir schwammen eine halbe Stunde und spielten Ball mit irgendwelchen jungen Mädchen oder jungen Männern. Monner sagte mir, es seien Stubenmädchen und Kellner. »Einfache Leute, wie ich«, sagte er. »Drei- oder viermal im Jahr lade ich sie ein, und das gibt jedes Mal eine großartige Sache.«

»Haben Sie keine Nachbarn, die der Lärm stört?«

»Nachbarn gibt es nicht«, sagte er. »Haben Sie sich noch keine Frage einfallen lassen?«

»Eine«, sagte ich. »Wieso sind Sie eigentlich so offen?«

»Komisch, wie?«, sagte er. »Aber das ist ziemlich einfach. Nichts wird gedruckt, was ich nicht vorher gelesen habe.«

»So ist das also.« Ich bemühte mich, es leicht hinzusagen.

Ich fand kein Handtuch und nahm schließlich einen Bademantel, der irgendeinem der Mädchen gehören musste. Er war orangefarben mit einer Kapuze und einem Gürtel aus kupfernen Kettengliedern.

Kohler ging langsam mit einem sehr bleichen, sommersprossigen, rothaarigen Mädchen vorbei. Ich hörte: »Und wann nehmt ihr das Zeug?«

»Wenn wir genug getrunken haben«, sagte sie. »Mescalin. Kennen Sie das?«

»Nein«, sagte Kohler.

»Monner nimmt es nur, weil alle anderen was anderes nehmen. Und er muss immer anders sein«, sagte sie. »Er ist pervers, Sie werden's sehn.«

In der Schwimmhalle war kein Telefon, und ich ging hinaus an der dicken Erna vorbei, die in dem seidenen Sessel lag und schnarchte. Die Räume waren erleuchtet. Es war alles hier sehr still. Bis auf das Geklapper von Geschirr. In einem Raum, der ganz in Rot gehalten war, liefen einige Mädchen und Jungen herum. Sie waren alle nackt und deckten mit der Emsigkeit von Insekten einen langen Tisch.

»Ist hier irgendwo ein Telefon?«

»Ja«, sagte eines der Mädchen. »Ich glaube, im Schreibzimmer. Das da drüben.«

»Danke«, sagte ich. »Was macht ihr denn hier?«

»Wir decken den Tisch.«

»Warum denn nackt?«

»Monner will das so«, sagte einer der jungen Männer. »Und hinterher sind wir auch jedes Mal erkältet.«

Sie lachten alle zusammen, und für alle war es nichts Besonderes.

»Soll das eine Orgie werden?«

»Wie man's nimmt«, sagte das Mädchen. »Auf jeden Fall anstrengend.«

Wieder lachten sie alle, und ich ging in dieses Schreibzimmer und rief Braumann zu Hause an. Es war mir gleichgültig, ob er schon schlief oder nicht.

»Hör zu«, sagte ich. »Was soll diese Geschichte? Was soll ich diesen Mann fragen, wenn er den Text kontrollieren kann?«

»Junge, es tut mir leid«, sagte er matt. »Aber er wollte Leute, mit denen er normal sprechen kann. Er hat in diesem Jahr zwanzig Seiten mit Anzeigen belegt. Ihm gehört irgendeine Nudelfabrik. Er ist King, verstehst du? Also mach einen stinknormalen Text. Du kannst erfinden, was du willst, Hauptsache, es tut ihm nicht weh.«

»Hier hopsen eine Menge nackter Leute herum«, sagte ich. »Und sie sind voll von provinziellem Stolz, dass sie Mescalin nehmen dürfen, besser, dass sie überhaupt wissen, dass es so etwas wie Mescalin gibt. Und da soll ich ein Interview machen, das Monner anschließend kontrolliert.«

»Es geht nicht anders«, sagte Braumann. »Sei ruhig, Junge. Steh die Sache durch, und du darfst nach Hause kommen.«

»Weil du es bist«, sagte ich.

Dann ging ich durch den Speisesaal zurück und sah, wie einer der jungen Männer sehr erregt war und eines der Mädchen an sich presste und sagte: »Lieber jetzt als später.«

Das Mädchen war blond, ein wenig dicklich, und die Zähne standen sehr weit auseinander. Ihre Stimme war schrill und voll Gelächter. »Wenn du meinst. Und wo?«

»In der Halle ist doch so ein dicker Teppich«, sagte der Junge.

»Und der Kamin«, sagte das Mädchen, dann rannten sie hinaus.

Ich ging wieder in diese schwüle Schwimmhalle mit den vielen Blumen und fand Kohler in einem Gartenstuhl sitzen und laut vor sich hin singen, sodass die Muskelstränge an seinem Hals wie Wäscheleinen hervortraten. »Er hat Benzedrin genommen«, sagte Monner. »Das ist nicht gut vor dem Essen.«

»Blödsinn«, sagte ich.

»Er hat mich unterschätzt«, sagte Monner. »Bei mir ist wirklich was los.«

»Das glaube ich. Was hat eigentlich diese Halle hier gekostet?«

»Zweitausend Riesen«, sagte er.

»Wie sind Sie an die erste Million gekommen?«

»Es war einfach«, sagte er. »Sie müssen sowieso eine andere Geschichte erfinden, da kann ich es Ihnen ruhig sagen. Kommen Sie mit.« Er stockte einen Moment und sagte dann: »Es war nicht ungesetzlich. Ungesetzlich war es nicht.«

Kohler brüllte noch immer aus vollem Hals, und im Grunde war es das Vernünftigste, was er tun konnte. Als wir an ihm vorbeikamen, sagte ich: »Brüll weiter. Du musst dich so müde wie möglich machen. Und nimm keine Tablette mehr.«

Obwohl er nicht aufhörte zu brüllen, nickte er und sang irgendeinen Schlager. Ich ging weiter hinter Monner her.

Wir standen im Garten. Es war so warm, dass uns ein Bademantel reichte. Er steckte sich eine Zigarre an und wartete, bis ich die Pfeife gestopft hatte, dann sagte er: »Das mit dem ersten Geld war ganz einfach. Damals war ich Gemeindeangestellter in einem ziemlich kleinen Nest. Ich musste alles buchen. Von Passverlängerung bis zum Sterberegister. Aber ich war auch das Katasteramt, denn der Bürgermeister war versoffen, und ihn interessierte nichts. Eines Tages kommt jemand von der Landesregierung und spielt sich auf wie der liebe Herrgott.« Er lachte und warf die Zigarre auf den Kiesweg. »Mein Gott, war das ein Idiot. Er sagte mir, ich müsse unbedingt den Mund halten, und dann zeigte er mir Pläne. Und damit machte ich mein erstes Geld. Es war mehr als eine Million. Die Pläne zeigten nämlich die Trassenführung einer neuen Autobahn. Sie führte sechzehn Kilometer lang durch das Gebiet, das ich verwaltete. Abends machte ich den Kerl besoffen und verfrachtete ihn ins Gasthaus. Dann zeichnete ich mir den Plan ab. Nun war es natürlich schwierig, an das Land zu kommen, aber es gab ja noch einen Bankdirektor, der sofort begriff, was ich meinte. Ich bekam Kredit und kaufte von den sechzehn Kilometern insgesamt zwölf. Natürlich musste ich auch Brachland in Kauf nehmen, aber das war unwesentlich. Als es so weit war, gehörte alles der Bank. Die Regierung zahlte fünf Millionen. Der Direktor bekam zwei, ich drei. So war das.«

»Und hat dieser Regierungsmensch nie Verdacht geschöpft?«

»Er konnte nicht, denn er wurde mein Geschäftsführer. Das ist er heute noch.«

»Guter Mann?«

»Ein sehr guter. Er hat viel von mir gelernt seit damals.«

»Und was erzählen Sie gewöhnlich, wenn Sie jemand nach dem Grundstock Ihres Vermögens fragt?«

»Immer dasselbe«, sagte er ruhig. Aber er war voll von Mescalin. »Ich sage, ich hätte in der Anfangszeit des allgemeinen Aufstiegs gewagt und gewonnen. Und eigentlich stimmt das sogar. Oder nicht?«

»Natürlich«, sagte ich. »Wie vermögend sind Sie heute?«

»Ich weiß es nicht ganz genau«, sagte er. »Ich schätze die Grundstücke auf vier bis fünf Millionen. Auslandsbesitz etwa sechs. Dazu Aktien und Gesellschaften, die nicht wissen, dass sie mir gehören. Noch einmal vier Millionen oder mehr. Ich weiß nicht.«

»Warum sind Sie nicht in die Schweiz ausgewichen?«

»Bin ich ja«, sagte er. »Ich bin dort bloß eine Nummer.«

»Abgesehen von diesem Abend, was für ein Leben führen Sie?«

»Ganz normal«, sagte er. »Weihnachten zu Haus, Ostern zu Haus, Pfingsten zu Haus. Ich habe ein Büro in Frankfurt, aber ich fahre kaum hin. Das läuft ganz automatisch. Ich arbeite ungefähr zwölf Stunden am Tag. Und zwar arbeite ich nur an Zukunftsprojekten. Ich tüftle aus, was man machen könnte, verstehen Sie?«

»Wie macht man so etwas?«

»Man bildet sich«, sagte er ernsthaft. »Man liest alles, was einem unter die Finger kommt, von der Tageszeitung bis zu Churchill-Biografien, verstehen Sie? Irgendeine Stelle fällt einem plötzlich auf, irgendwo steht plötzlich ein Geschäft. Manchmal merkt man es erst später. Die Hauptsache ist, dass man es merkt.«

»Wie verhalten Sie sich der Steuer gegenüber?«

»Auch normal. Ich habe fünf Leute für meine Steuern. Manchmal ärgert man sich, aber das ist nicht zu umgehen.«

»Warum arbeiten Sie überhaupt noch?«

Er blieb stehen und scharrte im Kies. »Das frage ich mich auch. Wahrscheinlich kriegt man die Nase nicht voll. Außerdem macht es Spaß.«

»Fördern Sie irgendwelche gemeinnützigen Verbände?«

»Ja. Ich habe da Freunde in der Caritas. Ich habe der Caritas ein Pflegeheim gebaut. Nur wusste die nicht, dass die Baugesellschaft mir gehört.«

»Ist das moralisch zu rechtfertigen?«

»Moral.« Er wischte etwas nicht Erkennbares weg.

»Angenommen nun, irgendjemand kommt hinter diese Sache mit der Caritas, was dann?«

»Nichts«, sagte er. »Für die Caritas ist es nach wie vor ein Geschenk. Es ist doch vollkommen gleichgültig, wer das gebaut hat, oder?«

»Ja.«

»Na, sehen Sie. Im Geschäft ist es wie bei einem Kapitalverbrechen. Je simpler der Plan, um so einfacher die Ausführung.«

»Manchmal sprechen Sie wie ein Bauer, manchmal wie ein gebildeter Mann. Was sind Sie eigentlich?«

»Mein Vater war Gemeindediener, meine Mutter half dem Küster in der Kirche. Das erste Geld meines Lebens habe ich aus dem Klingelbeutel geklaut.«

»Warum geben Sie das alles so offen zu?«

»Sie dürfen nur den von mir genehmigten Text schreiben, sonst nehme ich die Anzeigen zurück. Und warum auch nicht? Was sollen Sie schon damit anfangen? Wer würde Ihnen glauben? Ist Ihre Weste völlig weiß?«

»Nein.«

»Eben.«

Wir gingen noch ein wenig im Garten herum, und schließlich sagte er, er habe nun wohl genügend über sich gesagt, ich solle eine feine Schnulze machen.

Dann ließ er mich einfach stehen und ging zurück in den Lärm, den er sich ins Haus bestellt hatte.

## 20. Kapitel

Ich habe wieder auf dem Feldbett geschlafen, und es war sehr kalt. Meine Uhr ist stehen geblieben, ich weiß nicht, ob es sich noch lohnen wird zu frühstücken oder gleich zu Mittag zu essen.

In der Wohnung ist es so still, ich werde nachsehen, ob Angela und die Kleine überhaupt da sind.

Sie sind nicht da, es ist ein Uhr mittags. Angela hat einen Zettel hinterlassen, auf dem steht, dass sie es leid sind, den Papi immer nur im Keller hocken zu haben. Sie suchen ein Haus, und Ann hat den Vorschlag gemacht, doch ein ganz altes zu nehmen, in dem Geister sind, mit denen man nachts spielen kann.

Der Bericht muss jetzt fertig werden, ich muss mich treiben. Warum zögere ich eigentlich so lange? Warum halte ich mich mit Dingen auf, die eigentlich nicht zur Sache gehören? Wahrscheinlich habe ich Angst, nichts als Angst.

Da willst du eine Nacht bei einem Mann namens Monner schildern und hörst plötzlich auf, um dich auf ein verstaubtes, schmutziges Feldbett zu legen. Und warum? Weil du die Befürchtung hast, dass niemand dir glaubt, weil du Brutalität und perverse Personen zeichnen musst und nichts als Mitleid mit ihnen empfindest und dich fragst, ob es nicht besser ist, sie zu verschonen. Aber warum soll ich sie verschonen? Als ich begann, diesen Bericht niederzulegen, habe ich mir vorgenommen, alles zu sagen, wenigstens alles, was wahr ist und was die Erinnerung mir gelassen hat. Jetzt schwanke ich und möchte aus diesem Keller hinauslaufen. Aber ich weiß genau, dass ich wieder zu dieser Maschine zurückkehren werde, warum soll ich also aufhören?

Vielleicht ist es besser, einen oder mehrere Schnäpse zu trinken und zu schlafen. Zwar flüchte ich dann wieder, aber vielleicht ist es eine berechtigte Form von Flucht. Und Angela und Ann suchen ein Haus, in dem ich mit ihnen leben soll. Nicht mit ihnen, nein, für sie. Suche einen Glauben in deiner eigenen kleinen Welt, Poggemann. Und da gibt es eine Frau, die sagt, sie liebe dich. Was ist Liebe? Aber sie sagt es, Poggemann. Ja, sie sagt es. Aber was meint sie damit?

Das Telefon klingelte.

Es war Kohler, und er sagte, er wolle mich besuchen.

»Nein«, sagte ich, »ich habe zu viel zu tun.«

»Mir ist langweilig«, sagte er. »Ich fang' nicht eher an zu arbeiten, bis du wieder da bist.«

»Liebst du mich?«

»Und wie!« Er lachte und sagte: »Du bist noch der Alte. Dann komm ich morgen.«

Ich muss die Disziplin aufbringen und konsequent zu Ende schreiben, obwohl ich mich davor scheue, die Nacht bei Monner zu beschreiben.

Erinnere dich daran, Poggemann. Erinnere dich um der Wahrheit willen an diesen Monner, der plötzlich beim Essen aufstand und einem der nackten Mädchen eine Peitsche in die Hand gab. Erinnere dich an das Mädchen, wie sie zuerst angewidert schlug, wie dann ihre Augen sich veränderten und wie sie Gefallen daran fand, Monner zu schlagen, bis er brüllte und vor seinem Stuhl zusammenbrach. Erinnere dich an das Gesicht der dicken Erna, die unfähig war aufzustehen und die doch alles so direkt genoss, als sei sie selbst es, die die Schläge bekam. Erinnere dich an die Mädchen, die tagsüber normale Mädchen waren und Vorsuppe und Nachspeise irgendwelchen Handlungsreisenden servierten. Erinnere dich daran, wie sie sich auf die Männer stürzten und unglaublich pervers wurden und brüllten und miteinander kämpften und hysterisch lachten. Und erinnere dich an das große dunkelhaarige Mädchen, das es mit irgendeinem Jungen trieb und dann stundenlang in der Halle vor dem Kamin saß und schluchzte. Und erinnere dich an drei Uhr. Um drei Uhr, Poggemann, riefst du Eichhörnchen an. Es war genau drei Uhr.

Irgendetwas hat mich dazu bewogen, das Haus zu verlassen. Ich weiß nicht, ob es Furcht war. Ich habe es damit begründet, dass ich mir über die Vorgänge um drei Uhr in jener Nacht und danach zuerst einmal völlig klar sein muss, ehe ich darangehen kann, sie zu beschreiben.

Ich ging in das Café, in das ich vor all diesen Ereignissen immer ging, wenn ich allein sein wollte, und ich bestellte mir einen Kaffee. Es war mäßiger Betrieb, und in der äußersten hintersten Ecke hockten noch immer die pensionierten Oberlehrer und spielten Schach bei einem Glas Rotwein. Die Bedienung war dieselbe, eine ältere, mürrische Frau. Sie erkannte mich wieder, und sie fragte törichte Dinge: ob ich eine so lange Zeit irgendwo gewesen sei. Vielleicht in Vietnam oder sogar in Biafra? Schließlich sagte sie, ich sähe krank aus, und sie stellte mir zu dem Kaffee einen Schnaps, den ich trank, obwohl ich mir nichts daraus machte.

Jetzt ist es fünf Uhr nachmittags, ich muss also mehr als zwei Stunden in diesem Café gehockt haben. Angela und Ann sind zurückgekehrt, sie haben ein Haus gefunden. Es liegt irgendwo am grünen See, und angeblich ist es sehr alt, hat aber eine Ölheizung und sogar zwei Badezimmer. Es ist vollkommen renoviert, und wir können einziehen, wann immer wir wollen.

»Ich habe Paulus bestellt«, sagte Angela, »er soll sich um die Inneneinrichtung kümmern. Es sind immerhin sechs Zimmer. Du bekommst das größte im ersten Stockwerk.«

»Wir werden Angeber«, sagte ich.

»Es hat einen guten Preis«, sagte Angela. »Wir werden es anzahlen und mit einer Summe von tausend im Monat abzahlen. Das erscheint mir angemessen.«

»Wann wollen wir umziehen?«

»In ein paar Tagen. Erst muss Paulus sich um die Möbel kümmern.«

»Paulus ist doch schwul«, sagte ich. »Er wird mir Rüschen in mein Zimmer tragen und vielleicht noch hier und da ein Spitzendeckchen. Und womöglich rotes Licht oder sonst irgendetwas Schummriges.«

»Paulus kennt dich«, sagte Angela. »Und er weiß, dass du sehr zornig werden kannst. Wenigstens hat er mir das gesagt.«

»Er hat recht«, sagte ich. »Ich habe ihm irgendwann einmal Prügel angeboten, als mir danach war.«

»Papi«, sagte Ann. »Wann kommt Mami?«

»Bald«, sagte ich. »Sehr bald.«

Die Erinnerung an Eichhörnchen hat mich dann wieder in den Keller getrieben.

# 21. Kapitel

Ich hatte um drei Uhr in jener Nacht bei Monner eine bestimmte Ausgangsposition, so wie ein Fußballspieler eine bestimmte Ausgangsposition hat, wenn er auf den Ball zuläuft.

Die ganze Gesellschaft war in der Halle, die schweren Vorhänge waren zugezogen, und von irgendwoher kam gedämpft Blues.

Kohler hatte zwei seiner gelben Pillen genommen und döste in einem Sessel vor sich hin. Er war vollkommen nüchtern und klar, nur ein wenig benommen von den Tabletten. Ich weiß nicht, ob er die Szene ebenso abstoßend empfand wie ich, aber es war schon beruhigend zu sehen, dass er nicht Anteil daran nahm.

»Poggemann«, brüllte Monner, »amüsier' dich doch, Junge. Kriegst du so etwas vielleicht zu Hause geboten?«

»Natürlich nicht«, sagte ich, und irgendeines der Mädchen drängte sich an mich und sagte kichernd: »Ich hab' vier Captagon auf einmal geschluckt. Junge, ich bin vielleicht in Fahrt. Ich bin schon high, wenn ich dich nur ansehe. Warum trägst du denn immer noch diese dumme Badehose?« Und sie begann an der Badehose zu zerren. Ich schlug ihr matt auf die Finger und sagte: »Lass das, ich muss mal eben wen anrufen.«

»Bist du vielleicht schwul?«

»Nein«, sagte ich. »Sehe ich so aus?«

Sie setzte sich zu einer Gruppe von vier Mädchen, die auf einem Sofa lagen, hockten, knieten. Und vor dem Kamin saß immer noch das dunkelhaarige Mädchen und schluchzte.

»Sie ist verlobt, musst du wissen«, sagte Erna, die auf irgendeinem Fell lag und außer Kohler und mir die Einzige war, die nicht vollkommen nackt herumlief. »Sie ist verlobt und bildet sich ein, sie hätte was Blödes gemacht. So was Blödes.« Sie schüttelte den Kopf. »Bring mir eine Zigarette.«

Ich holte eine der Zigaretten aus der Schachtel auf dem Tisch und sah dann zu, wie sie rauchte. Sie rauchte ungeheuer schnell und hastig, und als die Kippe nur noch einen halben Zentimeter lang war, drückte sie sie aus und aß den Rest. »Das habe ich aus einem Roman«, kicherte sie. »Es macht mich ganz schön heilig.«

Monner stand auf und brüllte: »Wer macht mich fertig? Ich will gestreichelt werden.«

Als ich in das Schreibzimmer kam, um Eichhörnchen anzurufen, hörte ich das Klatschen der Peitsche auf seinem Rücken.

»Hallo, Eichhörnchen.«

»Hallo«, sagte sie, und ich war sicher, dass sie nicht geschlafen hatte.

»Wie geht es dir?«

»Wann kommst du zurück?«

»Morgen. Kohler muss noch ein paar Aufnahmen machen, dann fahren wir. Ich denke, gegen zehn Uhr oder so.«

»Du musst ganz schnell fahren, hörst du?«

»Natürlich. Hast du Angst?«

»Ein bisschen. Deshalb musst du ganz schnell fahren.«

»Wie geht es Ann?«

»Gut, sehr gut. Hast du etwas getrunken? Ich meine, weil du noch wach bist.«

»Nein, nur wenig. Ich will sehen, dass ich so schnell wie möglich zu Hause bin.«

»Hast du mich lieb?«

»Ja.«

»Wie sehr?«

»Schrecklich«, sagte ich. Und es war so.

»Du musst kommen und meine Hände halten.«

»Das werde ich tun. Hoffentlich nicht nur.«

»Nur die Hände«, sagte sie ernsthaft. »Paul?«

»Ja?«

»Ich habe dich betrogen.«

»Na klar!«

»Doch, Paul. Und es war so, als müsste es sein.«

»Mit wem?«

»Du kennst ihn nicht.«

»Nein.«

»Doch.«

»Nein.« Ich weiß nicht, ob ich gebrüllt habe, aber plötzlich konnte ich nicht mehr, und ich wollte auch nicht mehr ihre Stimme hören. Sie versuchte, irgendetwas zu sagen, aber ich legte auf und löschte das Licht und stellte mich an das Fenster, und die Nacht war sehr kalt, weil Nebel durch den Garten trieb. Es war eine ganz normale Nacht, aber jede normale Nacht kann schrecklich sein oder ganz plötzlich schrecklich werden.

In der Halle suchte ich zwischen all den Leuten, die ganz nackt waren und in Trance, in Aufregung und in wilder Geilheit, nach irgendeinem Schnaps. Als ich die Flasche getrunken hatte, und viel weniger als eine ganze Flasche war es nicht, hörte ich in beinahe tödlicher Lust Monner schreien, und das Mädchen am Kamin hielt ein brennendes Holzscheit an ihr Haar. Ich sah noch, wie Kohler mit einem Sektkübel an mir vorbeirannte, wohl um ihn dem Mädchen über dem Kopf auszuleeren, dann wurde ich bewusstlos.

Ich wurde wach, noch ehe es draußen Tag war, und Kohler saß neben mir und hielt meinen Kopf und sein Gesicht war bekümmert. »Junge«, sagte er, »Junge, was ist denn?«

»Nichts«, sagte ich. Ich hatte Schmerzen auf der rechten Bauchseite.

»Willst du einen Arzt?«

»Nein. Ist Bier hier?« Ich sah mich um. Niemand war gegangen. Sie schliefen fest und tief oder sie lallten und versuchten ihre Köpfe in die Schöße irgendeines Mannes oder irgendeiner Frau zu legen.

»Ich besorg' dir eins«, sagte Kohler. »Wir wollen dann fahren. Ich kann hier sowieso nicht fotografieren, nicht ehe das ganze Haus aufgeräumt ist. Das dauert einen Tag.«

Der Mann namens Monner lag auf dem Esstisch, und um den Tisch herum saßen die Mädchen auf Stühlen und schliefen oder starrten irgendwohin. Monner schlief nicht. Sein ganzer Rücken war voll von getrocknetem Blut.

»Wir fahren«, sagte ich. Noch konnte ich nicht aufstehen. Monner begriff, dass ich ihn meinte.

»Es ist gut«, sagte er.

»Brauchen Sie einen Arzt?«

»Das wäre gut«, sagte er. »Mein Kreislauf.«

»Haben Sie die Nummer?«

Er sagte sie mir, während Kohler verschwand, um Bier zu holen. Anfangs fiel mir das Gehen schwer, aber ganz langsam wurde es besser, und als ich an der Tür des Schreibzimmers stand, sagte Monner beschwichtigend: »Wir sind doch Idioten.«

»Jawohl«, sagte ich.

Im Schreibzimmer waren die Vorhänge vorgezogen. Ich zerrte sie beiseite. Auf dem Teppich lag ein ganz junger Mann mit einer Frau, die vielleicht dreißig Jahre alt sein mochte. Sie waren ineinander verbissen wie Tiere, aber sie schliefen. Ich rief den Arzt an.

Er fragte ganz kühl, ob ich wisse, was alles an Drogen genommen worden sei. Ich sagte es ihm, und er wurde zornig und begann auf Monner zu schimpfen. Schließlich fragte er, wer ich sei, und ich antwortete, ich sei ein Freund des Hauses. Er versprach, sofort zu kommen.

Wir halfen dann dem Arzt, sie alle irgendwo ausgestreckt auf den Boden zu legen, und er begann ihnen Spritzen zu geben und den Blutdruck zu kontrollieren. Wir fuhren gegen Mittag in das Hotel, und in meinem Zimmer musste Kohler sich übergeben und sagte: »Wenn du ein Wort davon verschweigst, bist du ein Feigling.«

»Na klar«, sagte ich. »Ich werde alles schreiben.« Die Schmerzen waren nicht mehr da.

»Das sind die ärmsten Schweine auf der Welt«, sagte er. »Bestell mir einen Kognak, nein, eine Flasche.«

»Hast du was?«

»Ja.«

Ich bestellte uns eine Flasche Kognak, und wir tranken ein wenig davon.

Dann rief ich Braumann an und sagte ihm, wir seien fertig mit der Sache.

»Gut, Junge«, sagte er. »Und nun noch eine kleine Geschichte bei Köln, und alles ist in Ordnung.«

»Das kannst du uns nicht antun.«

»Ich muss«, sagte er. »Ich habe keine Leute frei.«

»Was ist das für eine Geschichte?«

»In irgendeinem kleinen Nest bei Köln ist vor drei Jahren ein Mädchen ermordet worden. Sie war zwanzig Jahre alt. Nun war die Schwester hier und behauptet, beweisen zu können, wer der Mörder ist.«

»Warum geht sie nicht zur Polizei?«

»Sie will Geld damit verdienen.«

»So etwas kann Tage dauern.«

»Ich weiß«, sagte er. »Ich rufe auch Eichhörnchen an. Notier' dir Namen und Adresse.«

Ich schrieb ganz folgsam mit und sagte Kohler nichts, er war eingeschlafen. Wir blieben in diesem Klafeld bis zum Abend und fuhren dann hinüber auf die Autobahn. Von diesem Zeitpunkt an lief alles sehr wirr durcheinander.

## 22. Kapitel

Es ist vier Uhr morgens, und Ann liegt auf dem Feldbett neben der Maschine und schläft, obwohl es mir mörderisch laut vorkommt, wenn ich auf die Tasten schlage. Aber sie schläft, und das macht mich stolz. Es ist, als wisse sie genau, dass es ein friedlicher Lärm ist, der von ihrem Vater kommt.

Ich arbeite gegen die Zeit, wenn man das, was ich hier mache, als Arbeit bezeichnen kann. Aber ich will es beendet haben, ehe ich dieses Haus verlasse.

Angela sitzt bestimmt im Bett und hat ein großes Brett auf den Knien liegen. Sie zeichnet die einzelnen Räume des Hauses von einem Bauplan ab und zeichnet Möbel hinein. Dazu lässt sie das Radio laufen, denn alle halbe Stunde kommt sie in den Keller und fragt nach irgendwelchen Dingen. »Willst du hier ein Regal oder eine Kommode?«

»Was soll ich mit einer Kommode?«

»Aber du musst es wissen, es ist dein Zimmer.«

»Ich will keine Kommode.«

»Also schön.« Sie seufzt scheinbar strapaziert, aber wenig später ist sie wieder da und fragt: »Wie hoch sind eigentlich Bücher?«

»Ich weiß es nicht.«

»Ich muss es wissen, wegen der Regale.«

»Du lieber Himmel, hau ab!«

Und sie geht und summt vor sich hin, und Ann schläft.

Dieser Abend und diese Nacht waren sehr aufregend, und es ärgert mich ein wenig, dass ich nicht in Ruhe schreiben konnte. Aber Jörg, Kohler und Braumann ließen mich nicht schreiben. Sie kamen gegen sieben Uhr und sagten, ich solle gefälligst aus meinem Bau herauskommen und sie begleiten. Und Kohler hatte mir einen neuen Anzug, ein Hemd und eine Krawatte mitgebracht. Braumann hatte ein Paar Schuhe gekauft. Sie staffierten mich unter großem Gelächter aus, und Angela saß in der Küche und war verlegen, und von Zeit zu Zeit brachte sie ihnen einen Schnaps, und ich bekam ein Bier. Und jedes Mal küsste sie mich auf die Stirn und fragte: »Ist er nicht wirklich wieder ganz groß?«

Kohler sagte: »Drei, vier!«

Und sie brüllten: »Er ist groß! Er ist groß!«

Wir gingen in die Stadt, als wollten wir sie erobern, und es gibt, glaube ich, wirklich kein gutes Restaurant oder keine sehr teure Bar, in der wir nicht waren und uns benahmen wie aggressive kleine Straßenrowdies. Bei Paolo legte Jörg einen Hundertmarkschein auf den Tisch, und wir gingen wortlos hinaus. Das alles nur, weil sie keinen Genever auf Eis liegen hatten. Paolo war sehr verwirrt und dachte, wir hätten irgendetwas gegen ihn, aber ich erklärte ihm, wir seien einfach verrückt. Da begann er sich zu beruhigen und sagte: »Es tut mir verdammt leid, dass ich einen Zug nicht mitmachen kann.« Aber das Schönste war im »Saloon«, wo all die kleinen schwulen Filmschauspieler hocken und von Zeit zu Zeit in der Toilette verschwinden, um sich neu zu schminken.

Jörg sagte dem Kellner, er habe einen Tisch bestellt, obwohl das sicherlich nicht der Fall war. Aber der Kellner sah, dass wir gefährlich angriffslustig waren, und so warf er irgendwelche Leute hinaus, die ihm ohnehin kein Geld brachten, und wir hatten den Tisch ganz dicht an der Tanzfläche.

Jörg sagte: »Pommery!«, und Kohler strich mir über den Schenkel und flüsterte: »Nun, Liebling, bist du wieder ganz da?«

»Arschloch!«, sagte Braumann. »Er war doch nur auf Urlaub.«

Wir waren laut und sehr unbekümmert, und einige der kleinen schwulen Filmschauspieler, die alle ihre Haare in dem gleichen scheinbar verwegenen Durcheinander trugen, lachten zaghaft zu uns herüber.

»Meine Frau wird gleich kommen«, sagte Braumann. »Jede Hausfrau hat ein Recht auf Spaß.«

»Warum haben wir dann Angela nicht mitgenommen?«, fragte ich.

»Und Ann?«, fragte Jörg. »Gewöhne dich wieder an sie. Mein Weib kommt auch.«

»Und die meine«, sagte Kohler, und er drehte die Augen nach oben.

»Ich werde verrückt«, sagte ich. »Du hast eine Frau?«

»Na ja«, sagte er. »Sie ist nicht sehr schön, aber sie …«

»Sie ist eine Wucht«, sagte Jörg. »Eine richtige Wucht. Aber wir könnten eigentlich ein bisschen Blödsinn machen, bis sie kommen.«

Tommy, der Besitzer vom »Saloon«, kam und sagte, wir sollten doch ein bisschen leiser sein, aber Jörg sagte ihm, er solle die Schnauze halten und lieber mitfeiern.

Tommy war nicht schwul, aber er hatte sich ein wenig auf seine Gäste eingestellt, und er sagte geziert: »Herr Doktor!«

»Ich gebe dir ein Klistier!«, sagte Jörg. »Eins von denen aus dem achtzehnten Jahrhundert. Die waren dick genug, um Freude zu machen.«

Tommy begann zu lachen, und dann sagte er: »Wir könnten den Laden schließen.«

»Dann schließ ihn«, sagte Braumann. »Wir feiern Geburtstag.«

So machten sie das Lokal zu und hingen irgendein Schild an die Türklinke. Und für diese lächerliche Sache zahlte Jörg fünfhundert Mark für die Getränke der Mädchen hinter der Bar und der kleinen Musikgruppe und fünfhundert Mark als Sicherheit für den Umsatz.

»Du bist verrückt«, sagte ich.

»Lass mich doch«, sagte er. »Und jetzt holen wir uns ein paar von den Jungens und spielen begierig.«

Ich weiß nicht recht, ob es ein Spaß war, aber sie amüsierten sich königlich, bis ich sehr nervös wurde und auf die Toilette ging. Jörg kam mir sofort nach, und wir schlossen uns in einer der Kabinen ein. Er spritzte mir intravenös ionisiertes Kalzium und sagte: »Du musst dich jetzt wieder an all das gewöhnen, was wir so Leben nennen.«

Gegen zehn Uhr kamen die Frauen, und Kohlers Freundin war sehr hager, sehr scheu und trug eine Brille. Zu Beginn konnte ich sie nicht ausstehen, aber sie sagte später Dinge über Kohler, die sehr richtig waren und voller Liebe. Von da an war sie sehr in Ordnung.

Das war dieser Abend und die Nacht, und zum ersten Mal war ich wieder richtig in dieser Stadt.

Nun ist es vier Uhr, und ich muss das Ende schreiben. Noch immer habe ich Jörg nicht gefragt, mit wem mich Eichhörnchen betrogen hat.

## 23. Kapitel

Ich ließ Kohler fahren. Er fuhr sehr schnell, und ich war so teilnahmslos, dass ich nicht wie üblich irgendwelche Bemerkungen machte, wie zum Beispiel, er solle gefälligst an unsere Hinterbliebenen denken.

»Hast du mit Eichhörnchen gesprochen?«, fragte er.

»Natürlich«, sagte ich.

»Ist irgendetwas Besonderes?«

»Nein.«

Er kicherte und sagte: »Du musst nicht heftig werden.« Dann sprachen wir nicht mehr miteinander, bis wir in diesem Mengenich bei Köln ankamen. Das Hotel war ein altes Backsteinhaus mit einem trostlosen Treppenhaus und Gängen, in denen jedes Brett des Fußbodens knarrte. Aber es gab Duschen.

Als ich Eichhörnchen anrief, war es gegen neun Uhr. »Hallo!«, sagte sie. »Bist du hier?«

»Nein, ich mache eine neue Geschichte.«

»Warum? Es ist doch … Kannst du nicht sofort kommen?«

»Mit wem hast du das gemacht?«

»Du kennst ihn nicht.«

»Kanntest du ihn vorher?«

»Nein.«

»Und wie war es?«

Sie begann zu weinen, und ich hängte auf, um Braumann anzurufen.

»Hast du meinen Text vorliegen?«

»Ja. Er ist unmöglich. Ich habe eben mit Monner gesprochen. Der Kerl hat getobt wie ein Geisteskranker. Jetzt macht er selbst einen Text, zusammen mit einem einheimischen Lokalredakteur. Er sagt, der Mann wäre seriöser.«

»Soll er«, sagte ich. »Schick' mich nie wieder zu derartigen Interviews, hörst du. Ich habe die satt.«

»Er ist für uns eine halbe Million Anzeigen schwer im Jahr«, sagte Braumann unglücklich.

»Ich weiß«, sagte ich. »Wenn ich diese Geschichte hier gemacht habe, komme ich nach Hause.«

»Das darfst du«, sagte er. »Mein Wort, das darfst du.«

»Wie glaubwürdig war diese Frau, die hier wohnt?«

»Sie machte einen ziemlich klaren Eindruck«, sagte er. »Kühl, zurückhaltend. Ruf sie gleich an.«

»Mache ich. Ruf meine Frau an, nein, ruf sie nicht an.«

»Junge«, sagte er, »du kannst sofort nach Hause kommen, wenn du mit der Sache fertig bist. Und dann machst du Urlaub.«

»Natürlich«, sagte ich.

Ich rief den Wirt an. Ich wartete, bis er kam, und meine Unruhe wuchs so schnell, dass ich ihm die Flasche fast aus den Händen gerissen hätte.

»Ich muss Ihnen etwas sagen.«

»Ja, bittschön, der Herr.«

»Ich bin von einer Illustrierten. Mein Kollege ist Fotograf. Wir müssen hier im Ort mit einer Frau zusammentreffen. Sie heißt Marion Rudrich.«

»Aha«, sagte er. »Geht es mal wieder um die Mordsache?«

»Ja«, sagte ich. »Ist diese Frau verheiratet?«

»Das ist sie«, sagte er. »Aber sie ist kalt wie eine Hundeschnauze. Ich beneide den Mann nicht.«

»Wer ist der Mann?«

»Unser Bürgermeister. Ein Christlicher. Ganz in Ordnung. Aber die Frau.« Er machte eine etwas dramatische Geste und drehte sich einmal wie ein Clown um sich selbst. »Sie ist die Tochter von Doktor Wenzel. Das ist der beste Arzt hier. Hat auch eine Klinik. Die Frau ist kalt wie … na ja, eben nichts zum Anfassen. Hat sie Sie gerufen?«

»Nein«, sagte ich. »Aber ich will mit ihr in Verbindung treten. Kann sie hierherkommen, ohne dass sie Schwierigkeiten hat?«

»Ich kann ja hinten das Tor auflassen«, sagte er kalt.

Ich gab ihm einen Hundertmarkschein und ließ ihn eine Quittung unterschreiben, auf der stand: »Für Informationen erhalten zu haben bescheinigt …« Dann ging er, und ich rief die Nummer an, die Braumann mir gegeben hatte. Es meldete sich die Frau.

»Rudrich hier.«

»Poggemann. Einen schönen Gruß von Herrn Braumann soll ich Ihnen bestellen.«

»Ach so«, sagte sie. »Ja. Wo sind Sie? In der ›Eiche‹? Dann sagen Sie dem Wirt, er soll hinten auflassen. Ich komme sofort.«

»Und Ihr Mann?«

»Er ist nicht da. Zwei oder drei Tage. Deshalb habe ich Sie hergebeten.«

»Dann erwarte ich Sie.« Die Schmerzen unterhalb des rechten Rippenbogens waren wieder da. Sie kamen in sanften Wellen, ebbten ab und setzten wieder ein. Ich trank ein kleines Glas, und nach einer ganz kurzen Zeit ließen sie nach, sodass ich ohne irgendwelche Befürchtungen unter die Dusche gehen konnte. Kohler kam in der Zwischenzeit und legte sich auf mein Bett.

»Hol' einen dritten Sessel«, sagte ich. »Die Frau kommt gleich.«

»Du säufst«, sagte er. »Das ist nicht gut.«

»Von mir aus.« Ich hörte, wie er aus dem Zimmer ging und nach einer Weile wieder hereinkam, wobei er mit dem Sessel heftig gegen die Tür des Zimmers schlug. Er sagte atemlos: »Nehmen Sie doch Platz, gnädige Frau. Einen Kognak oder einen Sekt?«

»Sekt«, sagte die Frau. Ihre Stimme war etwas heiser und sehr jung.

»Mein Kollege ist noch im Bad«, sagte Kohler, »er wird gleich fertig sein.«

»Jaja«, sagte die Frau. »Sie stehlen mir keine Zeit.«

Als ich aus dem Bad kam und sie sah, wusste ich sofort, dass ihre Geschichte gut sein würde. Man lernt, so etwas zu sehen. Sie trug nur einen hellgrauen Rock und einen dunklen Rollkragenpullover und ihr Haar war hellblond und zu einem dicken Knoten zusammengebunden. Sie war sehr sorgfältig geschminkt, und sie konnte nicht älter sein als ich.

»Mein Name ist Poggemann«, sagte ich. »Herr Braumann hat uns hierhergeschickt. Sie scheinen eine gute Geschichte zu haben?«

»Ich bin nicht sicher«, sagte sie. »Außerdem habe ich Herrn Braumann nicht alles gesagt. Ich wollte erst die Leute sehen, mit denen ich zu tun haben würde.«

»Das ist sehr gut«, sagte Kohler und kicherte. Er goss uns von dem Sekt ein und trank selbst einen großen Schluck Kognak aus meinem Zahnputzbecher.

Ihr Gesicht war geschnitten wie das einer geistreichen Frau. Sie musste jedenfalls intelligent sein. »Sind Sie verheiratet?«, fragte sie Kohler.

»Nein«, sagte Kohler.

Sie zog Schuhe aus, die teuer aussahen, und zog die Beine hinauf auf den Sessel. Ihr Gesicht war mürrisch. »Das ist nicht sehr gut, denn ich werde bei der Geschichte auch einiges von mir erzählen müssen und von meiner Ehe.«

»Er ist einiges gewohnt«, sagte ich. »Er ist Fotograf. Wir werden ihn brauchen.«

»Sicherlich«, sagte sie und trank von dem Sekt. »Sind Sie verheiratet?«

»Ja«, sagte ich.

»Über sieben Jahre«, sagte Kohler. »Er hat ein richtig nettes Mädchen geheiratet, und sie haben eine prima kleine Tochter.«

»Das ist auch nicht gut«, sagte sie, »aber das werden Sie nicht verstehen. Ich habe mit Herrn Braumann ausgemacht, dass ich zunächst mit Herrn Poggemann allein sprechen kann. Sind Sie sehr böse, Herr, äh, Kohler, wenn ich darauf bestehe?«

»Durchaus nicht«, sagte Kohler tief enttäuscht.

»Das geht nicht«, sagte ich schnell. »Ich brauche einen Zeugen. Es geht doch wohl um einen Mord.«

»Sicher«, sagte sie. »Aber ich denke, dass er alles früh genug von Ihnen hören wird. Zunächst will ich mit Ihnen allein sprechen.« Sie lachte leise mit einem Zug von Ironie. »Ich brauche jemanden, mit dem ich allein spreche, um meine eigenen Ansichten bestätigt zu finden.«

»Na so was«, sagte Kohler. Er sah mich an, und ich nickte. Ich wusste nicht, was diese Frau wollte, aber sie musste einen Grund dafür haben. Irgendeinen Grund.

Kohler ging hinaus und sagte seufzend: »Ich bin in meinem Zimmer.«

»So«, sagte ich. »Nun wollen wir mal. Darf ich Notizen machen?«

»Wenn Sie wollen«, sagte die Frau. »Aber es wird nicht nötig sein.« Sie fragte: »Kann ich auch Kognak haben?«

»Natürlich. Ich spüle Ihnen das Glas aus.«

»Lassen Sie das sein, ich bin nicht empfindlich.«

Ihr Gesicht war immer noch sehr mürrisch, aber es wurde hübsch auf diese Weise, und ich war scharf auf ihre Geschichte.

»Braumann sagte mir, Ihre Schwester sei ermordet worden und Sie wissen, wer der Mörder ist.«

»So ist es«, sagte sie. Nur einfach das, und ich glaubte ihr, weil sie nichts hermachte und sich dabei nicht einmal rührte und auch zu keinerlei großartigen Erklärungen ansetzte. »Wie heißen Sie?«

»Poggemann.«

»Ich meine den Vornamen.«

»Paul.«

»Paul ist gut. Besser als Poggemann. Ich heiße Marion. Das ist auch besser als dieses grässliche Rudrich. Sie wissen, warum ich nicht zur Polizei gehe?«

»Ja. Sie wollen Geld von uns.«

»Ich bekomme es«, sagte sie. »Ich bekomme es bar.«

»Wozu brauchen Sie es? Sie sehen nicht aus wie jemand, der Geld braucht.«

Sie seufzte ungeduldig. »Mein Mann ist Bürgermeister und hat eine Tankstelle. Wenn ich mich ordentlich anziehen will, lasse ich mir Geld von meinem Vater geben.«

»Wie viel hat Ihnen die Chefredaktion zugesagt?«

»Zehntausend, wenn Sie herausfinden, dass meine Geschichte stimmt.«

»Und was machen Sie mit dem Geld?«

Sie stand auf und ging zu dem Bett. Sie legte sich auf den Bauch und sagte in das Kissen. »Ich gehe weg von den schmierigen fetten Fingern von Rudrich.«

»Hassen Sie ihn?«

»Nein. Warum soll ich ein Schwein hassen? Aber lassen Sie uns etwas arbeiten. Ich werde Ihnen die Geschichte erzählen, ja?«

»Gut«, sagte ich, und ich war sehr verwirrt, sodass sie lachte und aufstand und an den Tisch zurückkam. »Haben Sie Papier da und einen Kugelschreiber?«

Ich schob ihr beides hinüber. »Hier. Und bitte, erzählen Sie langsam. Setzen Sie voraus, dass ich niemals etwas von der Geschichte und den Beteiligten gehört habe.«

»Sicher«, sagte sie. »Dieser Braumann sagte mir, Sie wären auf solche Fälle spezialisiert. Geben Sie mir noch Kognak, er ist besser als dieser Sekt. Paul?«

»Ja, bitte?«

»Werden Sie gut zuhören? Die meisten Leute heutzutage können nicht mehr zuhören«, sagte sie nachdenklich.

»Haben Sie die Geschichte schon einem Konkurrenzblatt angeboten?«

»Nein. Ich habe erst jetzt herausgefunden, dass ich recht hatte. Also hören Sie!« Ihre Finger waren sehr fein und sehr kräftig, und die Nägel waren zartrosa gefärbt und sehr gepflegt. Sie zeichnete eine bogenförmige Doppellinie auf das Blatt Papier und sagte: »Das ist der Amselweg. Hier in der Mitte liegt das Haus meines Vaters. Es ist das einzige Haus auf dieser Straßenseite. Nach hinten hinaus liegt ein Garten, der zweihundert Meter tief ist. Dann kommt ein Zaun, dann ein Wiesenstreifen, etwa einhundert Meter breit. Hinter diesem Wiesenstreifen liegt ein Busch, man nennt ihn Doktorsbusch. Er gehörte schon dem Vater meines Vaters, der auch Arzt war. In dem Busch liegt ein Teich. Vor drei Jahren, am 28. Januar, wurde meine Schwester auf dem Wiesenstreifen zwischen dem Garten meines Vaters und dem Doktorsbusch erschlagen. Mit einer Spitzhacke. Sie war vier Jahre älter als ich, und sie war sehr lebenslustig.«

»Warum betonen Sie das Letzte?«

Sie begann leise zu lachen. »Nichts gegen meine Schwester, aber es gehört dazu, dass sie lebenslustig war. Denn wir Mädchen trafen unsere Freunde immer dort im Doktorsbusch.«

»Wann geschah das? Ich meine, um welche Uhrzeit geschah der Mord?«

»Abends um neun Uhr bei sechs Grad Kälte, Vollmond, kein Schnee. Gefunden haben wir sie nachts um drei.« Das alles war so kalt wie der Bericht irgendeiner wissenschaftlichen Expertenkommission.

»Haben Sie drei Jahre nach dem Mörder gesucht?«

»Nein, eigentlich nicht, oder nicht immer. Es gab Zeiten, da wollte ich einfach fortgehen von hier.«

»Ich verstehe das alles nicht.«

»Das ist auch schwer. Sind Sie wirklich glücklich verheiratet?«

»Ja, Sie nicht?«

»Nein. Das sagte ich schon.«

»Warum haben Sie ihn geheiratet? Und wann?«

»Ein Jahr vor dem Mord. Er kam damals noch schlank und unternehmungslustig und hatte vor, irgendetwas Großes mit seinem Leben anzufangen. Er wollte meine Schwester, und dann plötzlich wollte ich ihn. Und ich bekam ihn auch.«

»Wie alt ist er?«

»Vierzig.«

»Gehen wir zu dem Mord zurück. Ihre Schwester war also nicht verheiratet und ging an diesem Abend hinüber zu dem Busch. Der Mörder traf mit ihr auf dem Wiesenstreifen zusammen, erschlug sie mit einer Spitzhacke und entkam. Und bisher wurde er nicht gefunden. Ist es so?«

»Ja.« Sie stand wieder aus dem Sessel auf und legte sich auf das Bett. »Bringen Sie mir eine Zigarette, Paul.«

»Und Sie wissen mit absoluter Sicherheit, wer der Mörder ist?«

»Ja.« Sie rauchte jetzt ein wenig hastiger, und ihre Augen waren sehr weit offen.

»Und Sie haben Beweise?«

»Ja.«

»Wie sehen die aus?«

»Der Mörder hat die Spitzhacke am Tag vorher in den Busch gebracht. Und ich weiß, wer das war und woher die Spitzhacke stammte.«

»Nein.«

»Doch, Paul, doch.« Sie richtete sich ein wenig auf und zog ein Knie an, sodass der kurze Rock hochrutschte und ich den dunklen Schatten ihrer Scham sehen konnte. »Es war sehr gut geplant, und ich habe lange gebraucht, bis ich es begriff. Aber plötzlich war alles sehr einfach. Paul?«

»Bitte, ich möchte, dass Sie jetzt ganz langsam vorgehen. Punkt für Punkt. Und keine Vermutungen, sondern nur Tatsachen.«

»Paul?«

»Ja, bitte?«

»Ich will hier fort.« Das klang sehr ruhig. »Dieser schmierige Rudrich ...«

»Ich möchte nicht die Geschichte Ihrer Ehe. Ich soll prüfen, ob Ihre Geschichte stimmt.«

Sie drückte die Zigarette auf den Bohlendielen neben dem Bett aus. »Haben Sie ein Zuhause?«

»Bitte die Geschichte«, sagte ich. »Wir können uns über Ihr Leben unterhalten, wenn Sie mir die Geschichte erzählt haben. Wer ist der Mörder?«

»Sie sind sehr nervös«, sagte sie. »Ich hatte erwartet, Sie seien zuvorkommender.«

»Entschuldigung«, sagte ich. »Ich bin müde. Wir haben in den letzten Tagen sehr viel gearbeitet. Es tut mir leid.«

»Sie haben einen wundervollen Beruf«, sagte sie.

»Er ist wie jeder andere«, sagte ich.

»Nein!«, sagte sie heftig und richtete sich wieder ein wenig auf. »Lügen Sie nicht!«

Sie ist neurotisch, dachte ich, sicher ist sie neurotisch. Und plötzlich hatte ich die Hoffnung, die Geschichte möge eine Seifenblase sein. Ich könnte sofort Kohler wecken und nach Hause fahren. Wie würde Eichhörnchens Gesicht sein?

»Missverstehen Sie mich nicht, Marion. Mein Beruf ist tatsächlich nichts als Arbeit und nochmals Arbeit. Erzählen Sie jetzt.«

Sie ließ sich auf den Rücken zurückfallen und sagte: »Gib mir noch etwas von dem Kognak.«

»Trinken Sie nicht zu viel.«

»Dann etwas Sekt. Ich habe so spröde Lippen.«

Ich goss ihr von dem Sekt ein und brachte ihn ihr. Sie hob den Kopf, und etwas von dem Sekt floss über ihr Kinn zwischen ihre Brüste.

»Sind Sie glücklich verheiratet, Paul? Ich frage nur, weil ich immer Rudrich sehe, wie er sich über mich beugt und keucht.«

»Bitte jetzt sachlich. Nur fünf Minuten.«

Sie nahm mir das Glas aus der Hand und trank es aus. Sie stand auf und setzte sich in einen der Sessel. Sie sagte: »Also gut, sachlich. An diesem 28. Januar feierten wir den Geburtstag meines Vaters. Anwesend waren meine Schwester, meine Eltern, einige Bekannte meines Vaters, alles ältere Leute, und Klärchen. Klärchen ist das Hausmädchen meiner Mutter. Meine Schwester verließ die Gesellschaft, die schon ziemlich angeheitert war, fünf Minuten vor neun Uhr. Gegen Mitternacht wurde ihr Verschwinden bemerkt, und meine Eltern wurden unruhig. Schließlich gingen wir sie suchen, nachdem ich gesagt hatte, sie hätte um neun Uhr eine Verabredung im Doktorsbusch gehabt. Wir fanden sie um drei, und von ihrem Kopf war nicht mehr sehr viel übrig.«

»Sie hatten also gewusst, dass sie um neun Uhr dort jemand treffen wollte. Wann hat sie Ihnen das gesagt? Und wen wollte sie treffen?«

»Sie sagte es mir, als wir, mein Mann und ich, gegen sieben Uhr bei meinem Vater eintrafen. Aber sie sagte nicht, wen sie treffen wollte. Das sagte sie nie.«

»Wie viel Leute kamen denn in Betracht?«

»Ich glaube zehn«, sagte sie ruhig. »Jedenfalls hatte sie mit zehn verschiedenen Männern Geschlechtsverkehr.«

»Woher wissen Sie das so genau?«

»Aus den Akten der Polizei.«

»Hat man Sie die Akten etwa lesen lassen?«

»Ich habe sogar eine Kopie davon«, sagte sie mit träger Zufriedenheit. »Es war ziemlich einfach daranzukommen.«

»Aber irgendetwas stimmt doch nicht«, sagte ich möglichst ruhig. »Es war sehr kalt. Sie kann doch nicht einfach in den Busch laufen und dort mit einem Mann schlafen.«

»Nein«, sagte sie erheitert. »Aber im Busch ist ein Teich, und am Teich steht ein kleines Holzhaus. Mein Vater benutzt es als Anglerheim, verstehen Sie?«

»Und seine beiden Töchter machten daraus so etwas wie ein hübsches Bett im Grünen.«

»Sie können es so nennen«, sagte sie, »obwohl ich zu diesem Zeitpunkt längst über derlei hinweg war. Aber Schwesterchen war immer noch voller Lust und Laune. Ich glaube, sie war einfach geil.«

Ich begann in dem Zimmer auf und ab zu gehen und suchte nach einem Fehler. »Angenommen, irgendein Mann wartete in der Hütte auf Ihre Schwester. Warum hat man sie dann auf dem Wiesenstreifen gefunden? Ist der Mörder vielleicht so dumm gewesen, ihr entgegenzugehen, damit der Vollmond die ganze Szene gut ausleuchtete?«

»Nein«, murmelte sie. »Deshalb nicht. Aber in der Hütte hätte es zu viele Spuren geben können. Aber die Wiese war steinhart gefroren, und also gab es nicht die geringste Spur.«

»Ist die Polizei im Besitz der Spitzhacke?«

»Nein.«

»Wieso weiß man dann, dass es eine Spitzhacke war?«

»In den Akten steht, vermutlich mit einem Instrument, das einer Spitzhacke ähnlich ist, und zwar mit der breiten Seite. Und ich habe die Spitzhacke gefunden.«

»Wo?«

»Dort, wo sie hingehört. Aber kann ich jetzt noch etwas Sekt haben?«

»Und Sie schwindeln nicht?«

»Aber Paul!« Das klang vorwurfsvoll und klagend. »Ich bekomme die zehntausend Mark doch nur, wenn ich dir Beweise liefere. Warum soll ich also lügen, wenn du später feststellst, dass meine Geschichte nicht stimmt?«

»Das ist richtig.«

»Siehst du!«, sagte sie zufrieden und räkelte sich. »Und nun erzähl' mir etwas von all den Sachen, die du schon erlebt hast.«

Ich war nicht sicher, ob sie betrunken war, aber sicherlich befand sie sich in einem euphorischen Zustand. Sie war eine Siegerin, und man konnte ihr die Arroganz nicht übel nehmen.

»Ich habe nichts Besonderes erlebt.«

»Wie ist deine Frau?«

»Das ist schwer zu beschreiben. Hast du Fotomaterial?«

»Alles. Ich habe alles. Als ich entdeckte, wer es war, habe ich gesagt, ich wollte eine Gedenkmappe machen. Eine Gedenkmappe für Schwesterchen.« Sie lächelte leicht. »Ich wusste doch, dass eine Illustrierte nur exklusive Sachen wirklich gut bezahlt.«

»Hast du vorher nicht gewusst, wie dieser Rudrich ist?« Ich musste sie jetzt in dieser Verfassung halten, um sie nicht plötzlich zu vergraulen.

»Wer weiß das schon, wenn er plötzlich glaubt, er liebt.«

»Wohin willst du gehen, wenn du das Geld hast?«

»Ich weiß es nicht, irgendwohin, wo die Leute zuhören, wenn man irgendetwas sagt, oder wenn man weint.«

»Kannst du weinen?«

»Manchmal, wenn ich sehe, wie Rudrich von einem seiner Skatabende kommt und sich bemüht, leise zu sein. Wenn er sich auszieht und wenn sein fetter Hintern im Schlafzimmer ganz weiß leuchtet und wenn er sich rülpsend ins Bett fallen lässt.«

»Schlimm.«

»Nicht sehr«, sagte sie, »ich weine aus Wut. Eine andere Sorte Weinen kenne ich nicht.«

»Willst du eine Zigarette?«

»Ja, natürlich. Holst du mir Gauloises? Der Wirt hier hat Gauloises.«

»Gut«, sagte ich. »Und trink nicht zu viel. Wir haben noch einiges zu besprechen. Du musst mir sagen, wer es ist.«

»Du wirst es erraten, wenn ich dir mehr sage«, sagte sie. »Ich mag dich, Paul. Ich weiß nicht, warum, aber ich mag dich. Vielleicht, weil ich hier liege wie eine Nutte und weil du nett zu mir bist und mir zuhörst und weil du fremd bist.«

Ich ging hinaus und schloss die Tür hinter mir. Kohler stand auf dem Gang und sah mich fragend an.

»Es scheint eine gute Sache zu sein«, sagte ich. »Geh schlafen. Sie raucht noch eine Zigarette, dann schicke ich sie weg.«

»Na gut«, murmelte er, und in seinem Gesicht war wieder die Angst, als er sich herumdrehte und in sein Zimmer ging.

Im Schankraum saßen nur noch der Wirt und zwei Männer, die sehr laut über irgendein Fußballspiel stritten.

Der Wirt kam an die Theke und fragte blinzelnd: »Ist sie nicht kalt wie mein Bierkeller, diese eingebildete Schnepfe?«

»Hat sie schon öfter Leute von der Presse hierherbestellt?«

»Nein«, sagte er. »Mir gefällt das sowieso nicht. Wenn das jemand erfährt, kann ich den Laden dichtmachen. Ist sie betrunken?«

»Ist sie das oft?«

»Ich weiß nicht«, sagte er. »Es wird so gesagt.«

Ich ließ mir Gauloises geben und sagte laut: »Guten Abend miteinander.«

»Ich lass hinten auf«, sagte der Wirt leise. »Wann soll ich wecken?«

»Um sieben«, sagte ich.

Auf der Treppe kam wieder der Schmerz, aber diesmal war er lang gezogen wie ein Schrei, und ich blieb einen Augenblick stehen, um zu warten, bis es besser wurde. Es wurde nicht besser, und ich ging schnell in das Zimmer und warf der Frau die Zigaretten zu. Dann trank ich Kognak aus dem Zahnputzglas und sah, dass auch sie Kognak getrunken hatte. Sie lag auf dem Rücken und man sah ihre Schenkel. »Sei nicht so obszön«, sagte ich. Sie summte etwas vor sich hin. »Ich finde das gut so«, sagte sie. »So habe ich mir das vorgestellt. Findest du meine Haare schön?«. Sie hatte ihre Haare gelöst und lächelte mich an.

»Du bist sehr hübsch«, sagte ich. Ich setzte mich in den Sessel, um zu warten, bis die Schmerzen nachließen, aber sie streckte die Hand nach mir aus, und ich setzte mich neben sie auf die Kante des Bettes.

»Ich bin neugierig«, sagte sie mit gläsernem Gesicht. »Ich bin wirklich neugierig. Weißt du, was Rudrich nicht fertiggebracht hat? Er hat es nicht fertiggebracht, mich ganz fertigzumachen. Ich lese in den Illustrierten immer etwas von Orgasmus, und ich weiß, wie das sein sollte. Aber bei Rudrich ist es nie. Es ist immer schweinisch und klebrig, und er keucht und sagt, ich sollte Sachen machen, die man nur machen kann, wenn man liebt.

Und manchmal schlägt er mich. Seit ich mit ihm verheiratet bin, habe ich es nie ganz gehabt, verstehst du. Nie.« Und dann begann sie zu weinen und hielt meine Hand fest, und sie hielt eine ganze Zeit lang die Augen geschlossen. »Er steht an seiner verdammten Tankstelle und stinkt nach Benzin, wenn er nach Hause kommt. Er nennt mich Mutti, obwohl ich mir niemals ein Kind von ihm machen lasse, und wenn seine Freunde da sind, greift er mir an den Busen, um ihnen zu zeigen, wie gut er ist, und sie grölen und erzählen sich schmutzige Witze, und wenn sie gehen, lallt er etwas von besonderen Stellungen und will angeblich, dass ich glücklich bin. Wenn er es hatte, fällt er neben mich wie ein nasser Sack und schnarcht, und ich liege die Nacht über wach und trainiere meinen Hass.«

»Hm«, sagte ich. Der Schmerz ließ langsam nach.

»Hast du viele Frauen?«, fragte sie.

»Nein«, sagte ich. »Manchmal.«

»Dann nimm mich«, sagte sie, und sie bäumte sich auf und begann an dem Gürtel meiner Hose zu zerren.

Es war drei Uhr, als sie aufstand und in die Dusche ging. Wir waren beide nüchtern, und die Schmerzen waren wieder da.

»Du musst mir noch etwas erzählen«, sagte ich. »Von diesem Abend.«

»Nimmst du mich mit, wenn es vorbei ist?«

»Wenn du es willst«, sagte ich.

»Ich bin glücklich gewesen. Viermal. Ich konnte es nicht mehr unterscheiden. Vielleicht siebenmal.«

»Dann war es gut«, sagte ich. »Aber sei jetzt friedlich und erzähl mir die Geschichte.«

Sie kam zurück und legte sich neben mich, sodass ich ihren ganzen Körper spüren konnte. »Also, pass auf. Wir waren etwa sechzehn Personen, niemand von uns konnte der Mörder sein, weil jeder jeden gesehen hatte. Also musste er jemand sein, der von außerhalb auf den Wiesenstreifen gekommen war. Spuren gab es keine, und nach einem halben Jahr schliefen die Nachforschungen der Kriminalpolizei langsam ein. Aber nur deshalb, weil ich gelogen hatte.« Sie stand plötzlich auf und sagte: »Mein Gott, wir haben fast Sommer, und es wird früh hell. Ich muss gehen, sonst sehen mich die Leute mit den Milchwagen.« Sie begann sich anzuziehen. »Ihr müsst aber schnell kommen, ganz früh. Wir können dann zusammen frühstücken, und dein Freund kann fotografieren gehen, und wir haben Zeit, es wieder zu tun. Ich will es so oft tun, dass ich vergesse, wo ich bin.«

»Ja«, sagte ich. »Erzähl jetzt weiter.«

»Also schnell. Es war so: Die Polizei verhörte außer den hauptverdächtigen Männern, mit denen meine Schwester etwas hatte, auch alle Geburtstagsgäste. Und jeder wurde gefragt, ob er irgendwann bemerkt habe, dass einer von uns das Haus verlassen hätte. Ich sagte: Nein, ich habe niemanden gesehen. Aber jemand hatte trotzdem das Haus verlassen. Und zwar mein Mann. Und die Spitzhacke steht in der Tankstelle im Geräteraum. Und er war genau von zehn vor neun bis fünf nach neun an jenem Abend verschwunden. Ich habe damals gesagt, wir hätten zusammen in der Küche etwas besprochen, als gerade Klärchen dabei war, die Gäste zu bedienen. Du, und dann erinnerte ich mich plötzlich genau, dass er am Vortage des Mordes mit der Spitzhacke losgegangen und ohne die Hacke zurückgekommen ist. Weißt du, wann ich mich erinnert habe? Heute vor genau vierzehn Tagen. Da sah ich ihn auf dem Hof, die Spitzhacke über der Schulter, und ich wusste plötzlich, dass es damals vor drei Jahren genauso ausgesehen hatte. Und noch etwas: Ich habe dir doch gesagt, dass er eigentlich meine Schwester wollte. Nun, die Obduktion ergab, dass sie im vierten Monat war. Und das ist das Motiv, denn damals stand Rudrich gerade im Wahlkampf, und den hätte er im Zuchthaus schlecht gewinnen können.« Sie lachte überreizt und warf mir eine Kusshand zu. »Ich spüre dich noch überall.« Dann machte sie sehr leise die Tür zu.

Das war beinahe zu verrückt, um wahr sein zu können. Ich stand auf, zog mich an und weckte Kohler. Wir gingen über den Hof und fuhren los.

»Wo ist denn die Polizeiwache?«, fragte er. »Mir ist mau.«

»Du hast zu wenig geschlafen«, sagte ich.

»Du auch«, sagte er. »Fahr langsamer. Ich muss von meinen Pillen nehmen.«

Wir kamen in eine matt erleuchtete Straße, in der viele Geschäfte waren und auch das blaue Schild einer Polizeiwache.

Hinter der Barriere saß ein alter Mann mit einem verkniffenen Gesicht. Eines von jenen Gesichtern, die nicht wissen, ob sie sich auf die Pensionierung freuen sollen oder nicht. Ich zeigte ihm meine Legitimation und sagte ihm, worum es ging. Er war sehr erstaunt und lächelte dann.

»Wollen Sie sich stellen?«

»Es ist kein Scherz«, sagte ich. »Erinnern Sie sich an den Fall?«

»Ich habe ihn mitgemacht«, sagte er stramm. »Von A bis Z.«

»Kann uns hier jemand hören?«

»Nein.«

»Passen Sie auf«, sagte ich, und ich spürte erst jetzt, wie betrunken ich war. »Frau Marion Rudrich hat Sie damals belogen. Sie war zur Mordzeit nicht mit ihrem Mann zusammen. Und sie behauptet, er habe ihre Schwester ermordet, und sie behauptet ferner, dass die Tatwaffe, die Spitzhacke, im Geräteraum der Tankstelle zu finden ist. Wie wäre es nun, wenn Sie …«

Sein Lächeln wurde immer breiter, und schließlich lachte er aus vollem Hals.

»Na, hören Sie mal!«, sagte Kohler erbost.

»Nichts für ungut, meine Herren«, sagte der alte Mann. »Aber natürlich haben wir immer gewusst, dass Rudrich zur fraglichen Zeit nicht bei seiner Frau und der Gesellschaft war. Das ist damals mit Rücksicht auf seine politische Karriere nicht in die Akten genommen worden. Er konnte beweisen, dass er zur fraglichen Zeit zusammen mit dem Dienstmädchen Klärchen im Mansardenzimmer war. Klärchen ist Stunden später von einem Arzt untersucht worden und hat auch prompt ein Kind gekriegt.«

»Aber Marion Rudrich …«

Der alte Mann wurde plötzlich ernst. Er sagte ruhig. »Nun legt euch mal wieder schlafen. Die Rudrich hat sich immer für was Besseres gehalten. Sie hasst ihren Mann. Ich hätte nicht geglaubt, dass sie ihn so sehr hasst.«

»Schon gut«, sagte ich. »Vielen Dank.«

»Nichts zu danken«, sagte er. »Die Geschichte ist schon beschissen genug. Schreibt bloß nichts drüber. Das macht den Rudrich nur kaputt.«

»Na ja«, sagte Kohler, und draußen auf der Straße begann er zu lachen. Er heulte vor Lachen, als er einstieg. Er merkte nicht einmal, dass ich sehr lange Zeit brauchte, bis ich das Haus fand, in dem Rudrich wohnte. Erst dann sagte er: »Mensch, mach keinen Unsinn!«

»Ich mache keinen Unsinn«, sagte ich. »Ich kann gar keinen Unsinn mehr machen.«

Ich schellte und wartete, bis sie mir die Tür öffnete, dann stieß ich sie in den Flur und schlug ihr in das Gesicht. Soweit ich mich erinnere, habe ich kein Wort gesprochen, ich weiß nur noch sehr genau, dass sie gegen ein Treppengeländer schlug und keinen Laut von sich gab. Ich muss gewartet haben, bis sie wieder zu sich kam, denn das letzte Bild, das ich von ihr mitnahm, war ihre schmale, sehr hübsche Figur, wie sie in das dunkle Viereck einer Tür schwankte.

Erst im Wagen wurde es besser, erst als Kohler mir kräftig auf die Schulter schlug und kicherte: »Hoffentlich hast du sie nicht umgebracht.«

»Ich will ins Hotel«, sagte ich. »Ich will hier weg.«

»Ich auch«, sagte er zufrieden. »Die Geschichte war einfach zu schön.«

Als der Wirt uns um sieben Uhr wecken wollte, saßen wir in meinem Zimmer und rauchten und tranken Bier, das wir uns aus den Schränken unter der Theke geholt hatten. Wir bezahlten die Rechnung und fuhren zum Flughafen Köln. Ich gab meinen Wagen bei der Avis-Autovermietung ab und sagte, sie sollten ihn gegen den halben Mietpreis einem Kunden mitgeben. Sie sagten, das ginge in Ordnung. Wir bekamen die erste Direktmaschine und tranken den ganzen Flug über Whisky, und den ganzen Flug über hatte ich Schmerzen, so viel ich auch trank. Und meine Angst wuchs, denn ich wusste nicht, was ich Eichhörnchen sagen sollte.

Gewiss, sie hatte mich betrogen, aber was sollte ich sagen?

Ich spürte, wie die Maschine aufsetzte, und weckte Kohler, der eingeschlafen war. »Du musst mich nach Hause bringen«, sagte ich. »Ich falle gleich um.«

»Du fällst nie um«, sagte er. »Mach doch kein Theater.« Ein paar Leute lachten uns aus, als wir zum Bus torkelten und dann durch die Halle zu den Taxis. Die Schmerzen waren jetzt sehr stark, und ich glaube, sie waren der Grund, weshalb ich nicht ohnmächtig wurde. Kohler zahlte das Taxi und brachte mich zur Haustür. Ich sah verschwommen Eichhörnchens Gesicht und dann Anns, wie sie hinter Eichhörnchen auftauchte. Ich versuchte, an ihnen vorbeizukommen, aber ich fiel gegen sie, und Ann begann zu weinen. Das machte mich ein wenig wach.

»Ich will ins Bett«, sagte ich. »Hol Jörg, es tut weh.«

Ann begann sehr laut zu weinen, und ich wollte sie schlagen, aber ich schaffte es nicht.

Ich träumte eine Menge sehr wirrer Dinge und wurde nur einmal wach, als Jörg eine Injektionsnadel in meinen Arm stieß. Das ist das Letzte, an das ich mich erinnere.

## 24. Kapitel

Ich habe unterbrochen, weil es früh genug war, um Jörg anzurufen. Ich wollte nun endlich wissen, mit wem Eichhörnchen mich betrogen hat.

Er war schon in der Praxis, und ich sagte: »Ich will es kurz machen, aber ich muss nun endlich wissen, mit wem Eichhörnchen mich betrogen hat. Du weißt es doch.«

»Ich weiß es«, sagte er. »Mit mir.«

»Niemals«, sagte ich.

»Doch«, sagte er ganz ruhig. »Wir saßen in deinem Wohnzimmer rum. Aus lauter Kummer um dich. Und dann ist es irgendwie passiert. So etwas passiert unter Menschen.«

So ist das also. Und jetzt will er meinen Start finanzieren. So etwas passiert unter Menschen. Es wäre vielleicht gut, ein Glas Schnaps zu trinken. Aber er hat gesagt, das sei Flucht.

## 25. Kapitel

Ich wachte auf und hatte fürchterliche Schmerzen, aber ich konnte mich nicht zusammenkrümmen, weil es dann schlimmer wurde. Mein ganzer Bauch tat sehr weh. Und das Erste, was ich sah, war Jörgs Gesicht. Er hielt meine Hand.

Er grinste und sagte: »Es tut weh, aber es tut gut.«

»Was ist denn?«, fragte ich.

»Ich hab dich ins Krankenhaus schaffen lassen«, sagte er. »Es war ein akuter Blinddarm. Aber sie haben ein bisschen weiter aufgeschnitten, um zu sehen, was deine Leber macht.«

»Und was ist damit?«

»Es geht«, sagte er. »Du wirst Infusionen haben müssen und Diät essen. Verfettung zweiten Grades.«

»Eichhörnchen?«

»Sie darf erst morgen kommen.«

»Sie hat mich betrogen!«

»Sie hat nicht«, sagte er, »oder vielleicht. Aber du warst auch nicht gerade …«

Was er dann sagte, weiß ich nicht mehr. Als ich wieder aufwachte, stand Jörg am Fenster und sah hinaus. Ich hatte keine Schmerzen und war seltsam wach.

»Was ist?«

Er drehte sich herum und versuchte zu lächeln, aber er war immer ein schlechter Lügner gewesen. Er sagte: »Es ist alles in Ordnung, Paul. Wirklich.«

»Sind irgendwelche Komplikationen bei mir?«

»Nein«, sagte er. »Nicht so.« Und dann machte er ein paar gar nicht zu ihm passende tapsende Schritte und murmelte: »Eichhörnchen ist tot. Sie wollte dich heute Morgen besuchen und ist unter die Straßenbahn gekommen.«

»Nein«, sagte ich.

Aber dann war er schon an meinem Bett und hielt mich fest und rief nach irgendjemand.

Er schrie.

Sie müssen mich ständig im Tiefschlaf gehalten haben, denn ich wachte erst auf, als Eichhörnchen schon drei Tage beerdigt war. Und ihre Eltern und meine Eltern standen in meinem Zimmer und weinten, und ich konnte nicht weinen. Jörg kam jeden Tag und sagte schließlich auch, dass die Straßenbahn Eichhörnchen beide Beine abgefahren hätte und dass Ann bei ihm zu Hause wäre. Nach siebenundzwanzig Tagen wurde ich entlassen. Ich holte Ann von Jörg ab, ohne mit ihm zu sprechen. Ich sagte nur seiner Sprechstundenhilfe, er solle alle Sachen verkaufen und das Haus auflösen. Dann nahm ich einen Koffer für die Kleine und einen für mich. Ich brachte Ann in dieses Kinderheim und sagte, ich sei Witwer und lungenkrank, und sie solle nur ein paar Tage bleiben, bis ich eine neue Wohnung gefunden habe. Dann brachte ich meinen Koffer in ein Schließfach im Bahnhof und ging trinken, bis Angela kam und mich mitschleifte wie einen streunenden Kater, weil sie plötzlich etwas ganz für sich allein haben wollte.

## 26. Kapitel

Es ist merkwürdig, wie schnell man ein Ende beschreiben kann. Es ist ein langer Weg bis dorthin, aber ganz plötzlich kannst du es auf zwei oder drei Seiten festlegen, ohne irgendetwas Wichtiges auszulassen.

Ich bin unterbrochen worden. Braumann hat angerufen. Ich muss morgen früh die erste Maschine nach Zürich nehmen. Irgendwer hat ein kleines Mädchen zu Tode gepeitscht. Natürlich habe ich zugesagt. Angela macht das Haus, und Ann wird darin spielen. Ich werde jetzt ein Bier trinken und irgendetwas noch im Fernsehen anschauen.

Ich glaube, es hat keinen Sinn mehr weiterzuschreiben. Was soll schon Großartiges passieren? Hier ein Mord und dort ein Mord. Natürlich werde ich Angela jeden Tag von irgendwo anrufen und ihr immer etwas mitbringen. Ich frage mich, was das alles soll.